AF611665

Monika Detering wollte Schiffsjunge, Malerin oder Schriftstellerin werden. Die letzteren Wünsche waren den Eltern zu unseriös (vom ersten ahnte niemand etwas). Sie arbeitete viele Jahre als Puppenkünstlerin mit zahlreichen Ausstellungen im In- und Ausland wie Washington, Philadelphia und New York. Durch lange Aufenthalte an der Nordsee wurde das Meer ihr Sehnsuchtsort. Sie war als freie Journalistin tätig und entschied sich später für das belletristische Schreiben. Gemeinsam mit dem Autoren Horst-Dieter Radke erfand und schreibt sie die historische Krimiserie um *Puff & Poggel*, mit Blick in die 50er Jahre auf fiktive Ereignisse in Mülheim an der Ruhr. Als Gegenpol zum „Kriminellen" veröffentlichen sie sommerleichte Inselromane. Neben dem gemeinsamen Schreiben publiziert jeder für sich Soloprojekte.
Monika Detering ist Mitglied bei den „Mörderischen Schwestern" und den „42-er Autoren".

MONIKA DETERING

MORD AUF LANGEOOG

Überarbeitete Neuausgabe Juni 2021

Made in Stuttgart with ♥

Mord auf Langeoog

ISBN 978-3-96817-864-6
E-Book-ISBN 978-3-96817-863-9

Dies ist eine überarbeitete Neuausgabe des bereits 2016 bei dp Verlag, ein Imprint der dp DIGITAL PUBLISHERS GmbH erschienenen Titels Wer liebt, stirbt zweimal (ISBN: 978-3-94529-883-1).

Covergestaltung: Anne Gebhardt
Umschlaggestaltung: ARTC.ore Design
Unter Verwendung von Abbildungen von shutterstock.com: © Olha Rohulya, © Jenny Sturm, © brickrena, © jh Fotografie
Lektorat: RaBe Lektorat
Satz: dp DIGITAL PUBLISHERS GmbH
Druck und Bindung: Books on Demand GmbH, Norderstedt

1

Sie kam aus der Schule und hatte den Sommer und die Ferien dabei. Ihr Gesicht leuchtete und beschwingt wiegte sie Hüften und schwang die Haare. Erst nachmittags überfielen sie die Zweifel.

Sie betrachtete sich im Spiegel und ging noch dichter heran. *Nein! Diese Nase! Wie die aussieht! Nein! So lang und streng. Wie Mama!* Jördis warf ihre Haare nach hinten, die in geübtem Wellenschwung wieder zurück fielen. Der Pony hing schräg über Stirn und Nase. Das fand sie verrucht, obwohl sie sich nichts Genaues darunter vorstellen konnte. Sonnenlicht strömte in das Zimmer und tanzte leuchtend über ihren schlanken Körper, über die Haare, beides war wohl das Begehrenswerteste an ihr. Hatte *er* gemeint. *Er* fand sie anziehend und makellos, eben, wie junge Mädchen seiner Meinung nach sein sollten. Denn *er* hatte Ahnung von Frauen. Das sagte *er* oft. In diesen Momenten fühlte sie sich erfahren. Und sehr erwachsen.

Trotzdem. Oft fühlte sie sich unsicher, wenn sie zu Hause in ihrem Zimmer war. Dann grübelte sie jedem seiner Worte hinterher, zerpflückte sie und setzte selbst Kritik zu liebesseligen Sätzen zusammen. Sie sprach mit ihrer Freundin darüber und beide überlegten, ob man ihm und seinen Worten trauen könnte. Aber er bekräftigte glaubhaft immer wieder das, was er sagte. Jördis beschloss daher, ihm zu glauben.

Das Einzige, was sie trug, war ein Armreif am rechten Handgelenk. Elfenbein mit fein geschnitzten, ineinander verschlungenen Frauen- und Männerminiaturen. Sie trug ihn nur, wenn sie allein war. Beim Tasten über die winzigen Körper wanderte ihr Blick und sie entdeckte einen Falter, der in der Gardine hing. Ihr war vor kurzem einer in den Mund geflogen. Jördis spürte wieder *dieses fremde Flattern* und musste an Küsse denken. Versonnen schüttelte sie die Gardine aus, der Falter stob in die Höhe und suchte sich an der Wand einen neuen Platz. Er sah aus, als trüge er anstelle von Flügeln alte Baumrinde.

Sie öffnete einen Fensterflügel und das Insekt entflog mit sirrendem Flügelschlag. Sie bedeckte mit der Gardine ihren Körper, blickte hinterher – und sah auf dem Bürgersteig einen Mann stehen. Er schaute zur anderen Straßenseite und schien in Gedanken zu sein.

Hastig trat sie einen Schritt zurück, spähte erneut und Anspannung kroch in ihr hoch. Als er sich bewegte, duckte sie sich.

Er war kräftig, durchschnittlich groß und zwischen dem dichten, dunklen Haar schimmerte elegantes Grau. *Wartet er auf jemanden? Beobachtet er etwas? Was? Wen?*

Einen Augenblick lang hörte sie nur ihr Herz schlagen. Erst dann ihr Atmen.

Das konnte nicht sein. Das war nie so verabredet. Und bei jedem, der diese Statur hatte, dieses Grau an den Schläfen, zuckte sie zusammen, wurde unpassend rot und fing an zu stottern. Es war so peinlich.

Jördis zog sich an. Eine Bermudajeans, ein ausgeschnittenes Shirt. Sie hörte Stimmen, beugte sich aus dem Fenster und beobachtete, wie ihre Mutter auf den Mann zuging und ihn ansprach.

Er antwortete. Was, konnte sie nicht verstehen. Aber er ging die Straße hinunter, zum Wald hin. Ob er gefragt hatte, wohin die Wanderwege führten?

Die Haustür klappte. Den weiteren Geräuschen nach zu urteilen, begab sich ihre Mutter in die Küche.

Zu Hause war sie immer Kind und ihre Eltern ahnten nicht ansatzweise, wie erwachsen sie geworden war. Sie freute sich auf die Reise nach Langeoog und nur deshalb erbarmte sie sich der Bitte ihrer Mutter, die Töpfe mit den Margeriten auf die Terrasse zu tragen. Sie nahm sie hoch und stellte sie in den Flur. *Gleich!*

Jördis kreuzte die Hände vor die Brust, senkte den Kopf und hoffte, dass Mutter nicht zu ihr hereinplatzte und etwas über den fremden Mann sagte. Sie wusste, wie sie reagieren würde und auf die Frage: „Seit wann stammelst du?“, hätte sie nur erneut gestottert. Vielleicht war er es ja auch gar nicht. Doch sie zweifelte weiterhin. Die vertraute, ziehende und schmerzende Unruhe machte sich breit, verursachte Magen-schmerzen und das Drängen, durch die Wand rasen zu müssen, um den Mann einzuholen, ihn von vorn zu betrachten, um endlich zu wissen, ob *er* es war.

Und wenn? Was wollte er? Er hätte eine Nachricht schicken können. Das Handy lag neben ihr. Er sagte einmal, dass er nichts von diesen Dingern halte, die Energie, die sie abstrahlten, würden kosmische Weisheiten zerstören und jeder könnte seine SMS lesen. Das kann ich mir nicht erlauben, du bist sehr jung und zum anderen flüsterte er lieber Aufregendes in ihr Ohr.

Jördis nahm von ihrem Schreibtisch die große Tasse mit dem selbst angesetzten Tee. *Er* hatte ihr aufgetragen, jeden Tag davon zu trinken und obwohl sie sich vor dem Gebräu schüttelte, hielt sie sich daran. Das Getränk bestand aus Hanfblättern, Zitronenverbenen, Ringelblumen, Spitzwegerich, Rosenblüten, Muskatnuss, Vanille und Chili. Und guten Gedanken. Es sei sein Rezept, hatte *er* gesagt und ihr die Zutaten in einer Tüte gegeben.

***

Ihre Befürchtungen erfüllten sich, denn ihre Mutter kam, ohne anzuklopfen herein.

„Hast du gepackt?"

Jördis blieb einen Moment sitzen. Mit einem tiefen Seufzer der Erleichterung sagte sie: „Guck – alles ist fertig!", wies auf eine offene, vollgestopfte Reisetasche, spielte mit ihrem Haar, drehte es nach hinten und band es mit einem Gummi zu einem Pferdeschwanz.

„Hast du es auch gesehen? Da war ein seltsamer Mann vor der Tür und als ich ihn gefragt habe, ob er etwas sucht, hat er behauptet, dass er sich das Haus der Krauses ansieht, weil die angeblich verkaufen wollen. Wollen sie aber nicht."

„Hat er noch was gesagt?" Dabei drehte Jördis den Kopf zur Seite. Sie befürchtete, bei der Frage rot zu werden.

„Man weiß so manches nicht von seinem Nächsten, was für eine kryptische Antwort. Ich habe gewartet, bis er in Richtung Wandergebiet ging. Hast du einen neuen Armreif?"

„Ach der. Habe ich mir von Ilka ausgeliehen."

„Zeig' doch mal!"

Jördis verschränkte die Hände auf dem Rücken und schob die Unterlippe vor.

„Gib ihn besser zurück. Ausleihen bringt nur Ärger. Hol' lieber deine Jeans aus dem Trockenkeller. Du willst sie doch morgen anziehen. Bügele bitte kurz drüber."

„Mama! Ich zieh keine gebügelte Jeans an!" Sie hatte den Ton in der Stimme, den Mädchen ihres Alters bekommen, wenn sie sich bevormundet und beobachtet fühlen.

„Die Diskussion zu dem Thema hatten wir schon. Und die Margeriten muss ich doch selbst nach unten tragen?"

Jördis rannte in den Keller. Mutter schleppte den bauchigen Topf auf die Terrasse, setzte ihn neben dem Oleander und Bambus ab, direkt vor die dicht gewachsene Buchenhecke, die das Grundstück einfriedete. Dahinter stand jemand.

Sie ging um die Hecke herum. Es war der Mann von vorhin.

Jördis kam durch die Kellertür, die in den Garten führte und hörte, wie Mutter fragte: „Haben Sie etwas verloren?"

„Dachte ich auch, aber es fehlt nichts. Auf Wiedersehen, Frau Hauser!" Er entfernte sich betont langsam.

Jördis konnte sein Gesicht nicht sehen.

„Woher kennt der meinen Namen? Wir haben doch am Tor kein Schild." Mutter krempelte die Ärmel ihrer karierten Holzfällerbluse hoch. „Hilf mir beim Tragen." Sie wies auf eine Wanne mit Unkraut. Als Jördis anfassen wollte, bemerkte ihre Mutter: „Warum zitterst du so?"

***

Familie Hauser saß in den von Wind und Sonne ausgeblichenen Stühlen auf der Terrasse, schaute in die Wolken und jeder von ihnen schien an etwas anderes zu denken. Die Eltern spürten die Anspannung ihrer Tochter. Sie glaubten in stummer Übereinstimmung, es sei wegen der Reise und lächelten nachsichtig.

Jördis fragte: „Du weißt auch nicht, wer der Mann war?“

Es war Sommer. Es waren Ferien und über Norddeutschland glänzte noch am Abend ein blauer Himmel.

2

Carla Bernstiel, die Saisonkommissarin, nahm sich zusammen und stellte sich auf ihren Vermieter und dessen karge Äußerungen ein. Die meisten Ostfriesen auf der Insel waren eben so.

„Wie war's?"

„Gut. Norditalien ist einfach nur schön." Carla lächelte und blickte Hermann Lindner überzeugend an.

„Teuer?"

„Geht so. War schon in Ordnung."

„Wie bei uns?"

„Na, nicht ganz. Ist eben eine besondere Gegend."

„Da hättet ihr doch gleich hier Urlaub machen können, wenn es teurer war. Bist ja nun sowieso da." Der glatzköpfige Hermann blinzelte listig und drehte sein Glas mit dem frischen Pils. Wegen einer Polizistin so lange Sätze zu schrauben, war nicht sein Ding. Nach einem weiteren, tiefen Schluck machte er nicht den Eindruck, als wollte er noch etwas ergänzen. Aber er tat es. Weil er die Frau neben sich mochte. „Ich hatte dir sogar die untere große Wohnung freigehalten." Hermann zuckte die Achseln. „Für nichts und wieder nichts."

„Ich mach's wieder gut. – Noch eins?"

Carla Bernstiel tippte mit ihrem Glas gegen Hermanns und tat, als ob sie trinken würde. Sie mochte keinen Schnaps. Aber sie wollte mit den Insulanern auskommen.

„Jo." Hermann nickte. „Siehst aber nicht aus, als ob es dir leid täte." Er schaute den Wirt an, der hinter dem

Tresen stand, dieser erwiderte seinen Blick: „Is was, Hermann?“

„Nix ist. Unter Zeugen verspricht uns jetzt Frau Kommissarin Bernstiel aus Aurich, das auch in dieser Saison unsere Insel sauber bleibt. Mehr als geklaute Fahrräder sind nicht drin. Dann hat jeder von euch was zu tun.“

Dass Carla Fremdluft geschnuppert hatte, stieß bei ihrem Kollegen Gerrit Blau und dem wortkargen Pensionsinhaber Hermann Lindner auf Unverständnis.

„Jetzt musst du mit einer winzigen Wohnung zufrieden sein. Noch ein Pils! Zahlt sie. Ist Strafzoll.“

Hermann wies auf Carla und schob dem Wirt sein Glas über den Tresen. „Glaub aber nicht, nur weil du aus Aurich kommst, dass du was Besseres bist.“

Carla nickte, ermahnte sich zur Geduld und wollte gehen.

„Und komm uns nicht mit einem deiner komplizierten Fälle. Die kannst du anderswo lösen. Wenn der Gerrit allein ist, passiert so was auch nicht.“

„Du glaubst an das Gute?“ Carla lächelte.

„Genug“, sagte Hermann. „Krieg’ schon einen Zungenkrampf vom Quatschen. Ich muss ins Bett. Und pinkeln.“

Am besten lasse ich ihn reden, dachte die Kommissarin und unterdrückte ein Gähnen.

„Was in unsere Zuständigkeit fällt, erledigen wir“, wandte sie sich an ihren Kollegen Gerrit Blau. Im dämmrigen Kneipenlicht sah sie aus, als hätte sie tiefe Schatten unter den Augen.

Sie machte gerne Außendienst. Als ihr der Staatsanwalt Dr. Storm sagte, die Polizeistation Langeoog brauche Verstärkung und ob sie für die Saison einspringen wolle, sagte Carla zu. Er hätte sie sowieso geschickt. Das wusste sie und fand, eine Zusage ihrerseits machte sich besser. Zum Glück mochte sie die Insel.

Carla wollte auf der Insel auch ihr Sportabzeichen erneuern. Das war längst fällig. Zeit würde es bei den anfallenden Bagatellfällen schon dafür geben, obwohl ihr ein Auricher Kollege einen Aktenstapel mit dem ‚Unerledigt'-Stempel mitgegeben hatte. „Zum Abarbeiten. Dafür übernehme ich Ihre Sachen."

Dass sie ihre Sachen abgearbeitet hatte, wussten er und sie. Aber sie sagte nichts dazu. Es würde sich schon eine Gelegenheit ergeben, ihm seine Nickligkeiten auf ihre Weise heimzuzahlen.

***

Sie versuchte in der Ferienwohnung heimisch zu werden und merkte, dass es dauern würde. Aber zum Wohlfühlen war sie nicht hier, obwohl sie fand, in ihrer Freizeit hätte sie ein Recht darauf.

Sie zog einen Tisch zum Fenster, als es klopfte. Ehe sie ‚Herein' rufen konnte, wurde die Tür aufgestoßen und Erika rauschte herein. Erika war Hermanns Frau. Sie sorgte für das Wohlbefinden der Gäste im *Haus Lindner.*

„Warum stellen Sie den Tisch unters Fenster, da hatte ich mir solche Mühe gegeben, Ihnen eine gemütliche Ecke zu schaffen, na ja, die Leute aus der Stadt haben eben andere Ansichten. Macht nix. Mir ist eingefallen, dass der Fernseher noch nicht richtig eingestellt ist. Soll ich mal eben ...?"

„Ach, lassen Sie mal."

„Warum nicht?“ Verblüfft blieb Erika stehen und sah Carla an.

„Ich kann keinen TV-Krimi mehr sehen.“

„Aber heute kommt keiner.“

„Frau Lindner, ich habe mir vorgenommen, während meiner Inselzeit fernsehfrei zu bleiben.“

Erika blieb vor der Kommissarin stehen, räusperte sich, verschränkte die Arme vor ihrer Brust und fragte: „Sind Sie ansonsten mit allem zufrieden?“

„Bin ich. Wirklich. Habe ich Ihrem Hermann schon gesagt.“

„Nur, wenn Ihr Mann kommen will, ich meine, das wird zu eng mit dem Platz.“

Bei dem Satz sprach Erika hektischer. Sie wusste, dass dies so nicht stimmte. Sie wollte nur herausfinden, ob die kräftige hellblonde Kommissarin verheiratet war.

„Er müsste sich was dazu mieten. Ich könnte Ihnen preislich entgegenkommen. Das große Zimmer nebenan ist ab Freitag frei. Das Bad können Sie gemeinsam nutzen.“

Carla reckte sich und musterte Erikas Scheitel, das dichte, graublonde Haar und sagte mit einem feinen Lächeln in der Stimme: „Liebe Frau Lindner, es wird keinen Besuch geben. Außerdem bin ich zum Arbeiten hier, ich habe mir auch einiges mitgebracht, also, Sie müssen sich nicht sorgen, dass es mir in dieser Wohnung zu eng wird.“

Erika verbarg die Enttäuschung hinter ihrem geübten Wirtinnen-Lächeln. „Wir wollen erweitern“, erklärte sie, „hat Hermann schon erzählt? Hinten im Garten, einen Pavillon für ein bis zwei Personen. Das wäre dann nächstes Mal auch etwas für Sie.“

Carla strich behutsam mit dem Zeigefinger über ihre linke Schläfe. Die Kopfschmerzen kamen und gingen.

„Die Göntje vom Polderweg macht Kräutersalben und Heiltinkturen. Nee, nun gucken Sie mal nicht so abschätzig, Göntje kann das, die würde Ihnen sicher helfen. Kopfschmerzen, nicht wahr?“ Erika betrachtete Carla mit Kennermiene.

Carla unterdrückte ein Stöhnen, griff nach einer Schachtel auf der Fensterbank, öffnete sie und drückte eine Tablette heraus.

„Göntje kann das besser! Tabletten sind Gift, glauben Sie es mir.“

„Ja, sicher.“

Carla wollte noch zur Kaapdüne und dem Kollegen helfen, auch wenn es längst schon nach Dienstschluss war. Sie verzog das Gesicht, während Erikas Hand sich auf ihren Arm legte, ihn drückte, was eher einem Quetschen glich.

„Das wird wieder. Lassen Sie einfach den Gerrit das meiste machen. Der hilft gern. Und ich sag Göntje Bescheid.“

„Bitte Frau Lindner! Das ist nett von Ihnen, aber wenn ich Hilfe benötige, melde ich mich.“ Sie flehte zu allen Wassergeistern, dass der ungebetene Besuch endlich verschwand. „Sie wissen ja, ich bin zum Arbeiten hier, es gibt einiges zu tun ...“ Sie milderte ihren gereizten Ton und versuchte ein Lächeln. „Wenn ich Schmerzen habe, bin ich nicht immer freundlich.“

Erika kaute auf der Unterlippe. „Ja, das wollte ich gern einmal wissen: Fürchten Sie sich eigentlich vor den Toten? Vor denen, die Sie manchmal finden?“

„Sie meinen, die Ermordeten? Es sind nicht viele. Wirklich nicht. Aber wenn da ein Fall nicht gelöst ist, geistert der oder die Tote in mir herum – und schmerzt."

„Das sind Ihre Gespenster? Auch mit denen kennt sich Göntje aus. Wenn Sie welche loswerden müssen, ich mein' ja nur ..."

Carla ging zu der kleinen Garderobe neben der Wohnungstür, nahm ihren Wetteranorak und zog ihn an. „Es gibt verschiedene Arten von Gespenstern. Sie haben sicher auch welche."

„Bei einem Mann wie dem Hermann halten sich keine." Sie reichte ihr die Hand: „Auf eine ruhige Saison."

„Danke. Ich gehe denn mal. Gerrit wartet bestimmt schon."

Während sie gemeinsam die Ferienwohnung verließen und Carla abschloss, heulten die Sirenen der Feuerwehr.

***

Gerrit Blau schloss zwei Umlaufordner und stempelte ‚Erledigt' darauf. Ruhestörender Lärm samt Schlägerei und eine Erpressung. Einen weiteren zog er heran, blätterte und dachte: auch das noch, der Enkeltrick. Diese Schockanrufe waren ein Thema, mit dem sich die niedersächsische Polizei immer wieder beschäftigen musste. Auch auf Langeoog. Der Enkeltrick wurde auf der Insel in den vergangenen Monaten fünfzehn Mal registriert, von denen in neun Fällen die Täter erfolgreich waren. Der entstandene Schaden war beträchtlich, finanziell und ganz besonders seelisch bei den Geschädigten.

„Den Enkeltrick muss Carla bearbeiten“, entschied er. „Sie soll die betroffenen Senioren befragen, die sind ja alle von hier. Dass diese Schweinehunde unsere Alten verunsichern und es schaffen, sie auszunehmen ...“ Er legte die Unterlagen auf Carlas Schreibtisch. „Und sie wird etwas demütiger durch derartige Aufgaben. Die tritt hier auf, als hätte sie das Sagen. So geht das nicht. Schließlich bin ich derjenige, der ansonsten hier alles stemmt.“ Er strich sich durch das helle kurzgeschnittene Haar, schlug auf seinen flachen Bauch, auf den er sehr stolz war. Denn dieser war noch vor Monaten als ‚Speckrolle‘ von seinem Freunden bezeichnet worden.

Zur gleichen Zeit sagte in Bremen Mira Hauser zu Henning, ihrem Mann: „Heute früh habe ich schon mit unserer Tochter gesprochen. Sie war ganz fröhlich und einmal nicht pampig. Die Mädchen waren schon richtig wach, also sind sie gestern Abend wohl nirgends mehr versackt.“

Herr Hauser warf seiner Frau einen misstrauischen Blick zu.

„Wirklich. Glaub es mir. Es scheint alles wieder in Ordnung zu kommen. Jördis hörte sich längst nicht mehr so bedrückt an wie sonst.“

„Bedrückt? Bis zu ihrer Abreise war sie unausstehlich. Zickig und unverschämt. Aber doch nicht bedrückt. Denk mal daran, wie sie dir letztens die Hühnersuppe vor die Füße geknallt hat, nur weil es keine Spaghetti gab. Meine Güte, was können sechzehnjährige Mädchen giftig sein.“

„Das legt sich. Es war schon mal schlimmer. Ich war früher in dem Alter auch nicht gerade die Netteste." Mira Hauser stellte zwei ungleiche Tassen auf den Tisch und goss frisch gebrühten Kaffee ein. „Möchtest du?"

Henning Hauser nippte und verzog den Mund. „Zu stark. Mach ihn doch einmal richtig!" Gereizt betrachtete er seine Frau und war trotz seines kleinen Ärgers mit ihrem Anblick sehr zufrieden. Er fand, dass sie mit ihren fünfundvierzig Jahren noch immer dieses mädchenhafte hatte, in das er sich einst verliebte. Mädchenhaft, aber nicht devot oder huschig, stellte er fest.

„Sei nicht gleich muffelig. Du vermisst Jördis, das ist es. Lass sie mit Ilka auf Mutters Haus aufpassen, dann haben beide eine kleine Aufgabe und ansonsten sollen sie einfach nur Ferien haben – ohne Eltern, ohne Schule. Und ohne irgendwelche Jungs, die nur Kummer bereiten. Jördis wird erwachsen. Hast du es immer noch nicht bemerkt?"

„Meinst du Liebeskummer? Da steckt doch dieser – wie heißt er denn – dahinter, der ... hat sie uns überhaupt den Namen mal genannt?" Er blickte seine Frau fragend an.

Die lachte. „Sie muss uns nicht bei jedem, mit dem sie sich mal trifft, dessen Familie vorstellen. Ich weiß den Namen auch nicht. Ich weiß nur, dass dieser spezielle Junge ein Klassenkamerad von ihr ist. Er will nach dem Abi eine Schreinerlehre machen."

„Schreiner? Was soll Jördis mit einem Schreiner?"

„Nun hör aber auf. Sie will ihn doch nicht heiraten! Und wer weiß, vielleicht, ja wahrscheinlich, ist das nach den Ferien wieder vorbei. Ich bin jedenfalls beruhigt, dass unsere Tochter wieder normal klingt. Sogar gekichert hat sie heute früh. Das liegt bestimmt auch an Ilka, die hat einen guten Einfluss auf sie. Die ist schon erwachsener."

„Als ob Kichern alle Ungereimtheiten auflösen würde! Sie hat Sorgen mit sich rumgeschleppt und das nicht erst seit gestern. Meinst du, die verschwinden gleich, nur weil sie an der Nordsee ist? Von alltäglichen Verliebtheiten kriegt man keine Augenringe, nimmt ab und wird seltsam verschlossen. Aber vielleicht ist das heute so, Kinder kommen in die Pubertät, würden sie am liebsten von ihren Eltern abgenommen bekommen und sind wütend, dass sie da letztendlich allein durchmüssen. Heute klingt Pubertät wie eine Krankheit und die Kids finden das auf schräge Weise lustig und werden depressiv. Wir können uns ja nicht an einem weiteren Kind orientieren, wir haben nur das eine."

Henning Hauser seufzte. Momentan fand er das Familienleben anstrengend. „Und?", fragte er. „Hast du endlich mit deiner Mutter vor ihrer Abreise gesprochen? Ich überlege noch immer, was will eine Fünfundsiebzigjährige eigentlich am Bodensee? Meinst du, sie merkt noch, wie schön es dort ist? Sie sieht doch sowieso schlecht. Kennt sie da überhaupt jemanden?"

„Weiß ich nicht. Es war Mutters Entscheidung. Da rede ich ihr nicht rein. Sie muss in dem Ort auch niemanden kennen. Sie kommt doch schnell mit anderen in Kontakt."

„Eben. Nachher kommt sie zurück, grinst und sagt, dass sie einen alten Knacker aufgetan hat. Zuzutrauen wäre ihr das."

„Mutter weiß, was sie tut."

„Das bin ich mir nicht so sicher. Sie soll das Haus auf Langeoog aufgeben, uns endlich überschreiben und sich um einen Platz beim Betreuten Wohnen kümmern. Du wirst sie mal nicht pflegen können. Das weißt du auch. Von Bremen bis zur Insel – viel zu weit. Außerdem arbeiten wir beide. Sobald sie zurück ist, werde ich sie darauf ansprechen – wenn du es schon nicht tust. Oder hast du wegen des Themas Angst vor ihr?"

Mira Hauser gelang es meist, ruhig zu bleiben, je gereizter ihr Mann wurde. Da saß er an dem zerkratzten Esstisch, im dunkelblauen Anzug und einem gestreiften Hemd. Mit zehn Kilo Übergewicht und dunklen kurzen Haaren, in dem sich erste Silberfäden zeigten. Er musste viel arbeiten. Auch heute, obwohl er gestern noch gesagt hatte, er komme schon mittags. Nun war es bereits später Nachmittag. Sie selbst arbeitete in einer Gärtnerei. Sie brauchte die Natur und werkelte gern im Freien. Pflanzen gießen und düngen, ein- und umtopfen, zurückschneiden – das gefiel ihr.

Der Familie ging es gut. Es lauerten weder Zahlungsunfähigkeit noch Schulden, noch Inkasso-Büros auf sie. Ihre Ehe war wie viele andere Ehen auch, es gab keine Liebhaber oder Liebhaberinnen. Also ganz normal. Sie hatten immer noch guten Sex. Bei dem der belanglosen Art träumte sie dann von einem aufregenden und gesichtslosen Mann. Das half. Derzeit hatten sie keinen Sex. Das lag an ihrer Tochter. Jetzt aber, überlegte Frau Hauser, jetzt haben wir endlich Zeit dafür. Zu viel Zärtlichkeit war Frauensache. Davon hielt ihr Mann nicht viel. Aber jetzt, da sie vermutete, dass es Jördis sehr viel besser ging als zuvor, jetzt wollte sie ihn dazu animieren.

3

Über das Pflaster der Friesenstraße flatterte ein Plakat einem Spaziergänger vor die Füße. Er hob es auf und las: Tagung der Gemeinschaft DIE AUSERWÄHLTEN im Haus der Insel, Saal 1. Herzlich willkommen. Der Eintritt ist frei. (Spenden sind erwünscht)

Vorträge: „Wie gestalte ich mein Leben neu?“ Ab 14 Uhr.

„Wie erreiche ich das absolute Glück?“ 16.30 Uhr

„Gesund für immer? Krankheiten sind heilbar – Spontanheilungen“ Diese Veranstaltung beginnt ab 19.30 Uhr. Voranmeldungen erbeten.

Er faltete das Blatt und steckte es in die Gesäßtasche seiner verwaschenen Jeans, blickte auf seine Hände, auf die Handinnenflächen. Schmutz hatte sich in den Hautrillen festgesetzt. Er zog ein Papiertaschentuch hervor, wischte die Hände daran ab, schulterte seinen Rucksack, bog in das ‚Blumenthal‘ ein und blieb vor einem niedrigen Backsteinhaus stehen. Hier hatte von März bis Oktober die Holzschnitzerin Krista Vogel ihre Sommerwerkstatt. Aus angeschwemmten Hölzern schuf sie skurrile Figuren und verkaufte sie gut.

„Moin.“ Der Mann rückte seine Sonnenbrille gerade, zupfte die dunkelblaue Strickmütze zurecht und entnahm seinem Rucksack ein Stück Holz, das noch mit Rinde versehen war.

„Ich finde, es ist so interessant gebogen, können Sie eine weibliche Figur daraus herstellen? Also, ein wenig nach Vorlage dieses Fotos hier.“

Er zog eine Aufnahme aus der Gesäßtasche und reichte sie Krista. „Das Holz fand ich im Wäldchen, ich sammele so etwas. Ich weiß ja nicht, wie lange Sie dazu brauchen, aber ich möchte es meiner Frau zum Geburtstag schenken. Würde es bis Mitte der nächsten Woche klappen?“

„Das ist schon ein bisschen knapp.“ Krista Vogel hob den Kopf, hielt die Hand vor die Augen, um nicht in die tief stehende Sonne sehen zu müssen. „Geben Sie mal her.“

Er überreichte ihr eine Papiertüte.

Krista entdeckte darin einen massiven Holzkanten, dazu Laub und Erde. Sie schüttete alles neben ihrem Arbeitsplatz aus.

„Na ja.“ Wieder blickte sie den Mann an. „Ist es Ihnen ernst damit?“

„Natürlich.“

„Aus dem Rohling eine Frau? Ansatzweise, mehr geht in der kurzen Zeit nicht.“ Sie stand auf und man sah, dass ihre blaue Schürze schon oft benutzt worden war. „Ich werde es nach dem Entrinden einspannen. Mal schauen. Aber Sie müssen eine Anzahlung machen. Nicht, dass Sie sich mit Ihrer Frau streiten und dann ... ist alles schon passiert.“ Krista Vogel zeigte um die Augen feine Fältchen, die von Humor zeugten.

Der Mann trat näher heran und besah sich die ausgestellten Stücke. Aus einem Stück Weidenholz lachte ein Seemann, daneben standen ein Gnom und eine in Arbeit befindliche Möwe. Etliche Holzrosen lagen auf einem Brett zum Verkauf ausgebreitet.

„Fünfzig Euro“, sagte Krista Vogel, „benötige ich als Anzahlung. Dafür haben Sie sicher Verständnis – ohne kann ich keine Aufträge annehmen. Sie müssen wissen, ich bin mit Arbeit reichlich eingedeckt."

***

Die Tonfolge a-d eines Martinshorns im Frequenzbereich 362-483 Hz, dem Signal für die Nutzung auf dem Land, schrillte laut. Niemand außer Carla schien darauf zu achten. Für die technischen Details des deutschen Folgetonhorns hatte sie sich einmal interessiert und daher einige Details behalten. Die Sirene schrillte. Urlauber, die auf der Barkhausenstraße bummelten, wirkten weder erstaunt noch verzogen sie ihre Mienen. Für sie war alles wie immer und dieses Geräusch war höchstens unangenehm, aber es ging sie nichts an.

Die Polizistin entdeckte weder Rauchwolken noch roch sie Rauch. Sie blieb vor dem Fahrrad-Verleih stehen und betrachtete die neuen ausgestellten Modelle.

Es war ein wunderbarer Sommertag. Das Blau umhüllte die Insel und die Wärme war angenehm, machte leicht und die Gedanken frei. Carla fühlte sich nach den ersten abendlichen Strandspaziergängen wieder mit Langeoog vertraut, konnte sich einfügen wie schon vor ein paar Jahren, als sie hier das erste Mal Saisondienst gemacht hatte. Heute, ganz früh, war sie vor Dienstbeginn schon am Hafen gewesen, hatte sich auf die Böschung gesetzt und die Boote beobachtet, die sich auf dem ruhigen Wasser wiegten. Sie hatte Salz auf den Lippen gespürt und Tang gerochen und ihre Blicke waren den Seevögeln hinterher gefolgt. Sie war froh, einmal wieder hier zu sein und die Ostfriesischen Inseln waren eine ziemlich heile Welt. Ab und an passierte mal etwas. Ganz selten schlimme Dinge. In den letzten zwei Jahren hatte es hier kein Gewaltverbrechen, kein Tötungsdelikt gegeben. Nur das Übliche: Diebstahl, Einbrüche, Körperverletzungen. Und damit konnte sie gut zurechtkommen.

Wieder sah sie sich die Räder an, beobachtete dabei auch die ganz Gründlichen, die jede Schraube genau musterten, ehe sie mieteten.

Hermann Lindner hatte ihr ein altes, aber recht stabiles Damenrad zur Verfügung gestellt. „Ist noch eins von Rabeneick, einer Firma, die bis Ende der fünfziger Jahre in Brackwede bei Bielefeld produziert hat. Dieses Rad atmet Geschichte aus“, hatte er begeistert erzählt, „Fahrradgeschichte, ehe die Firma zum Beispiel von Fichtel & Sachs übernommen wurde. Die Guten werden gefressen, so ist es nun mal. Geh da sorgfältig mit um …“

Hermann liebte alte Räder, war immer im Keller oder hinterm Haus und werkelte, baute auseinander, baute neu zusammen. Carla benutzte das historische Rad kaum, sie befürchtete, dass es gestohlen werden könnte. Außerdem verfügte die Polizeiwache über eigene Räder.

Das Wetter und die klare Luft verführten Carla dazu, sich draußen vor das alteingesessene Café ‚Leiß‘ zu setzen. Hier, mitten im Dorf, konnte sie gemütlich Zeitunglesen, Kaffee oder Tee trinken, leckere Kleinigkeiten essen und das aufkommende Urlaubsgefühl genießen. Aber auf sie warteten der Kollege und die Arbeit. Wenn sie das Sitzen hier wenigstens als Beobachtungsposten erklären könnte. Aber dienstlich gesehen gab es nichts zum Beobachten. Und dann könnte es allzu schnell heißen, die Neue aus Aurich sitzt nur faul herum. Im Prinzip war ihr Gerede egal. Im Prinzip. Aber jetzt waren solche Gedanken nicht nötig. Sie war friedlich gestimmt, blickte rüber zum Café, den Sonnenschirmen und dem Ober, der mit einem beeindruckenden Bart und flinkem Blick vor dem Eingang stand und zu Touristen eilte, die mit den Fingern in die Luft schnippten. Morgen gehe ich da hin und werde hier frühstücken, nahm sie sich vor.

Jetzt aber blickten die Leute wie auf ein geheimes Kommando hinter einem Mann her, der mit einer schnatternden Gans die Straße entlang flanierte. Auch Carla war von dem Anblick in den Bann gezogen. Wahrscheinlich ein besonderer Gag, überlegte sie. Vielleicht gibt es einen neuen Laden mit Gänsen aus Keramik.

Plötzlich schrie sie auf. Eine kleine Frau mit einem faltigen Nussgesicht knallte einen Stock gegen ihr Bein und fragte mit heller Stimme: „Gehen Sie auch zum Feuer? Ich find's immer wahnsinnig schön und aufregend."

„Feuer? Hier ist keins."

„Doch. Ich meine das Sommerfeuer am Schniederdamm. Deshalb ging ja wohl eben die Sirene." Die Frau stieß erneut mit dem Stock zu.

„Unterlassen Sie das!"

Sie kicherte albern.

Genervt zog Carla den Dienstausweis aus der Innentasche ihres Anoraks hervor.

Die Frau blickte erst darauf, und kam dann so nah heran, dass Carla ihren Atem riechen konnte. Wieder grinste sie breit. Carla sah braune Zahnstummel. „Was für eine zimperliche Polizistin haben wir denn da, die gleich Aua schreit? Nun stellen Sie sich nicht so an. Und jetzt gehe ich erst mal zur Ausstellung da im Haus der Insel, da macht eine Frau Möwen aus son Knetzeug. Als ob wir nicht genug von den Biestern hätten." Die Alte rief „Zack und zack", und schlug belustigt auf den Hintern eines Mannes in einem blauen Hemd. Der drehte sich um. Aber die Frau marschierte schon, den Stock in der Luft schwenkend, auf der anderen Straßenseite weiter.

„Frechheit! Die Alten können sich wohl alles erlauben!" Der Mann bebte vor Empörung. Eine Möwe schoss auf ihn zu und entriss ihm ein Papier, das er in der Hand hielt. „Mistviecher! Überall werden die gefüttert."

Carla drehte sich um, schaute weder zum ‚Leiß' noch zu ‚He Tant' hinüber, obwohl sie Hunger bekommen hatte. Sie ging weiter. Von der Barkhausenstraße bog sie auf die Hauptstraße und erreichte mit ein paar großen Schritten die Polizeistation an der Kaapdüne. Dort entdeckte sie ihren Kollegen, der neben dem Feuermelder stand und sich mit einer Frau unterhielt. Hätte ich mir bloß die Zeit für einen Kaffee genommen, dachte Carla, Gerrit unterhält sich und ich eile abgehetzt herbei.

Es roch nach Sonne, nach Schweiß, nach Ferien. Der Wasserturm thronte über dem Dorf wie ein Fürstensitz. Ein paar Meter weiter befand sich die Buchhandlung, in der sie ihre Zeitungen kaufte. Carla liebte den Laden. Jeder Zentimeter darin wurde für Bücher, für Zeitschriften, für Schreibwaren genutzt.

Carla beobachtete, wie der Mann, den die Hutzelfrau auf den Hintern geschlagen hatte, die Düne hochging. Wahrscheinlich zum Strand, dachte sie etwas neidisch und fragte ihren Kollegen sofort als sie ihn erreichte, „Riechst du das auch? Ist das jetzt dieses Sommerfeuer oder brennt es wirklich?"

„Sommerfeuer? Wie kommst du darauf? Es gibt aber eine starke Rauchentwicklung im Erdgeschoss eines Hauses an der Willrath-Dresen. Scheint aber nichts Großes zu sein."

„Welches Haus denn?"

„Die Leitstelle sagte, es ist das von Frau Bracht. Ich weiß nicht, ob sie überhaupt noch vermietet. Die ist doch längst in Rente."

„Müssen wir hin?", fragte Carla und schaute dabei die Frau an, die an der Hauswand lehnte und sie auch ansah. Gerrit kam nicht mehr zu einer Antwort, denn sie stellte sich gleich vor: „Göntje. Einfach nur Göntje", und reichte Carla die Hand.

„Sie? Sie sind das?" fragte sie erstaunt. „Ich brauche keine Hexensalben. Hat etwa Frau Lindner ...?"

„Sie hat. Und über Kopfschmerzen zu sprechen, ist doch nichts Schlimmes. Ich sehe, wie Sie gehen, also könnten sie daher kommen. Soll ich Ihnen eine Salbe anrühren, aus roter Taubnessel, Liebstöckel, Waldmeister, Schöllkraut ..."

„Noch komme ich zurecht, vielen Dank!"

Dass die Kopfschmerzen begonnen hatten, seitdem ihre beste Freundin vor einigen Monaten gestorben war, ging keinen etwas an. Sonst hätte sie sofort weinen müssen.

„Sie brauchen neue Träume und Sie müssen Ihren Kopf von so manch alten Gedanken befreien. Übrigens, Schöllkraut lindert den Schmerz, Efeu ...“ Göntje nickte Carla ermutigend zu.

„Glauben Sie das wirklich?“

„Glaube allein reicht nicht. In Ihre Salbe kämen noch Thymian und Salbei ...“

„Ich bin doch kein Waldsalat!“

„Wenn Sie so stur bleiben, werden Sie es bald.“

„Lass sie, Göntje“, bat Gerrit und wandte sich an Carla. „Versuchs doch mal. Sie kann viel.“ So wie er das sagte, wirkte es überzeugend. Er war ein Mann, der Überzeugung und Zuverlässigkeit ausstrahlte.

Ein plötzlicher Regenschauer entlud sich. Die Polizisten eilten ins Haus. Göntje winkte ab, als Gerrit sie herein bat. „Ich gehe gern durch den Regen“, und sie fügte hinzu: „Weihrauch brauchen Sie auch – der entspannt, fördert das Glücksempfinden und stärkt die Wahrnehmung.“

***

Angenehm überrascht ließ sich Henning Hauser von seiner Frau Jackett, Hemd und alles andere auch ausziehen. So spontan hatte sie lange nicht mehr gehandelt. Während er sich ihr lächelnd zuwandte, überlegte sie: „Ob ich eben noch mal Jördis anrufe? Nur um zu wissen, was die Mädchen jetzt machen?“

„Das kannst du gleich machen. Spiel’ nicht die Glucke. Du weißt genau, dass sie gerade das nicht ausstehen kann.“

Mira Hauser unterdrückte ihre Unruhe, eine Unruhe, die Mütter oft befällt, wenn ihre Kinder verreist sind.

Wenn sie sich verändert haben. Es gab noch so viel mehr, worüber sie sich Sorgen machte. Aber jetzt versuchte sie, diese zu verdrängen, dachte an sich, an ihren Mann, an die Gemeinsamkeit dieses Augenblicks.

Als eine lange Zeit später Henning Hauser in einen entspannten leichten Schlaf fiel, stieg sie aus dem Bett, angelte mit den Füßen nach ihrem Handy, das sie auf den Boden gelegt hatte und tippte die Kurzwahl für Jördis. Damit ging sie in das Zimmer ihrer Tochter, roch Mädchenduft und Schweiß. Sie roch noch anderes, wusste aber nicht, was es sein könnte. Hätte sie es gewusst, wäre sie an Tränen und Träume von Liebe erinnert worden. Sie hob ein zerknülltes T-Shirt auf, strich die Überdecke auf dem Bett glatt und stand dann gedankenverloren da, blickte auf die Schrägen, an denen die Poster von Musikgruppen inzwischen abgerissen waren, sie schaute auf den Schreibtisch, der auffallend aufgeräumt war. Jördis' Notebook war ausgeschaltet. Endlich, dachte Mira, hat sie verstanden, dass auch Standby Strom zieht. Erst hatte Jördis auf einen WLAN-Router bestanden, jetzt aber wollte sie ein iPhone. Ihr Smartphone tut's noch eine ganze Weile. Ist doch grässlich, bis ins Bad ständig erreichbar zu sein.

Sie achtete darauf, dass ihre Tochter nicht gleich alles bekam. So wie ihre Freundin Ilka, mit der sie nach Langeoog gereist war.

Mira betrachtete das Bücherregal und wunderte sich wieder einmal, dass hier inzwischen Gedichtbände und etliche Klassiker neben Fantasy-Sagas standen. Ein Bändchen gab es doppelt. Sie las den Titel, ohne ihn in sich aufzunehmen und schob ihn wieder zurück. Seit wann interessierte sich Jördis dafür? Möglich, dass es der neue Lehrer ist. Es war so schade, dass sie kaum noch etwas erzählte. Neuerdings herrschte nur bockiges Schweigen. Mira verstand von Lyrik wenig, aber es freute sie, dass Jördis sich endlich für andere Themen interessierte.

Das Haus, in dem Familie Hauser lebte, war geräumig und verwinkelt. Über der Eichentruhe im Flur hing ein Regal. Es war belegt mit Kaffeetassen, die niemand mehr nutzte, Steinen und winzigen Gartenzwergen. „Kraut und Rüben. Voll peinlich", hatte Jördis letztens geschimpft.

Mira schloss die Tür, ging die Treppe hinunter in die Küche, sah sich um und griff nach einem hart gewordenen Stück Pizza mit schrumpeligem Käse. Ließ es fallen, denn unweit des Solarplexus durchfuhr sie ein so eigenartiger, heftiger Schreck, der schmerzte und den sie nicht deuten konnte.

***

Um 17.30 Uhr alarmierte ein Augenzeuge die Feuerwehr. Die Einsatzkräfte kamen mit Atemschutz. Da das Feuer nur im unteren Teil des Hauses ausgebrochen war, konnte der Brand schnell eingedämmt werden.

Im Erdgeschoss befand sich niemand. Ein Feuerwehrmann wusste, dass die Besitzerin, Eleonore Bracht, Urlaub am Bodensee machte. Das Feuer schien in der Küche ausgebrochen zu sein und hatte sich von hier aus weitergefressen.

Draußen war die Inschrift ‚Haus Bracht' nicht mehr lesbar, und die bisher imponierende, immer etwas schiefe Haustür war angekohlt. Der inzwischen verstorbene Peer Bracht hatte die Tür vor vielen Jahren aus Sansibar importiert. Er kaufte von angesehenen Bootsbauern Möbel, die sie aus dem Holz Nungwi recycelten. Altes Holz nahmen sie von ausrangierten Segelbooten, mit Gebrauchsspuren von Wind und Wasser. Kleinmöbel hatte er bis zu seinem Tod auf der Insel und an Land verkauft.

Der Steinfußboden vor dem Eingang und im Flur war durch die Hitzeentwicklung geborsten. Links im Flur befand sich ein Fenster mit Glassplittern im Rahmen.

Türen standen offen. Zimmer waren durch die Löscharbeiten verwüstet. Um den Rauch aus den Räumen zu bekommen, kam der Überdruck-Belüfter zum Einsatz.

Brandmeister Terbassen stand breitbeinig im Flur und wies nach oben.

„Überall nachgeschaut?"

Seine Kollegen blickten sich fragend an. „Auf der Zwischenetage gibt's ein Apartment und zwei Gästezimmer. Nein, da ist niemand drin."

„Das weiß ich." Terbassen wies erneut nach oben. „Da – meine ich!"

„Es gibt nur noch den Dachboden ... da hat es ja nicht gebrannt, wir mussten hier löschen! Ich kann ja gleich nachsehen."

„Mach' ich jetzt selbst." Hustend stieg Terbassen über die enge Holztreppe nach oben.

Kurz darauf polterte er wieder herunter, mit seinem iPhone am Ohr, sprach mit der Insel-Rettungswache, rief die Polizeiwache an und den Inselarzt Dr. Silla, der sich im Abend-Notdienst befand.

Dann erst konnte er sagen: „Wenn man Glück hat ... manche scheinen keins zu haben. Ich kann es noch nicht glauben. Das ist so schlimm."

Terbassens Gesicht war rußverschmiert. Er wischte sich über die Augen. Mehr konnte er nicht erklären, denn schon bremste der Wagen der Rettungswache vor dem Grundstück. Er eilte dorthin und erklärte die Sachlage dem Wachleiter und dessen Mitarbeitern. Sofort rasten sie mit Notfallrucksäcken und zusammengeklappten Tragen zum Dachboden.

Terbassen bemühte sich um Sachlichkeit und rief: „Ist der Keller durchsucht?"

„Ist", rief ein Feuerwehrmann zurück, „Da ist nur Löschwasser runter gelaufen, kein Glutnest vorhanden, alles in Ordnung."

„Wo befindet sich Frau Bracht? Weiß einer das? Wie kommen bloß die ..." Er unterdrückte die Worte, die er noch sagen wollte, als er sah, dass der Kommissar Gerrit Blau vom Fahrrad sprang. Die Zwischenstange war mit *Polizei* beschriftet. Er nahm Terbassen beiseite und befragte ihn. Gerrits Gesichtszüge entgleisten.

Carla knallte das Rad gegen einen Baum. Sie hatte am Blick des Kollegen und dessen knapper Geste gesehen, dass Eile geboten war.

Zusammen beobachteten sie, wie eine Trage aus dem Haus gebracht wurde.

„Wer ist verletzt?"

„Terbassen steht so unter Schock, der konnte bisher nur mit dem Notarzt sprechen", erklärte Gerrit.

„Wen haben Sie gefunden?", fragte Carla den Notarzt.

„Zwei junge Mädchen. Eins davon ist tot. Es ist wohl eine unklare Todesursache. Wir brauchen alle Hinweise zur Klärung, alles, was von hier aus möglich ist. Warten Sie bitte, wir sind noch mitten in der Notfallversorgung. Ein Mädchen lebt. Noch." Ein Paravent stand schon als Schutz bereit, damit niemand unbefugt seine Neugier befriedigen konnte.

„Wo wurde die Tote denn gefunden?" Noch während sie dies aussprach, konnte Carla selbst nicht glauben, was sie da fragte. Eine Tote, unklare Ursache?

„Auf dem Dachboden."

Dr. Silla kam zu ihr.

„Mein erster Eindruck ist", erklärte er hastig und sichtlich nervös, „dass die Opfer wahrscheinlich Drogen intus haben. Vielleicht auch Gift. Aber das finde ich eher melodramatisch, wenn ich dies so sagen darf. Auf einer Ferieninsel kann ich mir dergleichen nicht vorstellen. Trotzdem: Die Mädchen müssen betäubt gewesen sein."

„Wieso denn?", fragte Gerrit und bekam keine Antwort. Er ging mit Carla hinter den Paravent und beide blickten in ein grau-blasses Mädchengesicht.

„Bei der anderen kamen wir zu spät. So zwischen acht und zwölf Stunden zu spät. Es sieht nach einem Fall für euch aus. Beide haben schwere, einander recht ähnliche Kopfverletzungen, als hätte jemand ... Nun, wie gesagt, das wird euer Part. Sicher ein Schädel-Hirn-Trauma bei der Überlebenden, einmal vorsichtig ausgedrückt." Nach kurzem Überlegen fügte er hinzu: „Sie könnte es aber schaffen. Um wen es sich bei den beiden handelt, weiß ich nicht – ich kenne sie jedenfalls nicht. Feriengäste? Doch eher nicht, wenn Frau Bracht nicht da ist. Oder sind es Verwandte von ihr? Die Mädchen hatten sich ein Bett auf dem Dachboden gemacht. Vielleicht wegen des Ausblicks – da oben ist ja ein modernes Panoramafenster eingelassen. Schau mal durch – ein fantastischer Blick!"

„Sie sind ja fix mit Ihren Vermutungen. Ich hoffe doch, dass andere die zwei kennen. Außer Ihnen war doch niemand auf dem Dachboden?", hakte Carla nach.

Dr. Silla blickte auf die Verletzte. Inzwischen war sie versorgt und stabilisiert.

„Doch. Notarzt, Sanitäter und die Feuerwehrmänner."

„Also sind alle Spuren zertrampelt. Toll." Gerrit klang missmutig. Er blickte Carla an. „Dann wollen wir gleich einsammeln ... du hast doch den Spurensicherungskoffer mitgebracht?"

Er wandte sich erneut an den Inselarzt. „Sie deuteten eben etwas an. Ist möglicherweise Alkohol im Spiel?"

„Also, was ich nach meinem ersten Eindruck sagen kann, ist, dass bei der Überlebenden die Pupillen zu groß sind und der Puls zu schnell ist. Neben einer eher minimalen Alkoholdosis scheint mir ganz Anderes im Spiel zu sein. Sagte ich ja eben schon. Ich denke mehr und mehr an Drogen. Wir hatten letztens einige Fälle mit K.-o.-Tropfen und in diesem Fall tippe ich auf so etwas. Nur kommen noch die schweren Wunden an den Hinterköpfen der Mädchen hinzu. Es muss ein sehr harter Gegenstand gewesen sein, so, wie die Verletzungen aussehen. Aber – meine Aussage ist nicht amtlich und damit verwertbar. In Sanderbusch werden die Kollegen das genauer beurteilen können. Wenn es K.-o.-Tropfen waren, muss es jetzt schnell gehen, sonst kann man Gammahydroxybuttersäure nicht mehr nachweisen. Das Zeug baut sich sehr schnell wieder ab. Oder aber sie haben andere Rauschgifte intus. Seitdem sich jeder Laie die wie Bonbons selbst herstellen kann, ist alles möglich."

„Danke", erwiderte Gerrit, „wir sichern jetzt lieber schnell."

Dabei hoffte er, genauso gut und aufmerksam zu sein wie die dafür ausgebildeten Spurensicherer.

Terbassen telefonierte, ging danach für einen Moment hinter das Haus, um wieder durchatmen zu können. Das Schicksal der jungen Mädchen nahm ihn sehr mit. Der kräftige Mann, der immer noch seinen Helm trug, ging zu Gerrit. „Der Hubschrauber ist geordert. Für eine Fahrt ans Festland mit der ‚Caspar Otten' würde der Transport zu lange dauern. Wir haben höchste Dringlichkeitsstufe signalisiert."

„Die Vorbereitungen für den Intensivtransport sind auch fertig", erklärte der Notarzt seinem Kollegen. „Ich habe vergessen, mich vorzustellen: Redorff. Detlef Redorff. Ich fliege mit nach Sanderbusch. Und Doktor Silla kann Ihnen mehr zu der Toten sagen."

„Hat er schon", bemerkte Gerrit.

Schon war der Rettungshubschrauber zu hören. Im Landeanflug wehten die Rotoren das Gras flach. Sanitäter eilten herbei. Äußerst vorsichtig wurde die Schwerverletzte umgebettet. Schon kam die Meldung, dass das Nordwestkrankenhaus Sanderbusch sich auf die Patientin vorbereitete. Hightech-Geräte wurden eingesetzt, die Mediziner sprachen der Patientin beruhigend zu – auch, als sie nach einem kurzen Aufwachen wieder bewusstlos wurde. Die Turbinen liefen erneut warm für den Wettlauf um das Leben der Unbekannten.

***

Gerrit sicherte das Grundstück. Carla legte den Spurensicherungskoffer auf dem Dachboden ab, öffnete ihn und entnahm sterile Überzieher für die Schuhe und die obligatorischen Latexhandschuhe. Es war ihr recht, wenn sie sich zunächst alleine umsah. So konnte sie sich am besten konzentrieren. Sie schloss die Tür. Es stank nach Rauch, trotz des weit offenstehenden Fensters. Möwen schossen im Steilflug herunter. Ein Krähenschwarm schimpfte.

Bevor Carla sich die Tote ansah, ging sie langsam durch den Raum. Der Fußboden war staubig und von Schuhspuren durchsetzt. Rechts und links waren die Wände schräg und unverputzt. An einem Garderobenständer hingen Hosen, Shirts, Pullover und Jacken übereinander. Ein Bild mit Heckenrosen lehnte an der Wand. Rechts lagen zwei Matratzen nebeneinander, auf denen sich verrutschte Bettlaken befanden, eine zusammengeknüllte Bettdecke und zwei altmodische Sofakissen, die mit Heckenrosen bestickt waren. Neben dem provisorischen Bett lag quer auf dem Fußboden eine Stehlampe. Dahinter stand eine niedrige Holztruhe. Auf den Kissen hatte sich eine Blutlache bis auf das Laken ausgebreitet. Carla tippte darauf. Das Blut war eingetrocknet.

Sie wusste, dass sie mit der Situation zurechtkommen musste. So etwas gehörte zu ihrem Job. Aber es war die Bösartigkeit, die in diesem Raum noch zu spüren war, die ihr zu schaffen machte. Was war geschehen und warum? Ostfriesland ist doch der friedlichste Landstrich überhaupt, überlegte sie. Nach einem tiefen Durchatmen sah sie sich schließlich das Mädchen an. Um den Mund und auch am Hals klebte Erbrochenes. Der Körper lag schräg, ein Bein war wie zum Sprung angewinkelt. Eine Hand war geschlossen und hielt blaue Blumen, die schon welk waren. „Das Maiglöckchen des Pirolatals", staunte sie. Dass sie die Blume erkannte, die nur auf dieser Insel wuchs, hatte sie ihrer Freundin zu verdanken, die sie einmal mit einem Sträußchen überrascht hatte. Vorsichtig zog sie die schlaffen Blumen aus der Hand. Es war nicht ganz einfach, der Körper befand sich noch in der Totenstarre. Carla blickte auf die geschlossenen Augen. Das Gesicht war unverletzt, die langen braunen Haare am Hinterkopf mit Blut durchtränkt. Das Mädchen trug ein weites, bedrucktes T-Shirt und eine weiße, dreiviertellange Jeans mit Schmutzspuren, aber keine Schuhe. Wie alt mochte sie sein? Sie zog ein Notizbuch hervor, das sie immer bei sich trug, und schnippte das schwarze Gummiband ab.

„Junge Frau zwischen fünfzehn und siebzehn Jahren. Noch nicht einmal vierundzwanzig Stunden tot."

Sie klappte das Notizbuch wieder zu und drehte die Leiche auf die linke Körperseite. Jetzt konnte sie die klaffende Wunde sehen, die unter dem blutig verkrusteten Schorf sichtbar wurde. Über der Leiche hing der Geruch nach Vergorenem und nach Alkohol. Bier vielleicht? Silla hatte von Alkohol gesprochen. Carla blickte um sich, Bierflaschen oder Wein fand sie nicht. Auch keinen Schnaps. Aber den tranken Mädchen wohl eher nicht. Höchstens Szenegetränke, Cocktails, aber die hatten sie hier oben nicht mixen können – in Ermangelung der Zutaten. „Wer fröhlich trinken will, hat das Zeug doch bei sich. Nirgends Gläser ..."

„Man kann ja aus der Flasche trinken." Gerrit war dazugekommen und besah sich ebenfalls die Wunde. „Ob sie auf die Truhe gestürzt ist?" Er bückte sich und strich darüber. „Die Kante ist ziemlich scharf."

„Aber beide? Die andere hat ja auch so ähnlich aussehende Verletzungen – jedenfalls, soweit ich das sehen konnte. Hatte Silla stutzig gemacht."

„Du denkst doch wohl nicht, dass auf meiner Insel ein Mord passiert sein könnte? Es war bestimmt ein Unglück ... kaum bist du hier, passieren die schlimmsten Dinge."

Carla winkte ab.

Ein kräftiges „Ähm" ließ sie zusammenfahren. Dr. Silla stand im Türrahmen. Sein schmales Gesicht glühte. Selbst sein Schnurrbart schien zu glühen. Aber das konnte auch an seinem rötlichen Haar liegen.

„Nehmen Sie sich erst sterile Überzieher da aus dem Koffer!", riet Carla, „vorsichtshalber!"

„Quakelatüt! Blast euch nicht auf. Vorher war ich ja auch ohne Ihre Plastikpuschen im Raum. Machen Sie doch nicht auf berühmte Ermittlerin, meine liebe Frau Bernstiel. Im Übrigen habe ich vor dem Eintreffen des Kollegen Redorff den Tod des Mädchens festgestellt. Ich! Ich habe es untersucht. Die Verletzung kann mit zum Tod geführt haben. Und ich sage weiterhin, die Todesursache ist und bleibt unklar."

„Haben Sie etwa Spuren an ihrem Körper abgewischt?"

„Kaum. Ich habe aber ‚unklar' auf dem Totenschein vermerkt. Und – falls Sie daran denken – nein, ich habe keinen Hinweis auf eine Vergewaltigung gefunden. Aber Genaueres können Sie sicher später sagen, Sie haben ja das Zauberköfferchen dabei."

„Danke. Also, unklar", bestätigte Gerrit. „Ich frage noch einmal, könnte die Todesursache ein unglücklicher Sturz gewesen sein?"

„Bitte, Gerrit. Das müsstest du auch wissen, solche Wunden zieht man sich nicht durch einen Sturz zu. Die Mädchen lagen nebeneinander, mit den Gesichtern ein wenig zum Fenster gedreht. Das würde einfach nicht passen", überlegte Silla laut.

„Oder kann es doch die Truhenkante gewesen sein? Vielleicht sind sie auf der Matratze herumgehüpft, haben was getrunken, vielleicht noch irgendein Zeug eingenommen und sind dann gestürzt. Was meinst du, Gerrit?", dachte Carla laut.

„Es wäre möglich. Solch ein Sturz muss nicht gleich tödlich sein. Aber beide mit einer so ähnlichen Kopfverletzung? Ich weiß nicht. Deine Theorie wackelt."

„Ich bleibe bei unklar", wiederholte Silla. „Rufen Sie bitte Ihren Staatsanwalt an, die Tote muss abtransportiert werden, wir haben ja weder einen Bestatter noch einen Kühlraum auf der Insel." Er strich über seinen Schnurrbart. „Und über einen Rechtsmediziner verfügen wir auch nicht. Ich bin Inseldoktor und der Hausarzt von Frau Bracht. Die sehr gesund in den Urlaub gefahren ist. Das weiß ich."

„Hat sie Ihnen eine Adresse hinterlassen?", fragte Carla. „Und warum hat das Mädchen diese Blume in der Hand?", wandte sie sich an Gerrit, der ihr schon ein Beweismitteltütchen geöffnet entgegenhielt.

„Du kennst dich mit der Inselflora aus? Na, so wichtig werden die Blümchen nicht sein ..."

„Frau Bracht befindet sich zur Erholung am Bodensee", erklärte Silla. „Ich habe ihr von Konstanz vorgeschwärmt. Ich meine, dass sie daraufhin gesagt hat, lieber wäre ihr ein kleiner, schmucker Ort. Sie brauche Ruhe. Ihre Familie sei letztens anstrengend gewesen. Na ja, so in der Art. Mehr weiß ich nicht."

Carla notierte.

„Und, haben Sie schon Fotos gemacht? Fingerabdrücke genommen?", erkundigte sich Silla süffisant.

Sie antwortete nicht, die Besserwisserei des Doktors ging ihr auf die Nerven.

Gerrit rannte die Treppe hinunter, und kam kurz darauf heftig atmend mit einer Kameratasche zurück. Diese und den Koffer für die daktyloskopischen Untersuchungen hatte er auf dem breiten Gepäckträger seines Polizeifahrrads transportiert.

„Doktor, es wäre jetzt besser, wenn du den Raum verlässt, nicht, dass wir nachher deine Spuren gesichert haben."

Der Arzt blieb stehen.

„Gerrit, mach du die Aufnahmen, ich fange mit den Fingerabdrücken an", sagte Carla und wandte sich zu Silla. „Wir machen jetzt Hinweisvergleiche, bei denen die Spuren mit Vergleichsabdrücken möglicher Tatverdächtiger und auch berechtigter Personen ..."

„Weiß ich doch, was Sie machen. Das brauchen Sie mir nicht aufzutischen." Niemand wusste um seine heimliche Sehnsucht, ein berühmter Rechtsmediziner zu sein. Und wenn er an diesen Wunsch dachte, begann sein linkes Augenlid zu zucken. So wie jetzt.

„Eben. Sie wissen ja so viel, aber wir machen alles Weitere trotzdem alleine." Carla sah sich erneut um. „Gibt es hier Wertgegenstände?", fragte sie. „Wir sollten auch in Frau Brachts Räumen nachschauen. Warum hatten die Mädchen keine Schuhe an? Eine Frau ohne Schuhe gibt's nicht. Wenn es doch ein simpler Einbruch war und der Täter überrascht wurde?"

„Von wem? Von den Mädchen? Und ein Einbrecher schlägt sie zusammen? Würde er dann nicht eher abhauen, wenn er entdeckt wird?"

„Wie hat der Täter sich Zugang ins Haus verschafft? Kannten die Mädchen ihn? Waren es mehrere Täter? Vielleicht Jungs aus der Disco, wollten sie hier weiterfeiern? Und dann ist ihnen der Spaß vergangen?", fragte sich Gerrit laut.

Während er die Schuhabdrücke, das Bett, das Laken und die Tote fotografierte, befand er: „Hier ist nichts, was auf eine Party hinweisen würde. Nichts."

Wieder blickte Carla auf das Bett. Nach einem Kampf sah es nicht aus. Überraschungsangriff? Beide müssen doch um ihr Leben geschrien haben. Hatten sie tatsächlich K.-o.-Tropfen intus?

„Sie müssen ohne ihre Eltern auf die Insel gekommen sein. Sonst wären die ja wohl hier", vermutete Gerrit.

„In dem Alter reisen Mädchen alleine." Carla beugte sich über die Leiche. Sie zog das blutgetränkte Kissen unter dem Kopf weg, machte etwas später die Faserspurensicherung und entdeckte einen Faden.

Nach Beendigung ihrer Arbeit verließen sie den Dachboden, zogen vor der Tür ihre Überschuhe und Handschuhe aus, die sie eintüteten. „Morgen übergebe ich alles mit der ersten Fähre zum Abgleichen“, sagte Carla. „Ein Auricher Kollege soll die Sachen in Bensersiel in Empfang nehmen. Deine Fotos solltest du noch heute rüber mailen.“

„Hast du Ausweise, Handtaschen oder Handys gefunden?“, erkundigte sich Gerrit, während er die Kamera einpackte und mit einem Blick auf Carla fügte er hinzu: „Grübelst du? Lass es lieber.“

„Ein Mord auf der Insel. Wie heißt der Slogan? Eine Insel fürs Leben. Keine Insel zum Sterben. In wenigen Tagen beginnt die Hauptsaison. Wenn dann der große Andrang kommt – bis dahin müssen wir weitergekommen sein. Bloß kein großes Aufheben darum machen. Aber, wer ist das Mädchen? Und wie heißt die andere?“

„Wir müssen fragen.“

„Und wir haben nichts, womit wir die beiden identifizieren können?“

„Nein.“ Gerrit hängte sich die Kameratasche um.

„Schaust du noch mal überall nach?“

Er nickte.

„Die Leiche sollte ganz vorsichtig in den Leichensack gepackt werden, damit das Labor noch weitere Spuren sichern kann.“

„Ja, ja.“

Silla kam hinzu, zerrte an seinem Baumwollschal, den er modisch geschlungen um den Hals trug und übersah Carlas genervte Blicke.

„Ich muss zum Abenddienst.“ Er nickte bedeutungsvoll. „Habe ich aber gern getan, nicht, dass ihr meine

Worte falsch versteht. So Neue wie Sie, Frau Bernstiel, die verstehen die Langeooger nicht immer. Deshalb auch mich nicht – wenn ich Ihren konsternierten Blick so deuten darf. Ich bin zwar auch kein Einheimischer, aber ich weiß zumindest, dass Sie zum Verstehen schon viele Jahre hier leben müssen. Tun Sie aber nicht. Und Gerrit auch nicht. Auch wenn er meint, er gehöre dazu, nur weil seine Mutter hier schon ewig lebt."

Carla setzte an, um darauf zu antworten, entschied sich aber dagegen. Das führte zu nichts. Sie konnte keinen Ärger gebrauchen, den Insel-Doc brauchte sie schließlich noch.

Dieser versprach, dass er sich bei seiner Helferin erkundigen werde. „Vielleicht weiß die, in welchem Ort sich Frau Bracht aufhält."

Carla war in Gedanken. Wenn es Mord war, könnte noch ein zweiter geschehen?

„Ich habe gesagt, dass womöglich meine Helferin die Adresse von Frau Bracht weiß."

Carla blickte den Arzt an. Der ist ja nett und hilfsbereit, dachte sie bei sich, aber warum muss er immer so wichtig gucken? Das hat er doch nicht nötig. Vielleicht, weil ich ein paar Zentimeter größer bin als er? Da bekommen Männer schnell seltsame Komplexe. „Gut. Wenn sie etwas weiß, soll sie sich am besten in etwa zwei Stunden auf der Wache melden." Mehr zu sich selbst sagte sie: „Hat niemand eine Person mit mindestens zwei Rucksäcken gesehen? Unsinn, hier läuft fast jeder damit rum. Ich weiß nichts und das ist ein schreckliches Gefühl, es macht mich so hilflos."

Gerrit stand dicht neben ihr und vermisste Carlas Duft nach Meer und Gras. Jetzt roch sie nach Rauch.

Sanft stieß er sie an. „Wir könnten die niederländischen Polizeiratten gebrauchen. Die sind ja super trainiert im Erschnüffeln."

„Ja, von Schießpulverrückständen. Aber hier wurde nicht geschossen."

„Es könnte trotzdem möglich sein, dass die noch anderes aufspüren", meinte Gerrit. „Wusstest du, dass in Rotterdam Spür-Ratten ausgebildet werden? Die können sogar Drogen erschnüffeln."

„Und gerade an uns werden welche abgegeben! Das kannst du vergessen." Carla schob sich Haarsträhnen hinters Ohr, die wieder zurückfielen, weil sie von ihr gestern mit einer Geflügelschere gestutzt worden waren.

4

Nach Carlas Anruf erwartete Kapitän Onno Hooge vom Rettungsboot *Caspar Otten* sie schon. Er erklärte sich bereit, die Tote zum Festland zu transportieren, da er wegen eines anderen Unglückfalles sowieso auslaufen musste. Seine Besatzung hatte zwei Spaziergänger von der Sandbank vor dem Hauptstrand retten müssen, die vorsorglich ins Krankenhaus gebracht werden sollten.

In Bensersiel würde der Bestatter den Leichnam übernehmen und nach Sanderbusch fahren. „Die Tote soll dann sofort in die Rechtsmedizin", ordnete Carla an. „Wenn wir bloß die Eltern ausfindig machen könnten ..."

Sie war nach Langeoog gekommen, weil sie Gerrit unterstützen musste. Auch wenn sie sah, wie schwer es ihm fiel, ihren Anordnungen zu folgen. Eigentlich hatte er ‚Hausrecht', er arbeitete hier schon lange selbstständig, aber er bekam ab März regelmäßig eine Kollegin oder einen Kollegen vom Festland als Hilfe. Und jeder von ihnen griff in seinen Arbeitstag ein.

Carla verabschiedete sich von Kapitän Hooge, schnappte ihr Rad und ging bis zur Biegung, da, wo der Hafen aufhörte. Sie brauchte ein paar Minuten der Ruhe, denn ihre Gedanken wiederholten die Fragen, die der Tod und die Verletzungen der Mädchen aufgeworfen hatten. Unablässig kreisten sie in ihr, während sie mit den Augen das Meer absuchte, als würde dort die Lösung zu finden sein. Wie konnte ich nur so dumm sein zu glauben, dass es hier nur Bagatellfälle geben würde.

Um sie herum waren nur der Wind und Möwenkreischen zu hören. Sie schloss die Augen, konzentrierte sich und es überkam sie eine eigenartige Empfindung. Es war, als würde das bewusstlose Mädchen ihr etwas mitteilen. Als sie die Augen wieder öffnete, war die Empfindung schon vorbei, war wie weggeweht durch eine Windböe, die das Gras flachpresste. Ihr war klar, dass sie über derartige Gedanken niemals mit Gerrit sprechen konnte. Der würde mich für verrückt erklären, ging es ihr durch den Kopf. Ich habe sowieso keinen besonders guten Ruf. Ich sei ruppig, so etwas wird auch er gehört haben. Dabei stimmt es so nicht, ich muss mich nur wehren, wenn ich es nötig finde. Ich bin eben kein Schmeichelpüppchen. Sie stand auf, stieg auf das Fahrrad und sauste mit dem Wind über die Hafenstraße, den Fährhusweg entlang, am Wall vorbei. Hinter dem Kino hingen wie immer etliche bunte Plakate, die Aufmerksamkeit erregen sollten. Eine zuckerbunte Liebesgeschichte am Meer und in den Dünen, im Schein der untergehenden Sonne, Hinweise auf Veranstaltungen und dazwischen prangte ein riesiges Plakat mit der Überschrift DIE AUSERWÄHLTEN. Im Juni war immer viel los. Carla hielt an und las unter anderem: Tagung der freien Gemeinschaft *Die Auserwählten* im Haus der Insel, Saal 1. Krankheiten heilen durch Gebet und Gespräch.

„Gerät Langeoog in die Hände von Sektierern?"

Sie rumpelte weiter über das Kopfsteinpflaster, sie roch Rauch, denn hinter dem Polderweg, fast am Ende des Dorfes, stand das Brachtsche Haus. Es hob sich von den anderen Gebäuden in der Straße ab – ein

Inselhaus, das Frau Bracht Ende der neunziger Jahre zum Teil für Gäste umbauen ließ.

Gerrit war schon da und winkte Carla heran. „Wird auch Zeit, dass du kommst. Ich habe schon in der Wohnung nach Hinweisen gesucht, die wir übersehen haben könnten."

„Und? Bist auf etwas Wichtiges gestoßen?"

„Leider nicht." Gerrit seufzte.

„Ich verständige jetzt am besten Aurich", erwiderte Carla entschlossen.

„Du telefonierst ja nur noch ..."

Carla nahm ihr Notizbuch, blätterte, steckte den Finger dazwischen, überprüfte, was sie sagen und nicht sagen wollte. Zuerst die Staatsanwaltschaft! Dabei dachte sie an Dr. Storm, mit dem sie bisher gut zusammenarbeitet hatte. Sie bekam zunächst nur die Polizeidirektorin Kim Wernau ans Telefon. Nachdem sie ihr die Sachlage geschildert hatte, bat Carla um die Obduktionsfreigabe.

Frau Wernau verband sie mit dem Staatsanwalt. Es rauschte in der Leitung, als würde er die Nordsee seinen Worten mitschicken. „Möglicher Mord oder Profilierungsgetöse, Frau Bernstiel?", ranzte er.

Carla schickte ihrerseits ein Stöhnen durch den Äther.

„Die Obduktionsfreigabe erfolgt doch. Und ich hoffe, Sie machen mit dem Kollegen Blau schnelle und effektive Ermittlungsfortschritte. Gelle?"

Da war es wieder. Storms beliebtes ‚Gelle'. Es ging ihr auf die Nerven, aber es gehörte eben zu ihm.

„Danke für die Freigabe und ich melde mich, sobald wir mehr wissen. Wir brauchen zuallererst die Identität der Mädchen."

„Frau Wernau will Sie noch mal sprechen", sagte Storm, „Augenblick."

„Äußern Sie sich zu nichts", ordnete die Polizeidirektorin ohne Vorrede an. „Keine Presse. Eine Erklärung geht morgen von uns aus raus. Ist der Fundort gleich Tatort?"

„Es sieht so aus." Sie hörte nicht mehr genau hin, was Frau Wernau noch weiter ausführte. Sie dachte daran, dass die Vorgesetzte ihren Job erst seit wenigen Monaten nach einem längeren Auslandsaufenthalt übernommen hatte. Und das schien auszureichen, um Polizeidirektorin zu werden. Dass dies nicht so einfach war, wusste Carla genau, aber in diesem Moment überkam sie Neid.

„Sie haben alle Beweismittel beisammen und schon eine Tatort-Dokumentation erstellt, Frau Bernstiel?"

„Hexer sind hier nicht am Werk! Die Doku schreibe ich mit dem Insel-Kollegen heute oder morgen. Vorhandene Beweismittel kommen morgen mit dem Frühschiff."

„Es reicht, wenn Sie die Fähre kurz nach sieben belegen. Ich möchte, dass Sie mitkommen und alles dem Kollegen persönlich überreichen. Nicht, dass etwas schiefläuft." Nach kurzem Innehalten ergänzte sie: „Ein erstes Gespräch zu dem Fall ist mir wichtig. Deshalb leite Sie jetzt an unseren Ermittlungsrichter weiter." Dem Tonfall nach klang es eher danach, als verspüre sie wenig Lust auf Auseinandersetzungen, denn es existierte eine unterschwellige Abneigung zwischen Frau Wernau und dem Richter.

Der erklärte Carla in seiner knorrigen Art, eine Telefonrückverfolgung am Festnetz Bracht zu veranlassen. Nach Ausfindigmachen der Eltern bei diesen ebenso, einschließlich der Mobiltelefone. „Beeilen Sie sich. Keine Alleingänge. Einen arbeitsamen Abend wünsche ich noch."

Carla gefielen solche Ansagen nicht. Und so hektisch zu arbeiten, würde keinem etwas nützen. Jedes weitere Drängen machte sie jedenfalls nur nervös.

***

Gerrit entdeckte in Frau Brachts Wohnzimmerschrank weit über hundert Fotografien. Das Papier war durch die entstandene Hitze wellig geworden und wies unzählige braune Flecken auf. Es handelte sich hauptsächlich um Naturaufnahmen. Er fand eine Liste, auf der die Aufnahmestandorte vermerkt worden waren und dies in einer großzügigen Schrift, sicher der von Frau Bracht. Sie hatte den Strandflieder, die Strandgrasnelke, Meersenf und Stranddistel, Sanddorn, Krähenbeere, Kuckuckslichtnelke und gemeines Immergrün während der Jahreszeiten aufgenommen. „Was es nicht alles gibt. Ist das Immergrün dieses Blümchen, das die Tote in der Hand hielt?" Er griff in seine Westentasche und fand das Tütchen mit der blauen Blume. Er hatte vergessen, sie zu den übrigen Tatortermittlungen hinzuzufügen. „Was soll das Blümchen schon für eine Bedeutung haben? Kommt in den Müll. Wir haben genügend Spuren und verdammt viel Arbeit vor uns."

Er sah sich die beiden Gästezimmer genauer an. Die Matratzen und das Bettzeug fehlten. Sicher sollten die Mädchen eigentlich hier schlafen und haben die Sachen nach oben geschleppt.

Carla kam dazu. „Gerrit, ruf bitte die Nachbarn an. Jetzt sofort. Wir brauchen dringend die Namen der Mädchen, sonst kommen wir nicht weiter."

„Ach wo, da gehe ich hin. ein persönliches Gespräch bringt mehr."

„Was machen wir mit Frau Bracht? Sollten wir ein Amtshilfe-Ersuchen nach Baden-Württemberg loslassen?" Carla bückte sich und wischte mit einem Tempotuch über ihre Schuhe und schimpfte leise: „Jetzt habe ich sie mir versaut. Dabei waren die so teuer."

„Gummistiefel – ich sage nur Gummistiefel anziehen!". Gerrit wirkte ein bisschen schadenfroh. „Amtshilfe-Ersuchen? Meinst du, die suchen die vielen Orte am Bodensee für uns ab?"

„Dann müssen eben wir überall nachfragen."

„Nein – und mach' keinen Stress. Du trittst hier auf wie der Papst vom Westende. Lass uns hier fertig werden", entgegnete Gerrit trotzig. „Eigentlich haben wir Feierabend. Ich auf jeden Fall."

„Der Täter hat ja wohl gezielt die Sachen der Mädchen entfernt", überlegte Carla. „Wo sollten sie sonst sein? Geld oder Wertsachen haben wir ja nicht gefunden."

„Könnte der oder die Täter mitgenommen haben."

„Wie?", fragte Carla erstaunt. „Glaubst du immer noch an einen Raubüberfall?"

„Nö."

„Ich überleg jetzt mal weiter laut, sonst kriegst du das ja alles nicht mit, was in meinem Hirn passiert."

„Muss ich das?“ Gerrit Blau tippte sich an die Stirn. „Du bist anstrengend!“ Er schob mit dem Knie die Schublade zu, in der sich die Fotografien befanden. Die Frau geht mir auf den Keks, seufzte er inwendig und lächelte die Kollegin dabei an.

„Also: Keine Rucksäcke, kein Gepäck, keine Handtaschen. Die Modelle von Frau Bracht, die du in ihrem Schlafzimmer gefunden hast, zählen jetzt nicht. Aber – Frauen sind nie ohne Handtasche. Nie! Dann wären sie wie amputiert. Und ohne Handy? Das findest du nur noch bei Menschen zwischen siebzig und achtzig. Aber ohne Ausweis zu sein, ja, das ist möglich.“

„Erstens: Woher nimmst du dieses Wissen? Zweitens: Mädchen auf Reisen verwenden nur Rucksäcke, keine Koffer und in dem Alter auch kaum Trolleys. Und ganz sicher keine Umhängetäschchen, in die nix reinpasst.“ Gerrit klang stur. „Und warum sollten sie keine Ausweise dabei haben?“

„Und drittens“, konterte Carla, „woher willst du wissen, dass sie auf Reisen waren? Sie können doch von der Insel sein. Wäre das Feuer später entdeckt worden, wären sie verbrannt oder erstickt ... wahrscheinlich eher erstickt. Und außerdem – neben Rucksäcken haben Frauen immer Handtaschen dabei. Frauen werden mit Taschen-Genen geboren. Wir sollten jeden Abfallkorb durchsuchen.“

„Ihr Frauen seid doch keine Beutelratten“, regte sich Gerrit auf. „Du und deine Theorien! Die Abfallkörbe im Dorf und am Strand durchsuchen? Wie sollen wir das alleine schaffen? Ich erledige meine Aufgaben systematisch, Stück für Stück. Du kannst ja gerne durcharbeiten. Aber ich möchte für die Ermittlungsarbeit ausgeschlafen sein."

Er sah die Kollegin entschlossen an und griff nach den blauen Plastiksäcken, in die er die auf dem Garderobenständer gefundene Kleidung gesteckt hatte. Einen Lippenstift hatte er unter dem Bett entdeckt.

„Wir brauchen ..."

„Was?"

... die Passagierlisten vom Flugplatz!" Carla notierte. „Von heute, gestern, vorgestern ..."

Ein bisschen viel auf einmal, dachte Gerrit. Ich mache das nicht. Soll sich doch Carla darum kümmern. Und viele Insassen fassen die Maschinen nicht. Die sind überschaubar.

„Wir haben aber noch keinen Namen, den wir abgleichen können. Du willst nur wieder was anbringen, weil du denkst, ich sei zu blöd für konstruktive Vorschläge." Gerrit beruhigte sich erst nach ein paar heftigen Atemzügen.

„Und wenn der Täter in der Nähe ist? Uns beobachtet? Oder von Langeoog stammt?" Den Gedanken, dass in seinem Inseldorf ein Mörder leben könnte, fand er furchtbar. Er machte sich ernsthaft Sorgen, dass noch mehr Schlimmes passieren könnte. Hockte der Täter inzwischen in einem anderen Haus und wartete darauf, zuzuschlagen? Er hatte das Gefühl, dass Unheil sich näherte und ein Frösteln zog die Haut auf seinem Rücken und den Unterarmen zusammen.

Terbassen kam aus dem Keller. Er sah erschöpft aus.

„Es besteht Gott sei Dank keine Einsturzgefahr. Der Hauptgasanschluss ist auch nicht beschädigt. Sie können weiter machen. Einen großen Schaden hat das Feuer nicht angerichtet. Es ist nur der Rauch. Aber wenigstens das ist ja wohl ein Lichtblick." Er sah Gerrit an.

Und setzte nach: „Außerdem muss ich jetzt duschen und was zwischen die Kiemen kriegen."

„Lichtblick?", fragte Gerrit und blickte den Brandmeister erstaunt an. „Das ist für dich ein Lichtblick. Na gut, du hast ja recht. Nur wir, Carla und ich, wir finden nichts, was auf die die Identität der Opfer hinweisen könnte."

„Ich muss etwas übersehen haben", grübelte Carla. Sie blickte dabei auf die mit Ruß verschmutzten Möbel. „Ich muss raus, an die frische Luft. Ihr auch, ganz rosig seht ihr nicht mehr aus."

Gemeinsam gingen sie vor die Haustür.

„Da fällt Ihnen schon noch was zu ein", sagte Terbassen und zuckte mit den Achseln. „Oder Gerrit. Der hat auch immer wieder pfiffige Ideen. Vor allem beim Bier." Er lachte Gerrit zu und blickte Carla, die daneben stand, von unten bis oben prüfend an. „Wir müssen den Schutt noch wegräumen. Ich denke, wir alle werden heute zu keinem Ergebnis mehr kommen. Die Arbeiten werden in den nächsten Tagen noch weitergehen. Ich werde noch nach Brandbeschleunigern schauen und mich auf den Eingangsbereich konzentrieren. Da ist ja alles hinüber. Sicher ist, dass das Feuer von der schönen Holztür kam. Fahrlässigkeit?"

„Lassen Sie uns noch mal reingehen." Sie hielt inne. „Ach ..." In der Küche wies Carla auf einen Topf, der verkohlt war wie vieles andere. „Hat eins der Mädchen das Gas nicht abgedreht?"

„Ja – und dann? Carla!“, mischte sich Gerrit ein, der hinterhergekommen war. „Das Feuer brach aus, als die Mädchen schon ...“

„Zigaretten? Haben die beiden geraucht?“, bohrte Carla.

„Vorsichtig gemutmaßt – Benzin.“ In Terbassens Gesicht spiegelte sich Besorgnis wider.

***

Carla stand vor Anwohnern und Urlaubern, die sie hinter die Absperrung gewiesen hatte. Diese würden sie routinemäßig belassen – es könnte sein, dass die Laboruntersuchungen erneuten Handlungsbedarf ergaben.

Jugendliche rasten mit Rädern herum, lärmten und fragten zu viel.

„Fahrt einfach weiter!“, forderte Carla sie mit einer kurzen Handbewegung auf.

„Ist was passiert?“

„Ja.“

„Was?“

„Etwas Schlimmes“, sagte Carla.

„Echt? Was?“

„Aus ermittlungstaktischen Gründen kann ich dir nichts sagen.“

„Ermittlungs-was ... issen das?“

Lass gut sein. Verzieht euch.“

„Krass. Wird das wieder ein Film?“, kreischte ein Zwölfjähriger. „Mit Wothan?“

„Nein.“

„Schade. Ich hätte gern mal einen fürs Fernsehen präparierten Toten gesehen.“

„Ich werde dich gleich mal ...“ Sie stockte und begann sich im selben Augenblick darüber zu ärgern, dass sie bei einem vorlauten Jungen die Beherrschung verlor. Carla hatte Hunger, den sie jetzt erst bemerkte und das machte sie nervös und kribbelig.

„Es ist schrecklich“, schluchzte eine ältere Frau, die sich als Nachbarin vorstellte. „Ich bin Violetta Consbruch. Ich hab's gehört. Jedenfalls, wenn das stimmt, was gesagt wird. Die armen Mädchen ... das muss Verwandtschaft von Eleonore sein. Dass sie aber auch verreisen musste! Was rede ich für einen Unsinn ...“, unterbrach sie sich. „Konnte – kann sie ja nicht ahnen. Ob sich da welche heimlich einquartiert haben? Aber wie sollten sie? Ohne Schlüssel? Oder? Sicher, Türen bekommt man immer auf.“

„Frau Consbruch“, begrüßte Gerrit die Frau. „Kennen Sie Frau Brachts Verwandtschaft?“

„Kennen wäre arg übertrieben. Sie hat eine Tochter und eine Enkelin in Bremen. Die beiden sieht man viel zu selten hier. Eleonores Tochter arbeitet in einer Gärtnerei. So ein Eigenheim kostet ja. Die Enkelin, ich komme nicht auf ihren Namen, ist eine Nette. Der Mann von Eleonores Tochter ist so ein Muschelschubser von Wangerooge. Ich kenne allerdings seinen Nachnamen nicht.“

„Vielleicht kommen wir so weiter.“ Der Kommissar zückte sein Handy, suchte und hielt es ihr hin: „Kennen Sie die? Und die?“

Frau Consbruch beugte sich tief darüber. „Ohne Brille, ohne Brille, warten Sie mal, es dauert ...“

Gerrit Blau und wippte ungeduldig mit den Schuhspitzen.

***

Wer hatte solch einen Zorn oder Hass auf die Mädchen? Oder ist alles durch einen unglückseligen Zufall passiert, überlegte Carla. Der Fall beschäftigte sie sehr, immer wieder musste sie an die Tochter ihrer toten Freundin denken, die mit zwölf Jahren für immer spurlos verschwand. Bis heute hatte nie einer aus der Familie von dem Mädchen gehört und bis zu ihrem Tod hatte Carlas Freundin darauf gehofft, sie würde sie noch einmal wiedersehen. Dieses tragische Ereignis war für Carla der Auslöser gewesen, Polizistin zu werden.

***

„Wenn wir nicht weiterkommen, ziehe ich die Fallanalytikerin aus Aurich hinzu. Aber – eigentlich ..."

Carla fühlte sich scheußlich. Sie hatte Bläschen in den Mundwinkeln gespürt und wusste: Herpes! Dann würde sie tagelang mit einer dicken Lippe herumlaufen.

Gerrit kam, mit Tüten beladen, ins Büro. „Zwei Mal Heilbutt, zwei Mal Makrele samt Brötchen, samt Bier. Ich muss essen. Hier, für dich." Er reichte ihr die zweite Tüte. „Guck nicht so grimmig. Ich hab dir nix getan. Nach dem Essen rufen wir in Sanderbusch an, um zu hören, wie es dem Opfer geht. Wir müssen die Nachbarn weiter befragen. Frau Consbruch hat beim Anblick der Handyfotos gestutzt. Morgen will sie sich die Aufnahmen noch einmal ansehen." Er packte die

Brötchen aus und legte sie auf Carlas und seinen Schreibtisch.

„Morgen? Schöner wäre es, sie käme noch heute. Sonst haben wir das übliche Problem mit den Zeugen und deren unsagbar schlechtem Gedächtnis."

„Carla! Wird's dir zu viel?" Gerrit sah sie prüfend an. „Willst du nach Hause? Du hast da Pickel am Mund. Hol' dir mal nebenan aus der Apotheke eine Salbe."

Bei den Worten nahm Carla einen Papierstapel und knallte ihn wutentbrannt auf den Boden.

„Schlechte Laune? Ich mache schon die restliche Arbeit. Für heute ist es nicht mehr viel." Gerrit hätte sich lieber ohne seine Kollegin profiliert. Sie ging ihm auf die Nerven. Doch Carla ließ sich nicht abschütteln.

„Ich bleibe bei dir. Viel zu selten habe ich einen so netten Kollegen." Sie biss herzhaft in das Fischbrötchen und vergaß ihren Wutausbruch wieder. Während des Essens holte sie das Notizbuch hervor, schrieb ‚Consbruch' und riss das Blatt heraus. „Die Frau ist wichtig. Ich spüre es."

„Was Frauen immer spüren ..." Gerrit schlug die Augen gen Himmel. „Spüren!" Er dehnte das Wort genüsslich und grinste. Als Spür-Kommissarin bist du aber nicht eingesetzt."

„Ach, Männern kann man so etwas nicht erklären, die brauchen immer handfeste Beweise, die müssen alles sehen und anfassen, mit Intuition haben die es nicht unbedingt."

„Dann lass es sein", muffelte Gerrit und aß weiter. Er setzte noch nach: „Vertue dich da mal nicht. Auch Männer verfügen über Intuition. Die sprechen aber erst darüber, wenn sie diese mit ihrem Verstand abgeglichen haben."

Nach Brötchen, nach Bier, nach dem Abspülen informierte Gerrit Langeoogs Bürgermeister, Olaf Piel, der sich des Öfteren mit „Piel, nicht Priel", vorstellte. Gerrit wollte den Aurichern zuvorkommen, er fand, dass dieser Anruf von der Inselpolizei kommen müsse. Schon jetzt fühlte er sich bevormundet. Denn die Auricher hatten noch mal bei ihm auf der Wache angerufen. Die Polizeipräsidentin sagte, dass die Meldung über die beiden Mädchen an den niedersächsischen Ministerpräsidenten weitergegeben worden war. Dessen Sprecher hatte versichert, eine offizielle Erklärung für die Presse vorzubereiten, damit seine tiefe Bestürzung ausführlich in der Presse gelesen werden konnte und dennoch von dem Nichtwissen über Namen und Herkunft der Mädchen ablenkte.

Carla war dabei, dem Staatsanwalt den aktuellen Stand der Ermittlungen mitzuteilen. Dazu fühlte sie sich verpflichtet. „So haben wir danach mehr Spielraum", begründete sie diese Vorgehensweise ihrem Kollegen. Sie erzählte ihrem Vorgesetzten, der Fall sei eine Inselangelegenheit und Dr. Storm konterte: „Hab ich mir gedacht, dass Sie meine Anweisungen negieren. Passen Sie auf, dass es nicht zu oft passiert. Ich kann Sie auch ..." Den Rest des Satzes sprach er nicht zu Ende. „Aber ich habe Hilfe für Sie, Frau Bernstiel. Denn bis jetzt haben Sie nichts Relevantes herausbekommen."

„Wie denn? Es sind ja erst wenige Stunden vergangen ..." Carla war empört. „Was erwarten Sie von uns? Sie glauben, wir rasen über die Insel und danach ist alles geklärt?“ Erregt knibbelte sie an den Herpesbläschen.

„Mäßigen Sie sich bitte! Ich kann nicht verstehen, dass am gestrigen Abend niemand etwas gehört oder gesehen hat. Wenn Halbwüchsige feiern, hört man es. Aber Sie und auch der Kollege Blau benötigen ja offenbar doch eindeutige Unterstützung. Ich schicke Ihnen für zehn Tage die Polizeimeisterin Köppe. Sie können sie morgen früh in Empfang nehmen, wenn Sie die Tatortarbeit samt Beweissicherung dem Kollegen Radke übergeben. Sie haben doch einen Blutnachweis erstellt?“

Kirsten Köppe. Carla trat gegen die Wand.

„Freuen Sie sich?“

„Aber sicher. Das ist eine feine Idee von Ihnen. Dann will ich sofort mit dem Kollegen eine Ecke für die Dame freimachen.“ Sie legte auf.

„Gerrit, die Kollegin Köppe kommt morgen auf Anordnung von Storm. Es wird furchtbar ...“

Wieder klingelte Carlas Handy. „Wir haben eine Meldung vorbereitet“, erklärte die Polizeidirektorin. „Darin wird stehen, dass wir in alle Richtungen ermitteln und der Brandort systematisch untersucht wird. Der Herr Ministerpräsident macht seine Erklärung und wir unsere.“

„Was mischen sich die Auricher ein!“ Gerrit zog die Augenbrauen zusammen und signalisierte Entrüstung. „Die verfügen über Ermittler, Psychologen, über ein kompaktes Spurensicherungs-Sortiment, also genügend Personal, das die Arbeit machen kann, während wir hier alles allein stemmen sollen.“ Er knüllte die Tüte mit den Essensresten zusammen und pfefferte sie auf Carlas Schreibtisch.

„Carla, kannst du dich um den Drucker kümmern? Seitdem ich sehr preiswerte Patronen eines anderen Herstellers eingesetzt habe, mag das Teil mich nicht mehr leiden."

„Warum hast du?"

„Die Auricher sind der Ansicht, wir bekämen alles mit Sand geregelt, wir würden kein Geld für so etwas benötigen. Willst du einen Kaffee?"

Carla nickte.

„Mache ich aber nach Großmutter-Art. Auch, wenn Madame Köppe ab morgen anwesend ist. Also Wasser kochen, Filter auf Warmhaltekanne, Kaffee und gleichmäßig gießen."

„In der Küche steht doch ..."

„Das Schätzchen ist arg verkalkt. Und außerdem schmeckt Kaffee aus einem Automaten nicht."

Carla blickte auf die große Pinnwand, an der Fotos, Aufrufe und die gemeinsamen Überlegungen im Fall ‚Mädchen' hingen.

„Mach dir keinen Kopf wegen der Kirsten. Wie sieht sie aus?"

„Schlank, mit einem ausladenden Hinterteil. Braune Haut, braune Haare, braune Augen – mein Gott, wer trägt hier oben schon braun?"

„Kann sie was?"

„Sie kann."

„Dann reg dich ab. Braune Augen, braunes Haar ... wunderbar. Sogar braune Haut? Hat sie denn Zeit für Sonnenanbetungen?" Gerrit lachte zufrieden.

„Man weiß nur nicht, was sie von dem umsetzt, was man ihr sagt. Aber gut, ich grübele jetzt nicht darüber."
Was sie sonst noch wusste, auf das Gerrit nicht kam, obwohl sie es gesagt hatte, behielt Carla für sich.

„Jedenfalls hast du mich neugierig gemacht."

Die Vorfreude war Gerrit anzumerken.

***

Im Nordwestkrankenhaus hieß es, die Schwerverletzte kämpfe um ihr Leben. „Sie ist jung, sie hat die Kraft dazu. Mehr können wir im Augenblick nicht sagen. Die nächsten Stunden werden entscheiden."

Das war alles, was Carla und Gerrit gegen halb elf abends vorweisen konnten. „Es müssten ja bald Vermisstenmeldungen reinkommen ... heute können wir nichts mehr tun." Gerrit seufzte.

***

Carla machte einen Schlenker über die Friesenstraße und sah mit Erstaunen, dass es das alte Tagungszentrum nicht mehr gab. Erst war sie irritiert, dachte, sie sei falsch, aber ‚Friesenstraße' stand immer noch auf dem Straßenschild. Kompakte Häuser im Friesenstil schienen dort gebaut zu werden. Das alte, ehemalige Schulgebäude war schon im letzten Jahr abgerissen worden.

5

Carla rief Clemens an, der schon im Halbschlaf war. Clemens, war der Mann, mit dem sie übte, die Liebe zu erhalten. Deshalb lebten sie auch nicht zusammen. Carlas Dienst war unregelmäßig und ließ sich nicht gut in eine stete Gemeinsamkeit integrieren. Clemens hatte mit vierzig Jahren eine neue Ausbildung begonnen, jetzt war er ‚Gesundheitsclown' und ließ sich hauptsächlich von Altenheimen engagieren, um insbesondere Demenzerkrankten das Lachen und die Freude zu bringen. Bis dahin war er als Arzt in einem Krankenhaus tätig gewesen.

„Ausnahmsweise bin ich morgen bei Kindern mit Wochenendbetreuung, wenn die Kita am Freitag aus ist. Also bei Kindern, deren Eltern sich nicht so gut um sie kümmern können. Die Frau, die dafür zuständig ist, ist wohl in einer Gruppe, die jetzt eine Tagung auf Langeoog abhält. Vielleicht hast du davon gelesen. Mehr weiß ich nicht."

„Wie heißt die Frau?", fragte Carla. „Tagung? Ich schaue mal nach."

„Mach das. Danach bin ich wieder in den Heimen der Umgebung. Ach ja, in Bremen haben die wohl auch ein Projekt, in dem sie sich um benachteiligte Kinder kümmern."

„Davon habe ich noch nie gehört ..."

„Wir haben ja auch keine Kinder. Schlaf' gut!"

Clemens legte auf.

***

Durch das Gespräch fühlte sich Carla wieder hellwach. Sie nahm ihren Anorak, zog ihn an und verließ die Ferienwohnung, radelte durchs Dorf und hielt vor dem Dwarslooper. Der Laden war voll, sie quetschte sich zwischen die Gäste am Tresen und orderte ein Jever Pils. Sie sah sich um, dachte an die Überflüssigkeit dieses Besuches, an die Dringlichkeit ihrer Arbeit, die morgen weitergehen würde, an das frühe Aufstehen, um die Sieben-Uhr-Fähre zu bekommen, sie dachte an das Mädchen im Kreiskrankenhaus. Und an die tote junge Frau. Frau ... ein Mädchen von vielleicht sechzehn, siebzehn Jahren ...

Annika, die schlanke dunkelblonde Kellnerin, die flink und mit einem kleinen Lächeln bediente, sah so unschuldig aus. Carlas Nachbar schlürfte Wein, murmelte Unverständliches und pfiff vor sich hin. Ein anderer schwärmte von seiner Frau und starrte dabei ungeniert den Ausschnitt der Kellnerin an.

Es war laut, die Luft stand und es war unangenehm schwül. Carla mochte ihre Jacke nicht ausziehen, aus Angst, sie könne nachher auf dem Boden liegen und die Leute trampelten achtlos darüber. Das brauchte sie nicht. Sie brauchte nur ihr Pils.

Annika stellte ihr das Bier hin. Während Carla danach greifen wollte, erschien ein Arm in ihrem Gesichtsfeld und stieß das Glas um.

„Sauerei!“

Gleichzeitig klingelte ihr Handy. Clemens. Jetzt nicht, hier konnte sie nicht sprechen. Sie drückte das Gespräch weg.

„Entschuldigung, die Dame. Ich bezahle das selbstverständlich. Wie wäre es mit einem Schnaps auf meine Ungeschicklichkeit?"

Verärgert drehte Carla den Kopf. Neben ihr stand ein Mann mit breiten Schultern, gut proportioniert und Stärke ausstrahlend. Er schien älter als sie zu sein, sie schätzte ihn um die Fünfzig, er trug eine Brille und lächelte zerknirscht.

„Danke. Keinen Schnaps. Aber gerne ein frisches Bier. Wenn's geht, ein Jever."

„Auch ein paar Tage ausspannen?"

„Nein."

„Sie sind Insulanerin?"

„Polizistin."

„So sehen Sie nicht aus. Prost! Und entschuldigen Sie noch mal meine Ungeschicklichkeit."

Beim Wort ‚Polizistin' wandte sich ein rothaariger Mann um.

„Sie sind das? Wir haben genug mit dem Gerrit. Der reicht uns. Zwei Beamte für nix und wieder nix. Das Geld kann auch anders ausgegeben werden."

Carla zog die rechte Augenbraue hoch und trank. Das kühle Jever tat einfach nur gut. Sie wollte nicht reden. Nur Gedanken ordnen. Sie merkte, wie müde sie auf einmal war. Das Stimmengewirr rauschte in ihrem Kopf.

Der Ungeschickte trank auch. Gierig, hastig, er hatte das Glas in Nullkommanichts leer und bestellte sofort ein neues.

„Es hat gebrannt, habe ich gehört. Wo denn da? So genau kenne ich mich auf der Insel noch nicht aus. Als Gast muss man so ein Eiland langsam erforschen."

„Hinten, am Ende des Dorfes.“ Carla zeigte unbestimmt irgendwohin. „Bitte, noch ein Pils.“

„Morgen gibt’s wieder schönes Wetter“, sagte die Bedienung gleichmütig und zapfte. Carla nickte, ebenso gleichmütig.

„Da, wo es gebrannt hat, wurde eine tote Frau gefunden? Oder war’s ein Mann? Ein Kind? Die Gerüchteküche brodelt“, sagte der Mann, der Carlas Bier verschüttet hatte. „Dürfen Sie als Dorfpolizistin ermitteln? Oder kommen Spezialisten? Sie kümmern sich sicher eher um gestohlene Fahrräder und verirrte Kinder, oder?“

Es würde morgen ja doch in der Zeitung stehen. Die Erklärungen von Bürgermeister Piel und des Ministerpräsidenten würden sicher erst einen Tag später erscheinen. Ein Präsidenten-Sprecher musste ja länger an einem Text feilen. Gut, dass sie ihre ersten Ideen zu dem Fall für sich behalten und keinem gegenüber ausgesprochen hatte. Sonst würden die auch noch die Zeitungen füllen. Und womöglich dem Täter einen Hinweis geben.

Sie blickte den Mann mit hochgezogenen Augenbrauen an. „Ja, ich kümmere mich um die geklauten Räder. Ich suche nach denen, die sich verirrt haben. Aber ich bin

Kriminalhauptkommissarin und ermittle mit Kollegen in diesem besonders traurigen Fall. Es handelt sich womöglich um einen Mord.“ Letzteres sagte sie mit Bedacht. Vielleicht befand sich jemand in diesem Laden, den es anging, der oder die sich verriet.

„Mord? Auf einer Ferieninsel?“

Dazu wollte Carla nichts sagen. Vielleicht war ihr Hinweis auch falsch gewesen. Denkbar war immer noch ein Unglücksfall. Sie sah sich um. Alle schienen in Gesprächen und Gedanken vertieft. Es reagierte niemand. Vielleicht war es einfach nur zu laut und dieses Wort hatte niemand erwartet, also auch nicht gehört, nicht hören wollen.

Bis zu dem Zeitpunkt, an dem so etwas geschah, war alles wie immer.

Carlas Handy vibrierte. Unbekannt. Sie nahm ab. Es war Dr. Silla.

„Ich rufe zurück, ich bin noch im Dwarslooper. – Zahlen bitte!“

Draußen lehnte sie sich erschöpft gegen das Rad. Was wollte Silla?

„Also“, begann der Inselarzt, „ich habe wegen Frau Bracht mit meiner Helferin gesprochen.“

„Und?“

„Sie soll in Öhningen sein. Das ist ein winziger Ort am Bodensee.“

„Die genaue Adresse haben Sie nicht zufällig?“

Silla lachte leise. „Nein. Aber das ist doch schon mal was, oder?“

„Das ist schon mal was“, bestätigte Carla. „Da werden wir morgen ansetzen. Vielen Dank, dass Sie mich noch angerufen haben.“

„Was macht der Fall?“

„Momentan nichts. Gute Nacht.“

„Wenn Sie nicht schlafen können, ich gebe Ihnen gerne ein paar Muster-Schlaftabletten. Es wäre doch schade, wenn Sie morgens nicht ausgeruht sind.“

Über das Angebot war Carla so erstaunt, dass sie erst einmal nichts sagte.

„Also, ich bin noch auf!“, kam es aus dem Hörer.

„Sie kommen als guter Mensch auf meine besondere Liste“, sagte sie mit einem leisen Lächeln in der Stimme. „Aber ich denke, diese Nacht werde ich schlafen können. Wenn es die nächsten Tage nötig sein sollte, komme ich auf Ihr Angebot zurück.“ Sie unterbrach die Verbindung und dachte kurz nach. War das nun komisch oder einfach nur hilfsbereit? Wahrscheinlich sehe ich momentan in jedem einen Mörder.

Sie stieg aufs Rad, holperte über die Straßen und fuhr auf dem Bürgersteig weiter, bis sie am ‚Haus Lindner‘ ankam. Ein weißgelber Mond verbreitete genügend Licht und warf lange Schatten.

Carla mochte noch nicht auf ihr Zimmer gehen. Es war kühl geworden und die Luft roch endlich wieder nach Meer und Salz und anderem, ein Geruch, der tagsüber durch die vielen Menschen beinahe überdeckt wurde. Es war still in der Straße. Sie hatte das Gefühl, alleine zu sein. Ein befreiendes Gefühl war es für sie. Sie ging ums Haus und zurrte dabei ihren Tagesplan für morgen fest. Die Ruhe legte sich auf und über sie, niemand rannte, klingelte, bellte, lachte, schrie. Sie ließ ihre sonst stets hochgezogenen Schultern fallen, sie befreite ihr Gehirn vom Tagesmüll, setzte sich auf eine Bank, die Hermann Lindner neben dem Eingang aufgestellt hatte und blickte zu Häusern, in den Nachthimmel und zu den Sternen. Sie ließ Gedanken wie Sternschnuppen fallen. Schickte Gedanken zu Clemens und versuchte sich vorzustellen, wie es sein würde, wenn sie in ihrem nun vierundvierzigjährigen Leben noch einmal ganz etwas anderes machen würde.

In der Nacht kamen die Träume und es waren die Mädchen, die zu ihr sprachen mit Worten, die sie nicht verstand.

***

Mira Hauser weckte gegen drei Uhr früh ihren Mann.

„Henning? Henning!“

„Was ist?“

„Jördis geht nicht ans Handy.“

Henning richtete sich auf, breitete Schlafdunst aus, schaute verdutzt und müde mit kleinen Augen seine Frau an. „Sag mal ... hast du gerade ...?“

Frau Hauser nickte energisch.

„Glaubst du nicht auch, dass die Mädchen um diese Zeit schlafen und das Gebimmel nicht hören? Vermutlich hat Jördis ihr Handy auf Vibrieren gestellt. Mira, was ist mit dir?“ „Ich bin so unruhig. Am liebsten würde ich gleich losfahren und das erste Schiff nach Langeoog nehmen um nachzusehen.“

Henning seufzte. „Was denkst du dir bloß für Geschichten aus? Haben wir nicht vereinbart, dass wir jegliche Kontrolle unterlassen, damit sie uns endlich wieder mehr vertraut? Wir haben ihr das versprochen und in dem Alter kann ein Mädchen ja wohl eine Woche ohne Eltern sein! Du kannst nicht loslassen, du klammerst und damit machst du alles viel schwieriger. Mit siebzehn ist man heute schon ganz schön erwachsen. Denk mal darüber nach, Mira!“

„Ob ich bei Ilkas Eltern anrufe? Ich habe nämlich ihre Mobilnummer nicht aufgeschrieben.“ Auf Miras Stirn bildeten sich Sorgenfalten.

„Da rufst du jetzt nicht an. Die kriegen ja einen Höllenschrecken und denken, es sei sonst was passiert. Das machst du nicht! Dafür hätten die Rothermunds nun wirklich kein Verständnis. Du weißt doch, wie eigen alle beide sind. Meinetwegen kannst du sie ab acht anrufen, aber nicht eher.“

Mira starrte auf das Mobiltelefon. Sie fing an zu weinen. Das wiederum machte Henning so hilflos, dass er wütend das Bettzeug schnappte und damit ins Wohnzimmer ging. „Ich brauche meinen Schlaf, ich muss früh raus, nun hör mit der Heulerei auf. Diese Mütter, die so an ihren Kindern kleben ...“

Er drehte sich um und sah noch, ehe er die Treppe herunter stolperte, wie seine Frau auf das Display ihres Handys starrte.

***

In dieser Nacht wurde Violetta Consbruch durch Geräusche wach. Resigniert zog sie sich einen Bademantel über, schlurfte in Turnschuhen durchs Schlafzimmer, über den langen Flur an ihrer Küche vorbei, nach draußen. Sie schlappte über die unregelmäßig geformten Steinplatten bis zum Törchen, öffnete es leise und stand am Straßenrand. Noch roch die Luft nach Nacht, nach Schlaf, nach Träumen. Der Himmel zeigte Wolkenstreifen und Sterne. Violetta lauschte. Da war etwas. Das Geräusch eines sirrenden Dynamos kam näher. Jemand fuhr auf der anderen Straßenseite. Sie sah hinüber. Die Person radelte am

Brandhaus vorbei. Violetta konnte nicht ausmachen, ob es ein Mann, eine Frau oder ein Kind war. Ihre Brille lag im Schlafzimmer. Sie drehte sich um, ging auf den Eingang zu und da war es wieder, das Sirren des Dynamos. Neugierig und gähnend ging sie zurück und spähte in die Nacht.

Jemand hielt vor Eleonores Haus. Stieg vom Fahrrad, schob es bis zur Absperrung, legte es davor und schlüpfte unter dem Polizeiband hindurch.

Dann war es still.

„Das wollen wir doch mal sehen", murmelte sie, schlich über die Straße, blieb vor der Absperrung stehen, konnte aber niemanden entdecken. Die Haustür ihrer Nachbarin war geschlossen.

„Merkwürdig."

Sie kehrte ins Haus zurück und eine halbe Stunde später schlief sie schon wieder. Deshalb hörte und sah sie nicht, dass die Person in den Garten von Eleonore Bracht gegangen war, durch einen Spalt der niedrigen Hecke nach kurzem Aufenthalt durchschlüpfte und im Bogen zurück zum Fahrrad ging, es aufhob, sich darauf setzte und fort fuhr.

Mittlerweile war es halb fünf und die Nacht verlor sich in der immer heller werdenden Dämmerung, der Himmel zeigte erste Farben, tief Gelb, ein bisschen Grün und Violett.

6

Carla wurde von dem heiseren Kreischen der Möwen geweckt. Das Zimmer lag im grauen Dämmerlicht. Als sie die Gardinen zur Seite gezogen hatte und das Fenster öffnete, blickte sie in einen dichten Nebel, der sich feucht und kühl in den Raum wälzte. Schwaden breiteten sich aus und es war, als sei der Nebel ein lebendes Wesen. Carla fielen die Mädchen ein. Sie zwang sich, jetzt noch nicht darüber nachzudenken. Diese ersten Stunden des Tages, die gehörten nur ihr. Sie fröstelte, schloss das Fenster und begab sich ins Bad.

Sie nahm sich Zeit für einen anständig gebrühten Kaffee. Noch in Aurich hatte sie in einer Rösterei ein Kilo Arabica mahlen lassen. Sie nahm einen Filter, knickte ihn unten an der Falzung, legte ihn in den Porzellanfilter und gab mit einem Schwupp kochendes Wasser auf das Kaffeemehl. Sie sah, dass es frisch war, denn die Luftbläschen blubberten. Ein wunderbarer, fast ein ganz bisschen süßer und belebender Duft zog durch das Zimmer. Und nach zwei Tassen, einer Scheibe Brot mit Butter und etwas dunkler Schokolade konnte der Tag beginnen. Carla zog ihren Anorak an und verließ die Wohnung. Auf dem Weg zum Meer lichtete sich der Nebel. Es nieselte, als sie den Strand erreichte. Böiger Wind zerrte an ihrer Kleidung. Die Gischt schlug hoch. Carla zog Turnschuhe und Socken aus, es tat gut, den feuchten, kühlen Sand zu spüren. Das Nieseln wurde weniger und der Himmel färbte sich blau-violett, wie Lackmuspapier.

Sie musste die Fähre erreichen.

Das schnelle Gehen wurde anstrengend. Hinter ihr Sand und das Meer, über ihr kreisten Vögel in immer enger werdenden Bögen und stoben wie auf ein geheimes Kommando wieder auseinander.

***

Die Fähre tutete. Carla hatte sie nicht mehr rechtzeitig erreicht. Angekommene gingen zum Terminal. Hier hatten viele ihre Räder angekettet. Eine Frau rannte zur Inselbahn, Container wurden ausgeladen. Ein Arbeiter rangierte und sang dabei mit kräftiger Stimme. Das nächste Schiff ging um acht Uhr zwanzig. Carla wartete mit ihren Unterlagen für den Kollegen Radke, dessen Handynummer sie nicht hatte. Und jetzt bei Frau Wernau anzurufen – diese Blöße wollte sie sich nicht geben. Hoffentlich versetzte Radke sie nicht und frühstückte im Fährhaus. Dann würde sie ihn noch erwischen. Der hatte schließlich immer Hunger oder er fotografierte das Wasser. Sonst müsste sie weiter nach Aurich fahren.

Carla zog ein Brötchen hervor und fütterte damit die Möwen. Ihre Flügel streiften die Poller, es wurden immer mehr Vögel, sie hockten nebeneinander und starrten sie an. Aufgereiht die Möwen, dahinter der Hafen, die Nordsee. Ein fantastischer Himmel – Langeoog war schön.

Und dieser Mord vergiftete alles. Die Stimmung, das Zusammenleben. Misstrauen in der Bevölkerung würde aufkommen.

Eigentlich musste sie Gerrit sagen, dass sie erst gegen Mittag wieder zurück wäre.

Sie zog ihr Notizbuch hervor, blätterte, las und überlegte. Sie notierte sich, dass sie den Nachbarn die Fotos zeigen, sie ausdrucken und verteilen musste. Und der Garten war auch noch zu durchsuchen.

„Frau Bracht befindet sich in Öhningen. Sprich bitte mit den Kollegen in Lindau, wenn du im Büro bist“, sprach sie auf Gerrits Mailbox.

Schnell schrieb sie noch einen Entwurf zur Tatortdokumentation. Dabei fiel ihr etwas ein. Nicht nur der Kollege Radke erwartete sie am Anleger, auch die Kollegin Kirsten Köppe. Die so oder so die Fähre nehmen würde, auch wenn sie nicht abgeholt wurde. Die sie nicht verschonen würde mit ihren ätzenden Kommentaren.

Sie mussten aber miteinander auskommen.

Während Carla nachdachte, summte das Dorf noch leise, aber es war ein Wort, das sie heraushörte, das näherkam. Mord.

Die Fähre kam. Während Carla das Schiff betrat, sah sie, dass Kirsten Köppe es mit Rucksack, Trolley und ihren schwarzen, krausen Haaren mit den in der Luft stehenden Zöpfchen verließ. Carla drehte sich so, dass die Kollegin sie nicht sehen konnte und blieb im Unterdeck. Später stieg sie nach oben, sah hinter einem Krabbenkutter Möwen und Seeschwalben fliegen und hielt die Tasche mit den Unterlagen eng an sich gepresst.

Schnell war die halbe Stunde Überfahrt vorbei. Carlas Handy vibrierte. Sie drückte das einkommende Gespräch weg. Sie wollte erst nachsehen, ob Jonny Radke auf sie wartete.

Links auf dem Parkplatz standen Autos dicht an dicht. Busse hielten auf den vorgegebenen Standstreifen und entluden ihre Menschenfracht.

Carla ging in das umgebaute Fährhaus, schaute sich genau um, betrat das neue Restaurant, von dem sie sich weigerte, es bei seinem Namen zu nennen, für sie blieb es das Fährhaus. Prüfend glitt ihr Blick über die Gäste. „Wunderbar“, seufzte sie, „Radke, ich könnte dich knutschen ...“ Der Kollege saß in der Ecke am Fenster und aß.

***

Eine Viertelstunde später saß Jonny Radke in seinem Auto, und hatte das Seitenfenster heruntergefahren. Er hatte keinen Sinn für die sanfte Luft an diesem späten Morgen. Das Frühstück hätte Carla schon spendieren können. Er hatte schließlich auf sie gewartet, sich genau das gedacht, was eingetreten war. Sie hatte doch glatt gesagt, sie habe kaum Geld bei sich.

Gleich würde er wieder in Aurich sein und die Spuren, die Carla ihm übergeben hatte, an den zuständigen Kollegen weiterreichen. Radke freute sich wie immer auf Aurich – er liebte die kleine Stadt. Er hatte versucht, Carla zu überreden, mitzukommen. Sie hätte sein Zuspätkommen erklären können. Denn heute hatte Staatsanwalt Storm alle zur aktuellen Lagebesprechung und Aufgabenverteilung gebeten.

Der Horizont auf der Bundesstraße 210 schien Radke endlos. Den Wagen parkte er vor seiner Dienststelle und übergab mit dem Hinweis auf einen Stau die Spuren-Tüten. Er sah Storm im Gespräch mit der

Hauspsychologin. Jonny Radke schlich an ihnen vorbei.

***

Jenny Broders stutzte, als sie den Schlüssel in das Türschloss steckte. Sie war abgehetzt, es durfte nicht sein, dass sie die Buchhandlung nicht pünktlich öffnete. An der Tür flatterte ein Papier. „Wer hat das denn da dran geklebt? Man kann ja kaum noch durch die Scheibe sehen."

Während sie öffnete, das Licht anmachte, die Packen mit den Tageszeitungen aufriss, diese in die an der Hauswand hängenden Halterungen schob, Ständer mit Ansichtskarten und Geschenkartikel nach draußen brachte und den Kassenbestand überprüfte, kamen die ersten Kunden. Schnell sah sie noch in die neue Schreibwarenabteilung. Alles war in Ordnung.

Jenny bediente, bis nach einer Stunde der erste Schwung vorbei war. Sie trat vor die Tür und ordnete die Körbe mit Kalendern neu, ging zurück und sah wieder dieses Papier. „Was ist das?"

Am Abend stehn die Dinge nicht mehr blind
Und mauerhart in dem Vorüberspülen
Gehetzter Stunden; Wind bringt von den Mühlen
Gekühlten Tau und geisterhaftes Blau.

Sie drehte das Papier um. Es war leer, nur dieser Text war mit einem Computer geschrieben und ausgedruckt worden. „Gibt es auf der Insel eine Lyriklesung?", fragte sie sich laut. Sie schüttelte den Kopf. „Das wüsste ich doch." Mit dem Blatt in der Hand schaute sie schnell im

Büro nach, ob sich dort ein Hinweis auf eine Lesung befand. Sie entdeckte nichts. Jenny hörte Schritte und Räuspern. Kunden. Das Papier warf sie in den Papierkorb und bediente weiter, bis sie Unterstützung bekam.

***

„Hast du alles geregelt?“, fragte sie ihren Mann. „Die Vorbereitungen, all das, du weißt schon …“

„Ja.“

„Mehr will ich nicht wissen. Geht das dieses Mal wieder in die Hose, muss ich dir den Kontenzugang entziehen und du kriegst wie früher von mir Taschengeld.“

„Das wirst du nicht wagen. Ich muss raus an die Luft, ein Mann wie ich erträgt kein Gekeife, denn ich bin alles, was du nicht bist und niemals haben wirst. Ich bin der Künstler, ich bin begnadet, und – ich bin vor allem ein Mann – du vergisst das zu oft. Vergiss nicht, dass du in einem deiner vergangenen Leben eine armselige Magd warst. Und heute bist du eine Frau, die nur noch ans Geldfurzen denkt.“

„Vergangene Leben und Geldfurze“, sie lachte, es klang sehr erheitert, „nun komm mir nicht damit. Vergangene Leben glaubst du doch erst recht nicht. Erzähl das deinen Kunden, deinen Jüngern oder wie du die Leute auch immer nennst. Wie bist du denn drauf? Hast wieder einen Zug durch die Lokale gemacht? Hab’ dich ja kaum gesehen. Denk’ dran bei deinen Bemerkungen, ich bin nicht eine der Deinen. Und meine Geldfurze, nun, die brauchst du allzu häufig. Du hast kein Vermögen, nur wer Geld besitzt, hat die Macht.“

„Kein Vermögen? Das sehe ich anders.“

„So? Es wird sich zeigen. Überprüfe lieber deinen neuen Vortrag. Deine Versprechen müssen in die Köpfe rein. Wir bleiben dabei: ‚Du findest bei uns vollkommene Gesundheit, auch wenn du glaubst, es geht nicht mehr. Du findest bei uns den wahren Frieden und Glück, auch wenn wir nicht das absolute Glück versprechen können. Wer kann das schon? Ständiges Glück würde ermüden, du würdest es nicht als solches mehr wahrnehmen'."

„Ja gut, passt schon, wir wechseln uns wie immer ab. Das kommt an, gerade im Urlaub", sagte er.

„Und lass die jungen Frauen in Ruhe, leg' ihnen nicht die Hand auf. Ich kann das übernehmen."

Er grinste. „Ach Heide ... Eifersucht ist nichts für dich und nichts für mich. Davon haben wir uns doch schon lange freigesprochen. Ich muss jetzt nachdenken. Es werden viele verletzte Seelen kommen und ich werde sie heilen. Das erwarten sie von mir."

„Wir sollten unser Sportangebot nicht vergessen."

„Hier gibt's genügend Sportangebote und die sind besser als unsere. Hast du die Mütter aus Aurich eingeladen?"

„Ich glaube nicht, dass die kommen."

„Hast du die Namen?"

Heide zog das Gewünschte aus einer Schublade hervor. „Es sind nur vier."

„Kennst du die Frauen persönlich?", fragte er.

„Nein. Bin nur da vorbeigegangen, wo sie wohnen. Um von außen ein Gefühl für sie zu bekommen."

„Wir brauchen mehr Kinder! Wir brauchen Nachwuchs! Eine Gemeinschaft braucht auch die Kleinen, damit sie hineinwachsen können."

„Tja ... aber selbst musst du sie nicht machen. Übernimm dich nicht! Ehe du gehst, nimm die Kontaktlinsen raus. Dieses Ultra-Blau macht mich noch ganz kirre. Lass sie nur für deine Auftritte."

Der Angesprochene nahm sie heraus und schon war sein Blick ein anderer. Unruhig und nervös.

„Was ist? Wegen dem hier?" Sie bückte sich und griff ganz nach hinten unter der Spüle, wo Lappen, Reiniger und dergleichen lagerten und holte zwei Flaschen hochprozentigen Alkohol hervor. „Das brauchst du nicht. Davon solltest du dich zu allererst heilen. Nachher machst du Fehler. Die können wir uns nicht leisten. Du weißt, wie schnell Menschen wie wir angefeindet werden. Es gibt immer einen, der die Vergangenheit ausgräbt. Schließlich haben wir nicht umsonst Österreich verlassen. Manchmal vermisse ich schon die Berge, die Gemütlichkeit ... ich weiß ja, dass du ansonsten zurückhaltend bist, aber unter Alkoholeinfluss – wer hat sich da noch unter Kontrolle? Dann redest du mit einem Mal, hast in irgendeiner Kneipe aufmerksame Zuhörer und irgendwann den Falschen. Außerdem kommt beim Trinken dein Dialekt durch, den du dir so mühsam abtrainiert hast. Und deshalb auch hier, während unserer Tagung, aber auch danach, keine Anwerbung von Kindern. Nur Erwachsene, die selbst entschieden haben. Nicht auffallen. Nachher erinnert sich noch jemand an deinen Sohn."

„Ach was. Wie sollte denn da ein Zusammenhang hergestellt werden? Absurd. Außerdem trinke ich nicht. Wer weiß, wer die Flaschen dort hingestellt hat, vielleicht haben die letzten Mieter sie vergessen."

Er zog die Tür ins Schloss und sprang auf das dort stehende Fahrrad.

Er hat viele gesehen, die gesund wurden, die wieder das Glück fühlten. Damit hatte er Geld verdient. Er war mächtig, so mächtig, übermächtig. Frauen. Woran sie alles glaubten!

Alles war entschieden – wenn auch anders als gedacht. Sein Leben hatte sich wieder einmal geändert. Er hatte die Macht!

Er lachte leise und nahm den Weg zum Hafen. Wenn man den Vorstellungen der Leute entsprach, klappte alles. Und wieder würden sie staunen, sich angezogen fühlen, würden dieses Kribbeln des Unbekannten spüren und ihnen ihr Geld überreichen, so schnell, als müssten sie es loswerden, als klebe damit eine Sünde an ihren Händen. Blaue Augen – Sinnbild der Klarheit, gelbe Gewänder als Ebenbilder der Sonne, dazu ein bisschen Bart für die Seriosität. Menschen sind verführbar. Wenn sie zu stören begännen – dann müsste auch er andere Wege gehen.

Manche begreifen nichts.

7

Sie hatte sich gegen Hennings Meinung entschieden. Mira Hauser war sehr früh nach Langeoog gefahren. Ihre Unruhe konnte sie nicht mehr aushalten, sie verursachte Bauchschmerzen, eine flatternde Angst, ein Furcht, die ihr das Durchatmen nahm. Hinter dem Langeooger Bahnhof mietete sie für einen Tag ein Fahrrad. Sie hatte sich in der Gärtnerei entschuldigt und erklärt, warum sie heute nicht arbeiten konnte. Noch aber hielt sie sich mit einem Anruf bei Ilkas Eltern zurück.

Wäre der Grund ihres Kommens ein anderer gewesen, hätte sie über laut schnatternde Enten gelächelt, hätte sich an der nach Jod und Sehnsucht schmeckenden Luft gefreut, wäre zur Meierei geradelt – wäre, hätte.

Nichts davon war möglich.

Nur die Frage nach den Mädchen, nach ihrer Tochter, brannte und trieb. Jördis? Ilka? Sie hatte plötzlich ein Zittern in den Beinen, das nicht aufhören wollte. Sie stand am Straßenrand und bemühte sich, das unter Kontrolle zu bringen. Erst als sich ihr Handy bemerkbar machte, konnte sie tief Luft holen und sah den Namen: Rothermund.

Bitte jetzt nicht. Sie ahnte, Ilka war auch nicht zu erreichen.

„Frau Hauser? Ich hörte von Ihrem Mann, dass Sie sich Sorgen wegen unserer Töchter machen. Sagen Sie bloß, Sie sind auf der Insel und wollen nachsehen?“

„Ich rufe gleich zurück.“

Je näher Mira sich dem Haus ihrer Mutter näherte, umso langsamer schob sie das Rad. Es war, als drücke jemand oder etwas gegen sie und wollte ihr Weiterkommen verhindern. Aber es war nur Mira selbst, die abbremste.

Sie sah das rote Absperrband und nahm es nicht wahr. Mira roch Rauch und begriff nicht. Hinter geborstenen Scheiben tanzte die Sonne und der Langeooger Himmel war hoch und weit und sah nach Urlaub aus.

„Jördis!" Mira merkte nicht, dass sie leise rief. In ihr aber hallte es laut und sie rief immer wieder. Sie ging auf die Haustür zu, schüttelte kurz den Kopf, als sie das Polizeisiegel sah, ritzte es mit dem Fingernagel auf und öffnete.

Es stank nach Feuer und Verbranntem. Es drängte Mira so sehr, in das Haus zu kommen, dass sie stolperte, dass sie die Brandspuren sah, aber nicht bewusst wahrnahm.

Aus dem Nachbarhaus kam Frau Consbruch herbeigerannt. Als sie Mira sah, stoppte sie abrupt, hielt die Hand vor den Mund. Leise drehte sie wieder um. „Das muss die Polizei regeln."

***

Inzwischen klingelte Kommissar Gerrit Blau schon beim zehnten Nachbarn. Er war von der Wilrath-Dreesen-Straße aus in den Gerk sin Spoor gegangen und hatte die Handyfotos der Mädchen gezeigt. Er wollte heute Vormittag endlich ein Ergebnis haben.

Bevor er losfuhr, hatte er noch Kollegin Köppe in Empfang genommen, ihr einen Platz zugewiesen und sie gebeten, über das Amtshilfeverfahren die Adresse von Eleonore Bracht herauszubekommen und eine Telefonrückverfolgung zu veranlassen. Außerdem bat er sie, im Krankenhaus Sanderbusch anzurufen, um zu fragen, wie es der Schwerverletzten ging, und ob schon ein Obduktionsergebnis vorlag. Gerrit gefiel ihre Bereitschaft, sofort einzusteigen, gut. Er hatte gemerkt, wie viel allein schon im Innendienst zu tun war. Ihm gefiel auch, dass sie nichts dazu sagte, die Kollegin Bernstiel nicht wie vereinbart in Bensersiel angetroffen zu haben. Er wusste ja inzwischen, dass sie die Fähre verpasst hatte.

Die neue Kollegin wirkte entschlossen und willensstark. Sie war für seinen Geschmack etwas zu kräftig, aber darum ging es ja nicht. „Danke, dass Sie sich so unkompliziert bei uns einfinden."

Er hörte die Mailbox ab. „Ach Frau Köppe, das wusste ich noch nicht, die Frau Bracht macht ihren Urlaub in Öhningen. Jetzt müssen Sie schnell die Unterkunft rauskriegen, ist nur ein winziger Ort."

„Ja, Sie haben mich doch eben schon um ein Amtshilfeverfahren in dieser Angelegenheit gebeten. Mach ich alles. Gucken Sie nicht so besorgt. Im Übrigen: Ich heiße Kirsten." Sie stand auf und reichte ihm die Hand.

„Gerrit. Nochmal – schön, dass Sie da sind!" Er wunderte sich über ihren Namen, er hatte bei ihrem Aussehen eher etwas Exotisches erwartet.

Er klopfte bei Familie Otting. Das Namensschild war schlicht in Messing gehalten und passte zu der Haustür, die einen gelb schimmernden, geriffelten

Glaseinsatz hatte. Frau Otting öffnete. „Kommen Sie wegen des Brandes?"

Gerrit fasste das Geschehen für sie kurz zusammen.

„So etwas spricht sich rum, ja, was wollen Sie denn wissen, Herr Blau?"

Er zeigte ihr die Aufnahmen von den Mädchen. Frau Otting strich sich die dünnen, blonden Haare hinter die Ohren, beugte ihr schmales Gesicht vor und ließ sich alle Fotos zeigen.

„Ich hab' schon Tote gesehen, Sie brauchen mich nicht zu schonen. Aber ich brauche allerdings etwas Zeit zum Gucken. Kann ich Ihr Handy mit den Bildern bis Mittag haben und Sie holen es sich dann wieder ab?"

„Frau Otting! Das ist ein Diensthandy, das kann ich Ihnen nicht ausleihen. Und Sie werden doch nicht Stunden brauchen, um mir zu sagen, ob Ihnen die jungen Frauen auf den Fotos bekannt vorkommen."

„Junge Frauen? Das sind doch noch Kinder." Frau Otting reichte ihm das Mobiltelefon zurück und eilte ins Haus.

„Was ist?", rief er ihr nach und trat in den dunklen, viereckigen Flur.

„Ich brauche ein Taschentuch."

Gerrit wartete. Seine Füße zuckten und schienen wilde Tänze auszuführen. Dagegen konnte er nie etwas tun, das passierte, wenn er angespannt war und wenn er glaubte, der Lösung eines Falles näher zu kommen.

Frau Otting kam zurück. „Lassen Sie uns nach draußen gehen. Bei mir ist noch nicht gesaugt."

„Das ist mir egal."

„Mir aber nicht. Nachher erzählen Sie so etwas rum."

„Bitte! Jetzt sagen Sie doch was zu den Fotos. Ich muss weiter."

„Hm. Ist ja so ..."

„Was? Könnten Sie präziser werden?"

„Ich glaube, die Zwei sind so vor drei Tagen gekommen. Ich habe sie mit ihren Rucksäcken gesehen. Sie gingen in Eleonores Haus. Deshalb habe ich ja nachgesehen. Weil Eleonore verreist ist. An den Bodensee. Ich würde ja nach Fuerte fliegen. Aber egal, da komm ich eh nicht hin, ich habe Flugangst. Und einen Schwiegervater, der Hilfe benötigt. Dazu einen Mann, der am Hafen arbeitet. Der lieber nach Norwegen will. Da lass ich ihn aber nicht hin. Also, die Mädchen ... das etwas Größere, die Blonde, hatte den Schlüssel, schloss auf und beide gingen rein. Später dann bin ich übern Pirolaweg gekommen, habe in Eleonores Garten geguckt, da saßen die Zwei, lachten und tranken Wasser und wirkten zufrieden. Ich glaube, ich habe sie auch im Dorf gesehen, kann sein, dass sie dort mit anderen gesprochen haben. Aber genau weiß ich das nicht, ich bin weitergegangen, zu meinem Schwiegervater. Also Herr Blau, das sind die Mädchen. Nur wie sie heißen – das weiß ich nicht. Hilft Ihnen das trotzdem weiter?"

***

Immer noch stand Mira wie erstarrt in der Wohnung ihrer Mutter, sah die Verwüstung und begriff endlich, dass es gebrannt hatte. Als sie die Treppe hinaufstieg, die Gästezimmer sah, die fehlenden Matratzen, überzog sie ein feines Zittern, von den Fußsohlen bis hin zum Kopf. Als die Kopfhaut zu zittern begann, rief sie gellend: „Jördis! Ilka!" Und dann konnte sie nicht mehr schreien. Ihre Stimme wurde leiser und leiser, es war, als bekämen die Stimmbänder einen Krampf. Sie schlang die Arme um sich, sie brauchte tröstende Nähe und versuchte, sich diese selbst zu geben. Sie sehnte sich nach Hennings Umarmung, nach Jördis, aber schon rasten Bilder von verbrannten Menschen durch ihren Kopf, obwohl sie noch nie welche gesehen hatte. Dazwischen schob sich das glückliche Lachen ihrer Tochter, sie hörte sie sprechen, es war wie unter Wasser, Silben blubberten und waren nicht zu verstehen. Mira hielt sich an der Wand fest, während Ahnungen, wie sie Mütter oft haben, weitertrieben. „Jördis", keuchte sie. „Bitte, versteckt euch nicht, so etwas halte ich nicht aus."

Ihr Instinkt trieb sie auf den Dachboden. Sie sah das Matratzenlager, eine Stehlampe, eine Truhe, einen Kleiderständer. Aber nichts, was auf ihre Tochter hinwies.

Auf der Matratze entdeckte sie einen dunklen großen Fleck. Die Möglichkeit, was das sein konnte, blendete sie aus. Jördis und Ilka sind bestimmt woanders untergekommen. Ein Brand, ich muss Mutter benachrichtigen und Frau Rothermund.

Die Mädchen haben bestimmt ein Zimmer in einem Hotel genommen. Ja, warum haben sie denn nicht angerufen, wo stecken sie bloß? So viele Fragen stürmten auf sie ein und Mira glaubte, in einen dunklen Tunnel hinein gesaugt zu werden. „Wo sind denn all eure Sachen?", fragte sie laut und ihre Stimme klang dünn und seltsam fehl am Platze auf diesem Dachboden. Hier schien die Luft knapper zu werden, schon stolperte sie die Treppen hinunter, eilte nach draußen, sah sich nicht um, nahm ihr Rad und trat, so schnell sie konnte, in die Pedale, als sei der Teufel hinter ihr und lachte höhnisch. Mira fiel ein, dass man doch im Rathaus, in der Kurverwaltung etwas wissen müsste. Ein klein wenig beruhigte sie diese Idee.

Sie lief keuchend in das Gebäude.

„Ja", bestätigte eine junge Mitarbeiterin, „es hat gestern gebrannt."

„Das ist das Haus meiner Mutter."

„Es ist wohl einiges passiert ..." Dann sah sie hoch und blickte Mira genauer an. „Sie sind ...?" Die Frau wurde plötzlich verlegen und rutschte unruhig auf ihrem Drehstuhl hin und her. „Ich glaube ..."

„Ich möchte wissen, wo sich meine Tochter Jördis Hauser und ihre Freundin Ilka Rothermund aufhalten. Sie konnten dort ja nicht mehr übernachten. Ihre Sachen waren weg, also, sie müssen doch ..." Mira verschluckte sich bei den hastig hervorgesprudelten Worten, hinter denen sich Anklage, Vorwurf und eine schreckliche Furcht verbarg.

„Sie gehen am besten zur Polizeiwache. Wissen Sie, wo die ist? An der Kaapdüne. Drei Minuten von hier. Dort kann man Ihnen bestimmt mehr sagen. Jedenfalls haben wir keine jungen Frauen unterbringen lassen. Ich meine, dass können die ja auch allein machen, ein Zimmer buchen ... sind ja keine Kinder mehr."

Gerade, als sie vor der Wache das Rad abstellte, läutete Miras Handy. Sie riss es regelrecht hervor. Eine Nachricht war eingegangen.

8

Carla sah auf ihrem Handy Gerrits Nummer, während sie auf dem Weg zur Kaapdüne war. Sie hatte einen Schlenker durchs Wäldchen eingeschlagen, es war die Ruhe vor dem Sturm. Jetzt ging sie nur dran, weil das Klingeln störte.

„Frau Otting hat die Mädchen in Frau Brachts Garten gesehen, sie weiß nur nicht, wie sie heißen. Außerdem hat jemand das Siegel an der Haustür zerstört, die Tür war angelehnt."

„Also nicht erkannt im Sinne von Erkennen, dann wüsste sie auch die Namen", versicherte Carla sich.

„Hör auf mit deinem Oberlehrerton! Und Frau Consbruch konnte mir Ähnliches sagen."

„Wo bist du?", fragte Carla.

„Auf dem Weg ins Büro. Deine Freundin ist auch schon da."

„Welche?"

„Frau Köppe."

Das Siegel war zerstört – es gab also Interessenten. Täter kommen ganz gern zum Ort des Geschehens zurück. Ob Frau Köppe die Wache am Haus übernehmen würde?

Carla hatte Hunger. Aber jetzt essen, das ging nicht. Erst musste sie zurück ins Büro und danach noch einmal dringend zum Tatort – am besten ohne Kollegen. Sie hatte sich angewöhnt, sich die jeweiligen Tatorte mehrere Male genau anzusehen.

Carla schob ihr Rad über die Betonplatten. Sie interessierte sich für die Nachkriegsgeschichte der Insel und wusste dadurch, dass dieses Gebiet ein ehemaliger Flugplatz war, der schon lange ‚Wäldchen' genannt wurde. Es bestand aus einem Ring und großen Betonplatten, die von den Briten gesprengt worden waren. Aber die ersten Bäume hatte 1947 ein Apotheker als Schutz vor dem Wind gepflanzt, damit er auf der Bitumenunterlage Heilpflanzen und Gemüse ziehen konnte. Fünf Jahre später wurde das zerstörte Gelände durch arbeitslose Insulaner aufgeforstet – mit 35000 Bäumchen. Heute gab es neben Bäumen, Wegen und einer kleinen Allee auch dorniges Gestrüpp. Besser, man kroch nicht da durch.

Carla erreichte den nördlichen Teil des Rings. Hier waren die Schrebergärten. Sie bremste scharf, als eine andere Radlerin fast in sie hineingefahren wäre. Beim Umdrehen registrierte sie Jeans, ein dunkles Polo, blondes halblanges Haar, eine schlanke Figur und einen kleinen grell leuchtenden apfelgrünen Rucksack auf dem Rücken.

***

Gerrit Blau und Kirsten Köppe standen vor der großen Tafel, schoben Zettel und Pfeile hin und her. Daneben hingen die Ausdrucke des toten und des verletzten Mädchens und mehrere von Eleonores Haus.

„Moin." Carla ging auf die Kollegin zu. „Findet ihr Zusammenhänge? Tut mir leid, dass Sie ohne Empfangskomitee auf die Fähre mussten."

Sie besah sich die Anmerkungen, die Pfeile und die Aufnahmen, drehte sich um und blickte zu ihrem Schreibtisch. Sah, dass etliches anders lag, als sie es hingelegt hatte. „Wir haben Ihnen doch einen Platz im Vernehmungszimmer ..."

„Gerrit und ich müssen hier arbeiten und miteinander sprechen. Das geht nicht, wenn ich im Nebenraum hocke. Ich habe neue Unterlagen auf ihren Arbeitsplatz gelegt. Setzen Sie sich, wir sind gerade dabei, alles, was wir haben, durchzugehen. Kaffee?"

Sie tat geradewegs so, als wäre sie seit Jahrzehnten hier zu Hause. „Ich hole mir selbst Kaffee." Sie musste sich am besten sofort an die Anwesenheit der Auricher Kollegin gewöhnen.

„Mach hinne", drängelte Gerrit.

„Wie geht es dem Mädchen?"

„Sanderbusch sagt, dass sie noch im metabolischen Koma liegt, das durch Drogen ausgelöst wurde. Jemand muss ihr ein starkes Schlafmittel gegeben haben. Wir tippen weiterhin auf K.-o.- Tropfen. Aber sie wird das überleben, sagte die Ärztin. Sie braucht Zeit, sie hat ein Schädel-Hirn-Trauma – nur was genau die Verletzung am Kopf hervorgerufen hat, ist wohl unklar, aber die Frage sollen der Pathologe und die Polizei klären.

Gerrit holte Luft. „Natürlich hat noch niemand nach ihr gefragt, wie sollten die Angehörigen auch wissen, dass sie im Krankenhaus ist?", bemerkte er. „Aber jetzt müsste sie inzwischen vermisst werden."

„Gibt es schon den Bericht aus der Pathologie?", fragte Carla.

„Kommt frühestens heute Abend."

„Ich war ja eben allein hier", unterbrach Kirsten Köppe das Gespräch. Ihre dunklen Augen blitzten und die kleinen Zöpfchen, die sie trug, wippten keck in der Luft. Sie sah genau, dass Gerrit sie beobachtete. „Vor wenigen Minuten wollte eine Frau zu uns. Kann ich so behaupten, weil sie mit ihrem Rad auf den Eingang zuging. Mir schien sie sehr aufgeregt. Ich bin sofort rausgegangen, wollte sie ansprechen, da schaute sie auf ihr Handydisplay und starrte, als hätte sie die Nachricht eines Geistes gelesen. Dann hörte ich das übliche Piepen für eine weitere Mitteilung. Die Frau beachtete mich gar nicht. Dann stöhnte sie so etwas Ähnliches wie *Das gibt es doch nicht, endlich, endlich. Jördis!* und fing heftig an zu weinen. Ich fragte, ob sie Hilfe brauche, einen Schluck Wasser, ein Taschentuch, aber sie schluchzte nur, jetzt sei alles gut, sie hätten sich gemeldet. Dann fiel sie mir um den Hals. Ließ mich dann wieder los und betrachtete mich derart erstaunt, dass man meinen könnte, sie habe noch nie eine Farbige gesehen. Ich fragte sie, wer sich gemeldet habe? Worauf sie antwortete, ‚Na, die Kinder. Sie glauben ja nicht, wie erleichtert ich bin, Sie können es nicht glauben!' Ich fragte sie dann, ob sie Kinder habe, dann schluchzte sie wieder, wendete sich abrupt ab, stieg aufs Rad und verschwand."

„Das ist etwas eigenartig", bemerkte Carla. „Sie haben nicht nach ihrem Namen gefragt?"

„Dafür gab es keinen Anlass. Aber ich erzähle das so ausführlich, weil sie noch sagte, also sinngemäß, sie wäre eben noch auf dem Rathaus gewesen und habe gefragt, ob die den Kindern ein Hotel besorgt hätten, hatten sie aber nicht, sie hätten gesagt, sie solle hierher, zu uns, aber nun sei ja alles in Ordnung."

„Wenn die Frau von ‚Kindern' spricht, meint sie ja wohl keine kleinen. Also hat sie ihre eigenen gesucht?

Und warum sollte sie zu uns kommen? Gerrit, du hast sie nicht mehr gesehen?“

„Da war sie schon weg, als ich kam. Musste doch zum Fischladen.“

Er ging in die Küche und kam mit sechs Fischbrötchen zurück. „Kirsten? Zwei Mal Backfisch, einmal Fischfrikadelle, dreimal Granat. Das muss sein, wir haben noch einen langen Tag vor uns.“ Er leckte die herauslaufende Remoulade ab. „Köstlich. Ich gehe davon aus, dass du die auch magst. Deshalb die Sonntagskrabbenbrötchen – als unsere Begrüßung zu deinem Einstand. Beste Ware! Außerdem – Carla und ich essen nur Fischbrötchen.“

Er blickte die neue Kollegin prüfend an. Damit hatte er nicht gerechnet, eine Frau mit samtbrauner Haut. Klein, muskulös, mit einem ausladenden Hinterteil, mit schwarzen, sehr wachen Augen, die Humor, aber auch Aggressivität signalisierten.

„Ich mag keinen Fisch. Aber trotzdem, danke schön. Ich esse mit, es darf schließlich nix umkommen. Außerdem finde ich es nett von dir.“ Sie strahlte ihn kurz an, ehe sie wieder ihre sachliche Arbeitsmiene aufsetzte.

Nach drei Bissen sprang Carla plötzlich auf, wischte sich die Hände ab, ging zum Telefon und tippte eine Kurzwahl ein. „Schließlich haben die in wenigen Minuten Mittagspause.“ Dabei fiel ihr eine Krabbe aus dem Mund.

„Frau Birnfeldt, war eben eine sehr nervöse Frau bei Ihnen und hat gefragt, ob das Rathaus, wahrscheinlich meinte sie die Kurverwaltung, zwei Kindern gestern zu einer Übernachtung verholfen hat?“

„Bei mir war niemand mit solchen Fragen. Vielleicht bei Rüdiger? Der ist eben weggegangen. Oder bei Susi. Ich guck mal eben – Moment – nein – die spricht, ich sag' ihr, dass sie zurückrufen möchte.“

„Und jetzt sollen wir warten?“ Carla klang beunruhigt. Sie tippte die Nummer vom Rathaus ein. Der Anrufbeantworter teilte mit, dass das Rathaus von zwölf bis vierzehn Uhr geschlossen habe. Sie blickte zur Sparkassen-Wanduhr. Drei nach zwölf. „Frau Köppe, wie sah die Frau aus, was hatte sie an?“

Kirsten schloss die Augen. „Schlank. Jeans? Sicher, was soll man hier sonst für eine Hose anziehen? Pulli, T-Shirt – ich weiß es nicht mehr genau ...“

„Haarfarbe?“, fragte er.

„Mischmasch-Blond.“

„Also schlank und blond, Jeans. Ist Ihnen noch etwas aufgefallen?“ Carla piekte angespannt mit einer Kugelschreiberspitze in ihre Handinnenfläche.

„Nur was ich schon sagte, nervös, angespannt, sehr aufgeregt. Ihre Stimmung schlug um, als sie ihr Handy aus ihrem quietschgrünen Rucksack holte ...“

„Quietschgrün? Sicher?“ Carla strahlte.

„Quietschgrün.“

„Das ist die Frau, die wir finden müssen. Die hat mich unterwegs fast umgefahren, sie wirkte, als sei sie nicht bei sich, deshalb hab ich mich umgedreht und mir vor allem diesen Rucksack gemerkt.“

„Und wenn Quietschgrün jetzt Mode auf der Insel ist?“, fragte Gerrit.

„Ist es nicht, behaupte ich mal. Ich sag's euch, kombiniert wie einst Nick Knatterton ...“

„Kenne ich nicht“, stellte er lakonisch fest.

„Ist das ein Witz?“, fragte die Kollegin.

„Keine Ahnung habt ihr. Nick Knatterton war eine Comic-Serie und in den fünfziger Jahren sehr populär, erschien regelmäßig in der Quick. Die Serie nahm das Wirtschaftswunder, das Finanzamt und Adenauer aufs Korn – es gibt sogar eine Nick-Knatterton-Ehrenmütze vom Bund Deutscher Kriminalbeamter. Manfred Schmidt hat die Geschichte erdacht und demnach stammt der Meisterdetektiv von einem uralten Adelsgeschlecht bei Kyritz an der Knatter ab. Nikolaus Kuno Freiherr von Knatter zeigte schon früh seine übermäßige Intelligenz. Eben deshalb entschloss er sich, Detektiv zu werden. Um die edle Familie nicht vor Peinlichkeit im Schlossteich versinken zu lassen, nahm er das Pseudonym ‚Nick Knatterton‘ an. Und sein geflügeltes Wort „Kombiniere, ...“ ging in den deutschen Sprachgebrauch ein. Nie davon gehört? Also, ich kombiniere – es handelt sich bei der weinenden Frau und jener, die mich fast umgefahren hätte, zumindest um eine nahe Verwandte der jungen Frauen. Ich kombiniere ...“

„... es war eine der Mütter“, schloss Kirsten Köppe und grinste. „Und der olle Adenauer, der ist doch seit bestimmt hundert Jahren dahin. Bleiben Sie bitte im Jetzt. Auch, wenn's Ihnen schwer fällt.“

Einmal Zicke, immer Zicke. Erbittert blickte Carla zu Kirsten rüber. „Einer bleibt hier, zwei suchen.“

„Ich bleibe“, sagte Gerrit. „Ich habe die Frau nicht gesehen. Um zwei rufe ich im Rathaus an. Mein Gefühl sagt mir, dass es sich hier um eine böse Geschichte handelt.“

„Gefühl“, schnaubte Carla. Jetzt kam Gerrit damit an! Bestimmt, um bei der Köppe Eindruck zu schinden. Soll er doch.

Gerrit strich sich über sein Kinn und über die Wangen. „Ich muss mich rasieren.“

„Und ich dachte, du wolltest dem Brunetti nacheifern.“ Kirsten lachte. „Steht dir aber!“

Gerrit sah sie verständnislos an.

***

Auf einmal stand Brandmeister Terbassen im Raum. Trotz seiner Größe und einer gewissen Fülle bewegte er sich wendig und leicht.

„Die Tür war angelehnt. Ich musste zur Apotheke, dachte, guck mal eben rein. Gibt’s jetzt was Neues, Gerrit?“

„Es könnte sein, dass eine der Mütter auf der Insel ist. Aber sonst ...“ Er schüttelte den Kopf. „Kannst du mehr zu dem Brand sagen?“

„Sagen wir mal so: Es kommen verschiedene Möglichkeiten in Betracht.“ Terbassens rötliche Haut glänzte. „Das Feuer wurde durch einen technischen Defekt ausgelöst. Das klärt jetzt der Brandursachenermittler für die Versicherung ab.“

9

„Ich übernehme das Gebiet Friesenstraße, Süderdünenring und so weiter. Sie das Dorf, also auch Mittelstraße, Hauptstraße, Gartenstraße, Kurstraße, die Nebenstraßen ..."

„Sie gehen davon aus, dass ich die alle kenne?"

„Natürlich. Bis später."

Bei Krista Vogel in der Friesenstraße stoppte Carla, beschrieb der Bildhauerin die gesuchte Frau und fragte auch, ob es neue Holzskulpturen gäbe.

„Bin dran. Nur drängen darf mich niemand. Dann wird das nichts. Als Nächstes nehme ich mir dieses Holz hier vor, mal sehen, was wirklich daraus wird." Sie wies zu einem leicht gebogenen Holzstück. „Vielleicht lasse ich einen Teil der Rinde dran. Birke kann da ganz interessant wirken. Und sonst? Gibt's was Neues?"

„Nicht viel. Schnitzen Sie mir endlich eine Figur oder einen Vogel, etwas, das zu mir passt. Vielleicht aus dem Birkenstück? Möglicherweise verbrauchen Sie davon nicht alles. Machen Sie den Auftrag einfach kleiner. Was soll's denn werden?"

„Kundengeheimnis."

Krista Vogel strich über ihre lange Arbeitsschürze, griff nach dem Birkenstück und drehte es hin und her. Es befand sich noch Harz darauf. Sie wedelte mit der anderen Hand die Fliegen weg, die sich von dem Holz scheinbar angezogen fühlten und legte es wieder zur Seite.

Gerrit ließ sich kurz nach Beendigung der Mittagspause am Telefon erklären, was die Unbekannte im Rathaus gewollt hatte. Seine Anspannung nahm zu. Trotz seiner Entschlossenheit, der Mitarbeiterin nichts zu verraten, sagte er ihr, dass die Frau dringend gesucht wurde.

Danach rief er Carla und Kirsten an. Beide erklärten, sie hätten niemanden und wiederum ganz viele gesehen, auf die die grundsätzliche Beschreibung passte. Kirsten hatte eine Frau angehalten, als sie eine grüne Tasche in deren Fahrradkorb leuchten sah. Während sie mit der Urlauberin sprach, vergewisserte sie sich bei Carla, ob es sich wirklich um einen Rucksack gehandelt habe, in Grün, Dunkelgrün oder doch Quietschgrün. Hier aber handelte es sich offenbar um eine grüne Strandtasche. Und die Haarfarbe der Frau war weißblond und es war sehr kurz geschnitten.

***

Mira Hauser saß in der Teestube am Hafen und wartete auf die nächste Fähre. Sie sah ungesund blass aus und zitterte inwendig. Sie rührte in ihrer Krabbensuppe. Was bis jetzt geschehen war, konnte sie kaum glauben und doch musste sie es wohl oder übel. Ein intensives Gefühl der Dankbarkeit hatte sie durchströmt, blieb in ihr, dass es schwer auszuhalten war. Sie fühlte Dankbarkeit, Glück und Liebe. Eine so intensive Liebe zu Jördis.

Wieder und wieder sah sie sich die letzten Nachrichten an und las sie, obwohl sie alle längst auswendig kannte. Die Erste war von Frau Rothermund.

Die hatte geschrieben: Ilka hat sich per SMS gemeldet. Alles ist gut.

Ehe Mira das verarbeitet hatte, war eine weitere Mitteilung eingegangen. Ohne Smileys, wie sonst. Diese kam von Jördis mit demselben Text. Sofort hatte sie Jördis angerufen und sich geärgert, dass sie nicht abhob. Da kamen die alten Auseinandersetzungen wieder hoch, über die sie so manches Mal gestritten hatten – sie möge antworten, zumindest wenn ihre Mutter anrief.

Miras Gefühle rasten Achterbahn und als sie glaubte, kurz vor dem Herunterstürzen zu sein, ging ungefähr eine Stunde später eine weitere SMS ein. ‚Wir sind auf dem Weg nach Hause. Melden uns nicht mehr, das Guthaben ist gleich alle'. Beide hatten ja Prepaidkarten, hatte Mira festgestellt.

Sofort rief sie Frau Rothermund an, die ihr entspannt mitteilte: „Sehen Sie, es ist alles in Ordnung. Warum die Kinder jetzt nach Hause kommen, leuchtet mir allerdings nicht so ganz ein. So selbständig müssten sie doch sein, sich ein Pensionszimmer zu nehmen, wenn sie nach dem Brand nicht in dem Haus Ihrer Mutter bleiben können. Die Zwei waren doch verrückt auf diesen Urlaub. Sie sind beide doch ziemlich unerfahren im Reisen, da müssen sie noch einiges lernen. Geht doch nicht, wenn die Eltern alles vorbereiten und veranlassen Kommen Sie doch mit Jördis zu uns, dann hören wir zusammen, was eigentlich los war."

Unter Miras Freude saß noch etwas anderes tief in ihrem Inneren, aber sie war so erschöpft und angespannt, dass sie nicht darauf kam. Sie wollte nur weg – nur nach Hause. Nur Jördis in den Arm nehmen. „Ach ja“, fiel ihr ein, „ich muss Mutter anrufen. Ihr Haus, ihre Wohnung, das Feuer, o je, was wird sie sich aufregen ...“

Ihren Mann Henning hatte sie nicht erreichen können, aber das war nichts Ungewöhnliches. Er hatte in Hamburg zu tun, wie immer. So bekam er auch nur eine Kurznachricht: ‚Fahre nach Hause. Jördis und Ilka sind auch auf dem Weg nach Bremen. Mira‘.

Als sie aufstand und den Stuhl zur Seite schob, schwankte sie ein wenig. Ein Mann vom Nebentisch sprang auf und wollte sie stützen, aber sie wehrte ab. „Brauchen Sie Hilfe?“

Sie fand die Stimme sehr angenehm. Fast war sie versucht, Ja zu sagen, fast war sie versucht, ihm die SMS zu zeigen und ihre schreckliche Sorge um Jördis mitzuteilen. „Nein vielen Dank, es ist alles in Ordnung.“

Aber der Gang zur Fähre fiel ihr seltsam schwer, sie fühlte sich, als müsse sie Nebel beiseiteschieben. Beim Betreten des Schiffes sah sie den Mann herüberschauen. Er hob die Hand und winkte kurz, ehe er weiterging.

Kurze Zeit später ließ sich Mira den Wind ums Gesicht flattern. Sie war auf dem Oberdeck, hielt sich an der Reling fest, sah ins Wasser, das graublau schwappte.

Ein Gedanke bedrängte sie. Wieso auf einmal SMS? Jördis schreibt doch sonst, geh mal on... und dann hat sie eine WhatsApp geschickt.

***

Das Mädchen wurde über eine Gesichtsmaske beatmet. Ihr Zustand hatte sich stabilisiert. Aber noch gab es keine Hinweise zu ihrer Identität.

Oberarzt Dr. Jordan rief auf der Langeooger Polizeiwache an.

„Wir sind dran“, erklärte Gerrit verzweifelt, „wir sind dran. Hier war eine Frau – es scheint, dass es sich um die Mutter eines der Mädchen gehandelt haben muss. Meine Kollegen durchsuchen die Insel nach ihr.“ Der Kommissar lehnte sich gegen eine Wand. Er erklärte auch, dass Nachbarn die Mädchen gesehen hatten. Hinweise, die jeder wissen durfte.

„Ein schönes, einst so makelloses Mädchen. Wir hoffen sehr, dass es bald aufwacht. Aber noch ist die kritische Phase nicht vorbei. Inzwischen haben wir die Ergebnisse des toxikologischen Gutachtens vorliegen. Wir haben Druck gemacht, damit wir die junge Dame richtig behandeln können. Ich habe auch schon mit dem Pathologen gesprochen. Damit Sie es vorab wissen – ein Fax wird Ihnen zugeschickt – bei beiden Mädchen wurden Spuren von Gamma-Hydroxy-Butyrat nachgewiesen. Im Blut wurden minimale Spuren von K.-o.–Tropfen oder auch Liquid Ecstasy gefunden. Das Zeug baut sich ja rasend schnell ab. Ist Ihnen schon einmal so ein Fall auf der Insel untergekommen, in Ihren Discos oder ähnlichen Läden, wo eben auch Sechzehnjährige hingehen?“

„Unsere Kneipen sind mitten in der Saison immer gut besucht, da wird getrunken – so schnell kann man Anderen was ins Getränk tun, da braucht es keine wilden Läden. Bisher hatten wir solche Fälle nicht. Da frage ich mich, wie sind sie ins Haus zurückgekommen, wen haben sie mitgenommen ... wir müssen viel breiter recherchieren. Noch eine Frage: Hat das Opfer eine auffällige Narbe oder ein Tattoo?"

„Nichts dergleichen."

Gerrit fühlte sich unangenehm hilflos. „Ich melde mich sofort, wenn wir ..."

„Natürlich", verabschiedete sich Dr. Jordan.

***

Am frühen Nachmittag kamen Carla und Kirsten zurück. „Haben wir ein Megaphon? Geht einer von euch mit der Tröte durchs Dorf und ruft eine Beschreibung dieser Frau aus? Gerrit, du hast eine schöne weithin reichende Stimme!"

„Moment, ich hole es. Hier, kannst du schon mal lesen." Gerrit schob ihr ein Fax zu. Es kam von der Pathologie aus dem Kreiskrankenhaus Sanderbusch. Carla überflog die Angaben der patho-anatomischen Untersuchung von Dr. Helga Jensen. Der Todeszeitpunkt lag zwischen ein Uhr morgens bis zum Auffindezeitpunkt um zwei Uhr. – Todesart – nicht natürlich. Fremdeinwirkung. Schädelbruch, Vergiftung mit Gamma-Hydroxy-Butyrat (K.-o.-Tropfen), Herzstillstand. Im Magen befanden sich Reste einer Currywurst.

Bis zum späten Nachmittag waren bestimmt zehn Frauen auf der Wache erschienen. Sie hatten Gerrits Aufruf mit dem Megaphon gehört und fühlten sich angesprochen. Carla und Kirsten sahen sie sich genau an und ließen sich deren Rucksäcke zeigen. Gleichzeitig mussten sie beruhigen, knapp erklären, weshalb diese

Durchsage getätigt worden war, ohne zu viel zu sagen. Kirsten erläuterte das knapp, aber einfühlsam. Zwei bunt gemusterte Rucksäcke hatten auch ein kräftiges Grün – aber keine hatte jenen, den Carla bei der Frau gesehen hatte. Keine vermisste ihre Tochter. Ergebnislos mussten sie die Frauen wieder gehen lassen, mussten sich entschuldigen, mussten beruhigen, schließlich sollte keine Panik auf der Insel ausbrechen.

Carla besprach mit den Kollegen das, was sie inzwischen hatten. Und das war zu wenig.

„Es ist gleich sechs Uhr, da haben alle Lokale auf. Hier habe ich eine Liste ausgedruckt, auf der alle stehen – einschließlich Cafés und Eisdielen. Fotos der Mädchen sind ausgedruckt. Frau Köppe, Sie übernehmen beginnend von der Hauptstraße, die linke Seite, Gerrit die rechte. Ich den Hafen und alles drum herum. Es kann ja nicht sein, dass die nur im Haus oder am Strand gehockt haben. Sechzehn- oder Siebzehnjährige wollen was erleben. Wir brauchen Greifbares! Bürgermeister Piel rief vorhin an und dachte, wir hätten schon alles geklärt. Morgen steht unser Fall in der Zeitung. Das Regionalfernsehen meldete sich auch schon, also los."

Carla ging in die Küche und erinnerte sich, dass sie noch nichts Richtiges gegessen hatten.

„Treffen wir uns – sagen wir mal – um acht irgendwo zum Essen?"

„Fischkantje? Wäre mitten im Dorf", schlug Gerrit vor.

„Ich bin nicht so für Fisch", warf Kirsten ein.

„Steuerbord?"

„Ich sehe schon an euren Gesichtern, dass ihr gerne Fisch wollt. Ich werde mich dann vorsichtig daran üben."

Carla staunte über das Entgegenkommen der Kollegin. Bisher gab sie sich hier anders als in Aurich.

„Haben wir eigentlich schon die Auswertung der Kameras vom Hafen, beim Ein– und Ausschiffen? Auch wenn wir noch nicht wissen, wen wir als Täter suchen?", fragte Carla.

„Spätestens morgen. Geht eben nicht alles so schnell wie im Fernseh-Krimi. Ich habe mich aber heute Mittag schon darum gekümmert. Wenn ihr so vom Essen redet, kriege ich aber jetzt schon Hunger." Gerrit Blau seufzte erbarmungswürdig.

„Der Bodensee hat sich auch noch nicht gerührt?", erkundigte sich Carla. „Dieses Örtchen ist doch klein, da muss sich doch die Frau Bracht auftreiben lassen ..."

Die drei sahen sich an. Dazu gab es jetzt einfach nichts zu sagen. „Also los, auf die Räder ..."

***

Mira lief nervös durchs Haus, Henning wurde ganz unruhig davon. Dann wieder saß sie gottergeben auf dem Sofa oder in der Küche oder in Jördis Zimmer und wartete einfach nur. Bei Rothermunds hatte sie mehrere Male angerufen und auch dort hörte sie an Frau Rothermunds Stimme, dass sich bei ihr eine eher lähmende Erwartung breit gemacht hatte. So oft beide Mütter ihre Handys anstarrten, es waren bis jetzt keine weitere SMS oder Nachrichten auf WhatsApp mit Smileys oder Bildchen mehr eingegangen. Gefühlte hundert Mal hatte Mira versucht Jördis zu erreichen. Dann fiel ihr wieder ein, dass Jördis ihr Guthaben wohl ganz aufgebraucht hatte. Aber sie hatte doch Geld, um es unterwegs erneut aufzuladen. Henning fuhr zum Bahnhof. „Du wartest im Haus. Irgendetwas ist hier faul."

„Nein, warum denn?", entgegnete Mira, „sie sind unterwegs. Die kommen gleich!"

„Alles Blödsinn. So hat sich Jördis jedenfalls noch nie verhalten. Mit uns solch ein Rate– und Versteckspiel zu veranstalten. Die kann was erleben!" Weg war er.

Mira rannte nach draußen, allein hielt sie es im Haus nicht aus. Sie schaute überall nach, sogar im Keller, aber natürlich hatte sich hier niemand versteckt. Kurz nach acht Uhr gab sie ihrer drängenden inneren Stimme nach. Sie rief die Langeooger Polizeiwache an.

Danach fühlte sie sich erschöpft. Und das Warten, das nun eintrat, war noch schwerer auszuhalten.

***

Kurz nach acht trafen sie sich wie verabredet im Dorf. „Sind wir die drei Fragezeichen?", fragte Kirsten.

„... und suchen das Geheimnis der Insel." Carla grinste.

Gerrit zeigte auf ein niedriges, weiß gekalktes Gebäude. „Der Laden da, der ist gut!"

„Die Lachmöwe?", fragte Carla. „Stimmt, die ist gut. Da gibt's auch noch anderes als Fisch. Ich meine, Frau Köppe ..."

„Sie können ja entgegenkommend sein, Frau Bernstiel!", stellte sie erfreut fest.

„Bin ich doch immer. Außerdem, wir Drei sind aufeinander angewiesen, wir müssen miteinander und nicht gegeneinander arbeiten. Animositäten haben hier nichts zu suchen. Sie wissen ja, dass an Land bei solch einem Fall, wie wir ihn jetzt haben, viele Kollegen daran arbeiten. Aber wir sind fast alleine hier ..."

„... und wir schaffen das auch", ergänzte Kirsten.

„Ich staune", kommentierte Gerrit, „es müssen nicht alle kommen, um uns zu unterstützen. Vor allem nicht Staatsanwalt Storm. Wir fordern nur an, wenn es sich nicht mehr vermeiden lässt."

„Und noch etwas", stellte Carla fest, „wenn morgen der Sturm mit der Presse und den Medien losgeht, müssen wir vorbereitet sein. Ich meine, wir sollten uns auf ‚Keinen Kommentar' einigen. Das, was in den Zeitungen gemeldet wird, darauf haben wir keinen Einfluss mehr. Aber nichts von dem, was wir hier mühselig zusammensuchen, gehört ins Fernsehen ..."

„Die Fotos der Mädchen?"

„Ich finde, das ist noch zu früh", wandte Kirsten ein. „Außerdem könnte die Suche den Mörder ... ach, ich weiß nicht, aber bevor wir nicht die Eltern aufgetrieben haben, dürfen wir das nicht machen. Stellt euch das Chaos doch mal vor! Dann lauern auf der Intensiv in Sanderbusch versteckte Reporter, dann werden hier Mädchen angesprochen ..."

„Aber die wissen doch, dass ein Mord verübt wurde. Die pilgern garantiert zum Brandhaus."

„Erst die Eltern finden", sagte Carla mit Bestimmtheit. „Ich habe auch noch was anderes zu berichten."

Kirsten sah sie aufmerksam an. Gerrit atmete tief ein und aus, um den sich immer mehr aufbauenden Druck loszuwerden.

Während sie auf ihr Essen warteten, erzählte Carla.

„Die Mädchen waren in der Kaapstube. Die nette Wirtin erkannte sie nach kurzem Zögern wieder.

Sie sagte, sie seien am Dienstag und Mittwochabend dort gewesen. Dienstag scheinbar alleine, am anderen Abend hätten sie sich mit mehreren Leuten unterhalten. Es seien auch Männer dabei gewesen, aber so genau habe sie nicht hingeschaut. Das blonde Mädchen habe sich etwas intensiver unterhalten, aber sie habe nicht so genau hingesehen, sie habe ja zu tun gehabt Beide hätten Currywurst gegessen.

Das erinnert mich an das Obduktionsergebnis, da war auch vom Mageninhalt die Rede: Currywurst!"

„Hat sie noch mehr gesagt?", fragte Blau gespannt.

„Hat sie die Namen gehört? Nun sagen Sie doch mal was und lassen sich das nicht alles einzeln aus der Nase ziehen!" Kirsten legte ihre schöne runde Stirn in Falten, was komisch aussah.

Wieder ganz die Alte, stellte Carla fest und überhörte den scharfen Ton der Kollegin.

„Weder Vor- noch Nachnamen, noch Kosenamen hat sie gehört. Aber sie haben scheinbar in einer Gruppe das Lokal verlassen. Ein Mann, der mit raus ging, legte der Blonden recht vertraut die Hand um die Taille. So ein Junger war es nicht. Der war eine ganz Ecke älter – das betonte die Wirtin nachdrücklich. Vielleicht hat eins der Mädchen einen Bekannten getroffen?"

„Bekannten? Die hat einen Freund getroffen", stellte Carla fest. „Ist doch auf der Insel eine prima Gelegenheit – auch für elterlich verbotene oder sagen wir mal, nicht gern gesehene nähere Kontakte. Keiner guckt nach dem anderen, warum auch? Ich kann mir gut vorstellen, dass das vorher verabredet war. Oder doch ein Überraschungsbesuch?"

„Mit tödlichen Folgen. Wer ist der Mann?", fragte Carla und nahm der mittlerweile erschienenen Kellnerin den Teller mit gebackenem Fisch und Kartoffelsalat aus der Hand.

Eine Hand legte sich schwer auf ihre Schulter.

„Willst also nicht bei meiner Erika mitessen?" Hermann Lindner zwinkerte Carla zu. „Sie hat extra einen großen Topf Linsensuppe gekocht. Wenn ich ihr sage, dass du hier isst, wird sie beleidigt sein."

„Sag's ihr nicht."

„Und noch etwas. Sie hat noch mal mit der Göntje gesprochen. Die erzählte, du seist alternativen Heilmethoden gegenüber sehr abweisend. Jedenfalls hat Göntje meiner Erika ein Tütchen Tee für dich mitgegeben. Du solltest ihn ausprobieren. Göntje hat's drauf. Die kann was."

***

Während Henning Hauser den Hauptbahnhof Bremen durchschritt, auf jedes Gleis ging, obwohl er wusste, dass dies unlogisch war, der Bahnpolizei eine Beschreibung von Ilka und Jördis gab, den Bahnhofsvorplatz umrundete, immer wieder auf sein Handy schaute, die Mailbox abrief, ging es dem Opfer auf der Intensivstation im Krankenhaus Sanderbusch plötzlich schlechter.

Zwischen halb neun und neun Uhr gingen auf dem Festnetzanschluss der Polizeiwache mehrere Anrufe ein. Nicht jeder besaß die Mobilnummern der Polizisten.

Diese Juni-Abende waren hell, versprachen viel und das Meerwasser leuchtete blau und grün. Es war, als tanzten Millionen winziger Leuchtkörper darüber. Bevor Carla in ihr Zimmer am Polderweg fuhr, ging sie zum Strand und setzte sich nahe am Wasser in den Sand.

***

Kirsten Köppe hatte erst jetzt die Gelegenheit ihr Zimmer zu inspizieren. Es befand sich in der Pension ‚Haus Lindner', in der auch Carla untergekommen war. Erika Lindner hatte ihr zur Begrüßung eine Flasche Sanddornsaft hingestellt. Kirsten fand das nett, war aber war zu müde, sie zu öffnen. Sie hatte zu viel Bier im Magen. Sie war froh, jetzt alleine zu sein und warf ihre Kleidung quer durch den Raum. Sie kicherte, als sich ihr Slip in einer Stehlampe verfing.

10

Carla lag quer über dem Bett, die Decke war auf den Fußboden gerutscht. Als sie erwachte, war es noch früh. Sie stand auf, öffnete die Fenster und frische Morgenluft strömte herein. Dann schaltete sie das Handy wieder ein. Gestern hatte sie niemanden mehr hören wollen. Über die Weiterleitung des Festanschlusses der Wache sah sie, dass sich zwei Anrufe auf der Mailbox befanden. Als Erstes hörte sie eine ruhige, melodische Frauenstimme. Sie meldete sich mit: „Hier spricht die Frau Bracht. Meine Tochter sagte mir, bei mir habe es gebrannt? Können Sie mir genau sagen, was passiert ist? Was ist mit meiner Enkelin und deren Freundin? Meine Tochter hat die beiden überall gesucht, das Rathaus gab nur diffuse Auskünfte. Rufen Sie bitte schnellstmöglich zurück. Ab elf Uhr sitze ich im Zug." Dann nannte sie langsam und deutlich ihre Handynummer.

Hastig stellte Carla die Tasse mit Tee ab, einer Orangen-Kräuter-Mischung. Der Kaffee der letzten zwei Tage war zu viel gewesen, ihr Magen vermerkte das gereizt.

Erst aber hörte sie den nächsten Anruf ab. Es meldete sich wieder eine weibliche Stimme. Sie war schrill vor Aufregung.

„Ich vermisse meine Tochter Jördis, die mit ihrer Freundin auf Langeoog sein müsste. Die Mädchen haben im Haus Bracht gewohnt. Ich hörte von dem Brand, es liefen SMS von den Mädchen ein, aber da stimmt etwas nicht. Es kann auch sein, dass sie irgendwo ein

Privatzimmer genommen haben. Pensionen und Hotels habe ich schon abgefragt, auch die Jugendherberge. Ohne Ergebnis. Die Mädchen müssen gefunden werden. Warum haben Sie noch kein Ergebnis, Sie sind doch die Polizei! Mein Name ist Hauser, Mira Hauser, Telefon ..."

Carla Bernstiel fiel in eine kurze Starre, ehe sie zurückrief. Von Eleonore Bracht erhielt sie die Namen der Mädchen, sagte aber noch nichts von dem Mordfall. „Ihr Haus sieht nicht mehr gut aus, können Sie vorübergehend woanders auf Langeoog unterkommen?"

„Natürlich. Ich habe nette Nachbarn. Ist mein Haus gar nicht mehr bewohnbar?"

„Momentan noch nicht."

„Wo sind die Mädchen?"

„Es ist etwas passiert. Aber bitte, kommen Sie erst zurück, dann können wir ausführlich darüber sprechen."

Damit ließ sich Eleonore Bracht nicht abspeisen. „Wenn Sie das so sagen – haben sie Brandwunden, eine Rauchvergiftung?"

„Welche Haarfarbe hat Ihre Enkelin?"

„Blond. Jördis ist honigblond. Langes Haar, weit über schulterlang."

„Dieses Mädchen liegt im Krankenhaus."

„In welchem? Was hat sie?"

„Sanderbusch. Alles Weitere müssen Ihnen die behandelnden Ärzte sagen. Aber erst sollten Jördis Eltern mit denen sprechen und zwar dringend." Carla seufzte und entschied sich, Frau Bracht doch mehr mitzuteilen. „Wenn es sich um Ihre Enkelin Jördis handelt, der geht es nicht gut. Sie wurde in Ihrem Haus überfallen. Bitte kommen Sie so schnell wie möglich zurück."

Danach sprach sie mit Mira Hauser. Sie erfuhr von ihrer Suche, erfuhr von den SMS, vom Warten, erfuhr, dass ihr Mann gestern Abend alles um den Bremer Hauptbahnhof abgesucht hatte. Sie spürte ihre Anspannung, ihre Angst, die mit jedem Satz intensiver wurde, sie spürte ihre Hoffnung und ließ sich den Nachnamen von Ilka geben und die Telefonnummer der Eltern.

„Frau Hauser, noch kennen wir die Identität der Verletzten nicht. Aber es besteht schon die Annahme, dass es sich um Ihre Tochter und bei der anderen um Ilka handelt. Ich spreche jetzt erst mit Ilkas Eltern. Wohnen Sie nah zusammen?"

Mira bestätigte dies.

„Packen Sie Papiere und ein paar Sachen ein, Sie sollten vielleicht zusammenfahren. Trauen Sie sich das zu oder soll ich einen Bremer Kollegen schicken, der mit Ihnen nach Sanderbusch fährt?"

„Wir können uns abwechseln. Ich ruf mal eben ..." Miras Stimme wirkte wie ein zu straffgespanntes Seil, das kurz vor dem Zerreißen war.

„Nein, warten Sie. Können Sie Ihren Mann benachrichtigen? Er sollte mitkommen. Den Anruf bei Rothermunds erledige ich jetzt und rufe auch meine Kollegen an."

Carla wusste, dass das nächste Gespräch eins der schwersten werden würde. Trotzdem nahm sie sich drei Minuten Zeit, um zu überlegen. Ehe sie ‚Polizei

Langeoog' und gerade noch ihren Namen gesagt hatte, ging ihr nach einer winzigen Verzögerung Jörn Rothermund dazwischen und fragte, ob sie Ilka aufgegriffen und ob die Mädchen Unsinn gemacht hätten. Nie wieder lasse er seine Tochter mit Jördis fahren, er habe doch gleich gewusst, dass es Ärger gebe, wahrscheinlich habe sie einen Typen angebaggert und getrunken. Zu guter Letzt erkundigte er sich noch, ob die beiden in der Ausnüchterungszelle säßen.

Carla ließ ihn ausreden.

Damit baute Jörn Rothermund Druck ab. Vorsichtig erklärte sie die Rahmensituation. Kam dann auf Jördis zu sprechen, zögerte, schob neue Worte ein, bat ihn, sofort mit seiner Frau zu kommen, sich mit den Hausers abzusprechen.

Herr Rothermund ging dazwischen. „Wir fahren alleine, an allem wird Jördis Schuld haben, dieses frühreife Mädchen. Meine Frau ist noch im Bad, ich muss ins Geschäft. Wir werden später fahren, so am Nachmittag."

„Sie fahren jetzt. Bitte! Sagen Sie alle Termine für heute ab."

„Das lass ich mir doch nicht von einer Dorfpolizistin sagen", schrie er und wirkte erbost. Er hatte das Gefühl, dass er so reagieren musste, alles andere konnte er nicht zulassen.

„Doch", antwortete Carla leise. Sie wusste, es würde natürlich keine Rolle mehr spielen, ob sie in zwei oder fünf oder acht Stunden die Leiche ihrer Tochter sehen würden. Aber was wäre dies für eine Qual, zu Hause zu sein oder in irgendeinem Büro und sich tausend Fragen zu stellen.

„Ja nun sagen Sie mir doch endlich, was mit unserer Ilka ist!"

Carla hörte Geräusche am anderen Ende, ein Flüstern, ein ‚Nun lass mich doch, was ist mit ihr' und dann hatte sie Frau Rothermund am Apparat.

„Was hat unsere Tochter getan, dass die Polizei anrufen muss? Die soll ihre Sachen packen und mit dem nächsten Schiff kommen, wir holen Sie in Bensersiel ab. Sagen Sie ihr, egal, was sie angestellt hat, sie wird keinen Ärger bekommen."

„Bitte", begann Carla, „setzen Sie sich. Es tut mir so leid, was geschehen ist."

Es war unendlich schwer, eine solche Nachricht zu übermitteln. Eine, bei der sie noch nicht einmal genau wusste, ob es sich bei der Toten wirklich um Ilka handelte.

„Hat sie das Handy verloren? Deshalb kamen keine Nachrichten mehr gestern Abend rein? Sie waren auf dem Weg nach Hause, alle beide."

„Zwei junge Mädchen wurden im Haus der Frau Bracht überfallen und niedergeschlagen. Vorher hat jemand ihnen K.-o.-Tropfen ins Getränk gekippt. Sie waren in einer Kneipe. Dort wurden sie wiedererkannt – wahrscheinlich waren es Ihre Tochter und Jördis Hauser."

Carla hörte, wie am anderen Ende die Luft scharf eingesogen wurde. Ganz leise, sehr zögernd kam die Frage: „Sie wurden vergewaltigt und sind jetzt im Krankenhaus?"

„Nein. Vergewaltigt wurden sie nicht. Beide befinden sich im Krankenhaus, das stimmt. Aber – eins der Mädchen ist tot. Ich muss Sie bitten, nach Sanderbusch zu fahren und es zu identifizieren – und auszuschließen, dass es sich um Ihr Kind handelt."

Jetzt war es wenigstens heraus. Carla spürte eine sonderbare Erleichterung in sich aufsteigen und bekam gleichzeitig Tränen in den Augen.

„Das ist nie unsere Ilka. Unsinn! Sie kennen sie doch überhaupt nicht. Was reden Sie für einen Unsinn daher – Jörn, hör mal, – diese Polizistin sagt, wir sollen eine Tote identifizieren, die meint doch glatt, es handele sich um unsere Tochter. Was für eine unsensible Inseltussi ..."

Carla ging dazwischen. „Kriminalhauptkommissarin."

„Wollen Sie sich einen Scherz erlauben, ich zeige Sie an, Sie, Sie, Sie ... wer sind Sie überhaupt? Kann ja wirklich inzwischen jeder anrufen, ich kann das nicht nachprüfen, wer am anderen Ende der Leitung ist. Woher sollen wir wissen, dass Sie Polizistin, meinetwegen auch Kommissarin sind? Bitte, warum erzählen Sie mir das alles?"

Carla merkte, so kam sie im Moment nicht weiter. „Bleiben Sie bitte in Ihrer Wohnung, in wenigen Minuten kommen zwei Kollegen im Streifenwagen und werden Ihnen die aktuelle Situation erklären."

Sie legte auf und bat die Bremer um Unterstützung, die sofort zwei Beamte abstellen konnten. Dann rief sie Mira Hauser an und fragte, ob ihr Mann anwesend sei.

„Er musste heute sehr früh aus dem Haus – ist aber schon auf dem Rückweg."

„Dann fahren Sie beide ins Krankenhaus, ich gebe dort Bescheid, dass Sie unterwegs sind."

„Was ist mit Ilkas Eltern?", fragte Mira.

„Die müssen noch ein Gespräch abwarten."

Carla informierte Gerrit Blau und Kirsten Köppe. Sie sprach mit der Krankenschwester, die Jördis betreute, erreichte in der Pathologie aber noch niemanden und gab diese Aufgabe an ihren Kollegen weiter.

„Ich nehme das nächste Schiff und fahre ins Krankenhaus. Ich wollte noch am Haus von Frau Bracht vorbei, aber das schaffe ich nicht mehr. Würdest du bitte nachsehen, ob da alles in Ordnung ist?"

***

Blitzschnell änderte sich das Wetter. Der Wind hatte in kurzer Zeit von Südost auf Nordwest gedreht. Die Luftfeuchtigkeit stieg und die Temperatur sank rapide.

Der Mann war schon seit einer guten Stunde am Strand unterwegs. Er beobachtete ein faszinierendes Bild: Strandkörbe standen in der Sonne und an der Wasserlinie stieg eine Nebelwand empor. Langfingrige Schwaden zogen über das Meer und schon bald war es nicht mehr zu sehen.

Der Mann hatte eigentlich mit einem Gang über die Sandbank liebäugelt. Aber das war gefährlich, denn bald gab es Hochwasser. Vor ein paar Wochen mussten Gäste gerettet werden, das hatte er beim abendlichen Bier gehört. Und dass der Priel bei auflaufendem Wasser eine starke Strömung habe.

Der Mann ging am Wasser entlang, in Richtung Westen. Zwischendurch drehte er sich um, der Nebel schien hinter ihm herzuziehen, als würde er ihn verfolgen. Er schlug einen schmalen Weg ein, der sich zwischen den Dünen schlängelte, um nicht in die Priele zu geraten, die kaum noch zu sehen waren. Der dichte

Dunst machte ihn nervös, engte ihn ein und eine innere Stimme trieb ihn immer schneller weiter. Sein weiterer Weg führte vorbei am Naturlehrpfad, hin zum Schutzdeich. Die Feuchtigkeit drang durch seine Kleidung, Wasser rann ihm aus den Haaren. In diesem Nebel war es still und die Stille begann in seinem Kopf zu dröhnen. Stille hielt er schlecht aus, deshalb ließ er laute Gedanken zu, Gedanken, die ihn stärkten.

Ich habe die Macht, Menschen zu heilen und sie auf den richtigen Weg zu führen. Ich glaube daran, ihre Aura verändern zu können und bei jedem, der vom Erfolg träumt, kann ich diese Sehnsucht so verstärken, dass er die Gier danach entwickelt und ihn davon wieder befreien. Ich kann Ängste verstärken, ich kann Frauen dazu bringen, sich unsterblich in mich zu verlieben, meine hypnotischen Kräfte sind immens ...

Von Anfang an hatte er gewusst, dass seine Begabung der Schlüssel zu einem sicheren Wohlstand war. Er konnte Menschen mit seinen Händen heilen und mit seinen Worten überzeugen. Aber er musste wachsam sein. Jetzt mehr denn je, jetzt wie nie zuvor. Bilder aus der allernächsten Vergangenheit würden sich anschleichen und sein Denken sabotieren, ihn zu falschen Reaktionen verführen. Das ahnte er und beschloss, nur oberflächliche Erinnerungen zuzulassen. Alle anderen hatte sein Bewusstsein in einem Teil seines Gedächtnisses gestapelt und eingeschlossen. *Es geht um meine Zukunft.*

Auf dem Deich kam ihm niemand entgegen. Umrisse bewegten sich, es mussten Schafe sein. Es roch fad nach

Tang und die Luft schmeckte nach Regen. Die Bäume unterhalb des Deiches waren zu Schatten geworden. Die Schreie der Seevögel durchdrangen seinen Kopf, während dichter Dunst den Deich verschluckte. Himmel und Erde schienen eins zu sein. Wie ein Sturm ging sein Fernweh durch ihn, er hatte das Gefühl, wie ein Boot festzuliegen und nicht mehr fort zu können.

Weiter, nur weiter, zum Hafen. Aufwärmen, Tee trinken.

Der Mann blickte nach oben, nach unten, der Boden schwankte und schien keinen Halt mehr zu geben. Er wollte nach etwas greifen um sich festzuhalten, aber er griff ins Leere, ins Nichts. Der Nebel nahm ihm die Luft und zum ersten Mal fühlte er so etwas wie Schuld. Er kannte bisher keine Schuld.

Geräusche klangen wie eine Klage. Hastig drehte er sich um. Er bückte sich und tastete nur Steine und Sand. Wieder das Geräusch, aber schon drängte sich das warnende Tuten der Nebelbojen dazwischen. Er wollte weiter, stolperte, rutschte aus und schlitterte den Deich hinunter. Während der Nebel ihn umarmte, landete ein Schwarm Möwen. Sie drängten sich dicht nebeneinander. Er fühlte sich eingekreist, umzingelt und am liebsten hätte er jede einzelne Möwe gepackt und ihr den Hals umgedreht. „Gafft nicht, husch, husch, Scheißmöwen!"

Sie blieben.

Flügel rauschten, berührten sein Gesicht, er spürte leichte Körper und harte Schnäbel. Während er schrie, tauchten der Deich und die Insel wieder auf. Maßlos erleichtert sah er über sich Möwen und andere Vögel und wusste, in der Nähe war der Hafen. Und alles, was er in den vergangenen Minuten gedacht hatte, war verschwunden. Fast hatte er geglaubt, dass die Möwen seine Richter gewesen waren. Er sah an sich herab, wischte sich die Feuchtigkeit aus dem Gesicht, strich die Haare nach hinten, besah sich die nassen Hände und entdeckte an ihnen Blut. Automatisch griff er sich noch einmal ins Gesicht. Ein Ritz, eine kleine Platzwunde.

Mit großen Schritten ging er weiter.

Später würde er zu seiner Frau gehen. Sonst würde sie ihn vermissen. Oder Ärger machen. Er musste schon durchhalten. *Von nichts kommt nichts.*

***

Gerrit hatte abgewartet, ob der Nebel bis ins Dorf ziehen würde. Aber da kam nicht viel. Er setzte sich aufs Rad und fuhr zur Wilrath-Dreesen-Straße, hörte das beruhigende rollernde Geräusch über den Steinen. Ein Hund rannte mit flatternden Ohren mit, bis sein Besitzer ihn zurückpfiff.

Er war erleichtert über Carlas Nachrichten. Den Täter würden sie fassen, auch ohne die Auricher. Und denen könnte er auch ohne Carla und Kirsten zeigen, was in ihm steckte. Wenn er den Fall zum größten Teil alleine löste, gab es bestimmt mehr Anerkennung. Er bremste vor der Absperrung, hob das rot-weiße Band an, um darunter zu kriechen. Der Geruch nach feuchtem Rauch hing schwer und klebrig in der Luft. Feuerwehrmänner hatten Stühle und ein Sofa hinaus getragen. Gerrit sah sich um, ob sich nicht eine Plane fand, um die Möbel abzudecken, falls es regnen würde.

Eleonores Blumen waren zertreten, der Boden zertrampelt und Fußspuren kreuzten sich. Glasscherben lagen vor einem zerstörten Fenster. Der Briefkasten war vom Holzpfosten abgerissen worden und lag daneben. Das war gestern noch nicht, stellte Blau fest. Er ging zur Haustür und stutzte. Mit einem Nagel war ein Blatt Papier aufgespießt.

Darauf stand:

Die Häuser haben Augen aufgetan,
Stern unter Sternen ist die Erde wieder,
die Brücken tauchen in das Flussbett nieder
und schwimmen in der Tiefe Kahn an Kahn.

11

„Diese Spinner!“

Er riss das Papier ab und steckte es ein. Spinner vermutete er auch bei dem heruntergerissenen Briefkasten. Er besah sich die einstmals so schöne Tür, die nun von unten her bis zum letzten Drittel verkohlt war. Die beiden runden Ornamente auf den Türflügeln zeigten ein geschnitztes Auge, von dem Gerrit Blau sich auf seltsame Weise beobachtet fühlte. Neben der Tür war Putz von der Wand abgebröckelt. Stockrosen lagen am Boden. Die Steine der Einfassungen waren herausgebrochen. Ein Korbstuhl lag daneben. Aus schwarzen Säcken quoll Blumenerde und jemand hatte durch die Löscharbeiten nass gewordene Zeitungen in den Mülleimer gestopft.

Er öffnete die Tür und ging durch den schmalen Flur. Frau Brachts Wohnung war nun ein Durcheinander aus Möbeln, aus Nässe, aus Umgekipptem und in der Küche roch es immer noch intensiv, trotz des gestern eingesetzten Lüfters.

Hoffentlich erwacht das Mädchen. Wir müssen mit ihm reden! Wir müssen gut zuhören. Wir müssen allen jetzt gut zuhören. Wer böse ist, wird reden. Wer eifersüchtig ist, auch. Auch wenn die Rucksäcke und die Handys verschwunden sind, sie haben wahrscheinlich kaum einen größeren Wert, deshalb mordet niemand. Nicht hier. In der Großstadt vielleicht.

Er ging durch jeden Raum und betrachtete die Einrichtung. Die Stereoanlage, den Fernseher – alte Modelle.

Die Bilder, die auf dem Fußboden lagen.

Seiner Ansicht nach auch nichts Besonderes. Ob etwas fehlte, konnte nur Eleonore sagen. Die kam ja heute.

Er würde ihre finanziellen Verhältnisse gleich überprüfen.

Und Carla sollte keine weiteren Theorien entwickeln ...

Gerrit hielt nichts von Theorien, er ging lieber alles direkt an. Wer war ihm in den letzten Stunden begegnet? Wer hat seltsam gefragt, reagiert, wer oder was war ihm aufgefallen?

Ihm gefiel es nicht, dass Carla ins Krankenhaus gefahren war, er wäre gerne dabei gewesen. Kirsten hätte hier die Stellung halten können. Carla hatte allein entschieden und war längst weg. Ihm würden viel bessere Fragen einfallen.

Und wenn es nicht die Eltern waren und es sich um ganz andere Mädchen handelte? Nicht so etwas, dann brauchten sie wirklich ein großes Team. Aber wo sollten dann Jördis und Ilka sein?

***

Gerrit stellte sein Rad vor der Wache ab. Über dem Hausgiebel schwebte eine Möwe. Eine Frau fütterte Spatzen. Es war angenehm warm an diesem Junimorgen. Dass der Strand und ein Teil der Insel heute früh im Nebel verschwunden waren, daran dachte niemand mehr.

Bevor er das Haus betrat, sah er Göntje vorbeigehen. Er winkte ihr zu. Neben ihr gingen eine Frau in einem auffallend langen und weiten Kleid in Gelb und Orange und ein Mann, der auch so ein Gewand in ähnlichen Farben trug. So etwas hatte er noch bei keinem auf der Insel gesehen.

„Ist das jetzt Mode oder eine Tracht? Was es nicht alles gibt und wen die Göntje alles kennt ...", sagte er zu sich selbst.

Nach dem Hochfahren des PCs schaute er sofort nach, ob Jördis Hauser und Ilka Rothermund auf Facebook ein Profil hatten. Sie waren hier jedoch nicht vertreten. Oder aber mit Nicknamen und Blümchen- und Katzenfotos, wie es so viele andere taten. Erst einmal abhaken.

Er musste sich jetzt um Frau Bracht kümmern, suchte eine Nummer heraus und ließ sich mit dem Leiter der Filiale der Ostfriesischen Sparkasse verbinden.

Sieh an! Da hat sie erst vor kurzem eine ziemlich hohe Hypothek auf ihr Haus aufgenommen. Und man hatte ihm mitgeteilt, dass sie sich ziemlich verschuldet hatte, was bisher nie ihre Art gewesen war. Umgebaut war das Haus nicht. Für wen war das Geld also gedacht? Gab es hier einen Zusammenhang?

Eine halbe Stunde später rauschte Kirsten Köppe herein. Sie schien abgehetzt und erklärte ihr Zuspätkommen mit: „Ich musste erst einmal zum Wasser. Ich habe mir alles durch den Kopf gehen lassen, was die Kollegin zu berichten hatte. Wenigstens haben wir jetzt schon mal die Namen der Mädchen und eine Nachricht von Frau Bracht." Sie schwitzte. „Momentan ist noch Ruhe? Oder muss ich etwas ganz Dringendes tun? Nein? Dann dusche ich jetzt", und verschwand im polizeieigenen Bad.

„Wie? Hast du auf deinem Zimmer keine Dusche?"

„Unter warmem Wasser kann ich besonders gut nachdenken“, rief sie zurück.

„Du sollst nicht denken, du sollst arbeiten.“

„Hat noch jemand angerufen? Die Wernau oder der Storm?“ Sie öffnete die Tür zum Bad. Blau kam hinterher. Kirsten schloss hinter sich ab.

„So geht das nicht“, rief er. „Wir müssen einen Plan entwickeln, welche Fragen wir den Eltern stellen sollen. Es wird ja weitere Gespräche geben.“

„Das macht doch Carla“, tönte es hinter der Tür. „Willst du im Krankenhaus anrufen und Fragen hinterher schieben? Übrigens, warst du noch am Brandhaus?“

Bei der Frage erinnerte sich Gerrit an das Papier mit dem Gedicht und wurde bei dem Gedanken daran von Kirsten unterbrochen. „Heute Abend gibt's im HDI einen Vortrag über Heilungen. Bist du krank? Dann geh' hin und höre es dir an.“ „Ich bin gesund.“

Kirsten lachte schallend und sehr melodisch. „Ich will mir das anhören. Wenn es so eine sektenähnliche Gemeinschaft ist, dann wollen die doch nur Geld. Den Zeitpunkt haben sie sich ja passend ausgesucht. Die Insel ist voll und da werden ganz bestimmt etliche Gäste hingehen.“

Gerrit erinnerte sich an das Paar in der orange-gelbfarbenen Tracht. „Ist Orange jetzt eigentlich in Mode?“, fragte er.

„Warum? Willst du dir was in der Farbe kaufen?“

„War so ein Gedanke. Heute wirst du nicht zu dem Vortrag hin können, ich gehe davon aus, dass wir lange zu tun haben. Oder hast du es mit solchen Gruppen?“

Ihre Stimme übertönte das Rauschen des Wassers. „Nö. Ich bin nicht erleuchtet.“

„Mach' anschließend sauber."

„So wie das hier aussieht? Den ganzen Kalk von den Fliesen kratzen? Ich bin nicht eure Klofrau!"

Stumm zeigte er ihr einen Vogel.

Er blätterte die beiden Zeitungen durch, die täglich kamen. Da stand es – und las sich furchtbar.

Was erwarten denn alle? Etwa, dass wir so einen komplexen Fall in drei Stunden aufklären?

Unverschämt, das SEK anfordern zu wollen, zu schreiben, wir seien überfordert! Als ob die Kollegen schneller arbeiten könnten! Sie waren hier schon recht effektiv.

Er dachte an Carla und sah auf die Uhr. Inzwischen war es halb elf. Er würde sie jetzt anrufen. Er wollte wissen, was mit den Eltern war.

In dem Moment klingelte es draußen lang anhaltend. Bloß kein weiteres Feuer oder ein verlorener Opa, bloß kein geklautes Rad. Er ging zur Tür und öffnete. Verblüfft blickte er auf laut und wild durcheinander redende Frauen und Männer, die immer mehr zu werden schienen. Fragen knallten durch die Luft. Kameras wurden hochgehalten und das Stimmengewirr wurde immer lauter.

Gerrit Blaus Schrecksekunde war zu lang gewesen. Schon schob sich die Meute an ihm vorbei, stand im Korridor, ging weiter und erzeugte ein ziemliches Durcheinander.

„Meine Damen, meine Herren, Sie können hier nicht einfach reintrampeln. Sie befinden sich in der Langeooger Polizeiwache. Ihre Fragen kann ich nicht beantworten, ja, wir ermitteln nach allen Seiten. Die Kollegen und auch ich arbeiten Tag und Nacht", rief er durchdringend, um sich Gehör zu verschaffen.

Als ob sie das nicht gehört hätten, prasselten neue Fragen auf ihn nieder wie Hagelkörner.

„Wie weit sind Ihre Ermittlungen? Arbeiten Sie alleine? Wer hat die Frau getötet? Mord auf Langeoog! Stirbt das andere Mädchen auch?"

Ein Blitzlichtgewitter entlud sich. Gerrit hob die Arme, es sollte beschwichtigend wirken. Es sah eher aus, als würde er sich ergeben.

„Wenden Sie sich bitte an das zuständige Kommissariat. Ich wiederhole mich, aber ich kann Ihnen noch nichts Konkretes mitteilen, wir sind dran und ich bearbeite diesen Fall nicht alleine."

In dem Lärm und Durcheinander überhörten sie das leise Quietschen der Badezimmertür. Aber schon kreischte eine hübsche, braunhaarige Reporterin: „Wahnsinn, bleiben Sie so!" Alle drehten sich zu ihr um und so übersah niemand Kirsten, die, nur mit einem Handtuch bekleidet, herauskam, die Augen durch das grelle Licht zusammenkniff und blitzschnell versuchte, die Situation zu erfassen.

„Nach harten Arbeitsstunden darf Frau auch duschen." Sie reckte den Arm, dabei löste sich der Knoten des Handtuchs. Es rutschte herunter. Sie stand nackt vor den Kameras der lokalen Fernsehsender und Zeitungen. Ihre Haut glänzte wie Samt. Kirsten wurde gemustert und mit freudig-gierigem Glanz in den Augen vor die Linse genommen.

Sie drehte sich um und rief: „Nehmen Sie meine Rückseite, die ist hübscher." Sie zog sich eilends ins Badezimmer zurück und schloss die Tür ab.

„Unterlassen Sie bitte das Fotografieren. Sie verletzen die Intimsphäre meiner Kollegin." Ein flüchtiger Gedanke kam und schon war er wieder fort, ehe Blau ihn fassen konnte. „Das ist Polizeimeisterin ..."

Er konnte seinen Satz nicht zu Ende bringen, das Lachen der anderen übertönte ihn. „Intimsphäre! Dass es so etwas noch gibt! Und eine Schwarze im Büro, ja, da macht die Arbeit Spaß, nicht wahr?" Es wurde ihm auf die Schulter geklopft und dann prasselten weitere Fragen in den Raum.

Mit hochrotem Kopf sagte er mit Nachdruck und vermied es, dabei zu schreien: „Kein Kommentar. Das sagte ich doch schon. Gehen Sie bitte. Das hier ist kein Treffpunkt wildgewordener Fotografen."

Da er so unfreundlich war, wurde er bestraft. „Sie glauben, die Langeooger Inselpolizei hat einen Sonderstatus? Wissen Sie nicht, dass schon in aller Frühe ein kurzer Polizeibericht per Mail an die Medien in Niedersachsen rausgegangen ist? Eine Halbwüchsige, circa sechzehn Jahre alt, liegt bewusstlos auf der Intensiv in Sanderbusch, eine Zweite ist tot, höchstwahrscheinlich ermordet, Tathergang unklar, bislang keine Zeugen. Danach kam ein Anruf in mehrere Redaktionen, anonym, da die Insel sich wie einst Babylon verhalte, solle man einmal aufmerksam nachsehen. Und das tun wir. Wir wollen von Ihnen die neueste Entwicklung wissen, denn auch wir haben Töchter. Und Sie? Statt aufmerksam zu ermitteln, duscht die Langeooger Polizei."

Die Reporterin mit den topasfarbenen Augen, dem wachen, stahlharten Blick, wollte als Erste mit ihrem Artikel in der Online-Ausgabe sein und morgen in der Printversion stehen.

Gerrit überhörte die Häme. „Natürlich wissen wir von der Meldung." Er wusste es nicht, aber das hatte niemanden zu interessieren, außer ihm selbst. „Nur dichten Sie daraus keinen Artikel zusammen. Sie alle wissen selbst, dass die Angaben noch zu vage sind. Heute Abend überblicken wir mehr. Lassen Sie uns zusammenarbeiten und nicht gegeneinander. Was haben Sie eigentlich gegen eine frisch geduschte Polizeimeisterin?"

„Gegen Letzteres hat niemand etwas", rief eine blonde langhaarige Journalistin. „Mich allerdings stört Ihr salbungsvolles Gequatsche. Sie wissen etwas und wollen nicht damit rausrücken, so ist es doch. Von wegen zusammenarbeiten! Da kann ich nur lachen. Dann wollen wir uns mal um die Angehörigen kümmern." Mit einem hässlichen Lachen drehte die Frau sich um und ging.

Gerrits Gesicht bekam diesem angewiderten Ausdruck, wie oft, wenn er sich überrumpelt fühlte. Er seufzte abgrundtief und fragte sich, ob die Namen und Adressen der Opferfamilien schon bekannt waren. Das wird Storm nicht verraten haben. Der nicht. Sie bluffen nur. Natürlich spürte er, dass man sich auf die gleiche Art der Berichterstattung eingeschossen hatte, alle sich freuten, für eine belustigende Extra-Meldung wie die nackte Kirsten ein Extra-Honorar zu bekommen. Er wusste, dass die Freien froh über jede weitere veröffentlichte Zeile waren – aber trotzdem: nicht auf Kirstens und nicht auf seine Kosten.

„Aufgeblasenes Gehabe“, winkte Kirsten ab. „Die können mich mal. Lass uns arbeiten.“

„Wir laden Frau Consbruch vor“, entschied er. „Vielleicht fällt ihr bei uns mehr ein. Zum Beispiel, wer mit den Mädchen das Brachtsche Haus betreten hat. Eleonore brauchen wir auch für ein Protokoll. Ich möchte wissen, weshalb sie eine Hypothek über einhundertzwanzigtausend aufgenommen hat.“

„Gut. Mach' du das. Sprich mit dem Staatsanwalt. Sag ihm vorsichtshalber, dass Carla in Sanderbusch ist – falls er nicht von sich aus daran gedacht hat. Denn Ärger von oben können wir nicht gebrauchen. Wenn Storm sich ärgert, wird er giftig.“

Gerrit hörte nicht weiter zu, was Kirsten noch zum Thema „Staatsanwalt“ sagte. Er dachte nur bei sich, dieser Fall war ein Drama, wenn der Fall gelöst war, würde es weitergehen. Einen Mörder zu überführen war das eine, aber was war mit dem Elend der Betroffenen?

Kirsten strich sich eine widerspenstige Haarsträhne aus dem Gesicht. „Dann rufe ich die Kriminaltechnik wegen der Spuren an, ob die Fingerabdrücke und Faserspuren etwas ergeben haben und ob die dort schon mit der Auswertung weitergekommen sind. Es werden sich bestimmt DNA-Träger gefunden haben. Schließlich war ja zumindest eine dritte Person auf dem Dachboden. Im Obduktionsbericht stand ja auch, dass der Fundort gleich Tatort ist. Und Ilka hatte keinen Ruß in der Lunge, also war sie beim Ausbruch des Feuers schon tot. Dieser Pathologe hat zügig gearbeitet.“

„Danach versuchen wir eine Rekonstruierung des Tatablaufs. Carla wird so schnell nicht zurückkommen können."

Das Telefon klingelte. Es war Dr. Storm.

„Guten Morgen, Herr Staatsanwalt", begann Gerrit, um das, was er einfach noch nicht wusste und wonach jetzt gefragt werden würde, mit einem heiter klingenden Gruß zu überdecken.

„Sie bilden ab sofort die ‚SoKo Mädchen'. Von allen anderen Fällen sind Sie derzeit entbunden. Aber da ist ja wohl nicht viel. Ich denke, nur das Übliche und das bleibt jetzt liegen. Jede neue Erkenntnis geben Sie mir telefonisch oder als E-Mail durch. Besser als Mail, dann habe ich den genauen Wortlaut und werde bei Fragen meinerseits zurückrufen. Wie mir Frau Bernstiel schon mitteilte, kommen Sie weiter. Das freut mich. Wichtig ist, dass die Elternpaare Hauser und Rothermund die richtigen Eltern sind. Nicht, dass im Krankenhaus ein peinliches Kuddelmuddel entsteht. Frau Bernstiel hätte sich einen Kollegen mitnehmen sollen. Ihre Alleingänge hat sie immer noch nicht abgelegt, sie denkt, sie müsse mit dem Blick ‚Spiel mir das Lied vom Tod' daherkommen, als die traurig-sentimentale Alleingängerin. Mir gefällt das nicht. Meine Ansage an Sie und Frau Köppe: Ich möchte durchgehend am Ermittlungsgeschehen beteiligt werden. Nur so können wir mögliche Pannen verhindern. Nach einem Verdächtigen zu fragen, ist noch zu früh, nehme ich an?"

„Das stimmt. Ich denke, ich komme die nächsten Stunden gut mit der Kollegin weiter." Er berichtete über die finanzielle Situation von Eleonore Bracht.

„Interessant. Spontane Hypothese: Hat sie im Auftrag den Brand gelegt? Überprüfen Sie das! Und – was ich Ihnen schon gestern durch Frau Bernstiel mitteilen ließ – keine weiteren und nicht von mir abgesegneten Auskünfte an die Medien! Man sieht es doch wieder: Da steht heute nur aufgeblasener Unsinn zu dem Fall in unseren Zeitungen. Jedenfalls ist die Berichterstattung in dieser Form so gar nicht ausgewogen. Gelle? Nur auf Schlagzeilen ausgerichtet. Die Behauptungen, dass die Gewalt selbst in Feriengebieten drastisch anwachse, ist völliger Schwachsinn! Solche Schreiber sollten erst einmal genau recherchieren. Aber nein, es wird auf die emotionale Tube gedrückt und eine persönliche Meinung serviert. Und diese willkürlichen Vermutungen nützen niemanden etwas", dozierte er. „Nachher werden noch Unbeteiligte durch diese vagen, aber geschickten Formulierungen verdächtigt. Wir verstehen uns, ja?"

„Sie werden wahrscheinlich schon heute Abend, spätestens morgen einen Artikel lesen. Ihnen wird er nicht gefallen, uns gefällt der Vorfall ebenfalls überhaupt nicht. Und nichts war so, wie Sie dann denken werden."

Er fand es besser, die Angelegenheit jetzt mitzuteilen, als von Storm oder gar von der Polizeidirektorin Wernau zur Schnecke gemacht zu werden.

Die Mitarbeiterin der Kriminaltechnik erklärte Gerrit, dass er sich freuen könne, dass sie schon sehr früh anfangen hatte zu arbeiten.

„Ja, ich habe einige unterschiedliche Fingerabdrücke gefunden und konnte auch die der Mädchen abgleichen."

Ein weiterer Abdruck, der sich an der Kiste hinter der Matratze gefunden hatte, konnte keinem zugeordnet werden. „Noch nicht!", betonte sie. Gerrit hatte ihr gesagt, dass Eleonore heute noch eintreffen würde.

„Abdruck nehmen! Auf dem Treppengeländer und in den anderen Räumen befinden sich fast immer die gleichen Abdrücke – wahrscheinlich die von Frau Bracht. Faserspuren habe ich auch zu bieten. Am Bettlaken und so weiter, aber ist ein Holzsplitter, eher ein winziges Stück Rinde, für Sie interessant?"

12

Aus dem Besprechungsraum der Intensivstation im Nordwest-Krankenhaus Sanderbusch waren erregte Stimmen zu hören. Bewusst hatte Carla Hausers und Rothermunds allein mit der Ärztin und einer Pflegekraft gelassen – nachdem sich beide Ehepaare ausgewiesen hatten.

Mira Hauser hatte sie anhand des quietschgrünen Rucksacks wiedererkannt. Carla wartete noch einen Moment, dann klopfte sie und trat ein. Vorher hatte sie mit der behandelnden Ärztin, Dr. Schönhut, gesprochen.

„Wir machen es so“, sagte die zierliche, rothaarige Frau mittleren Alters, „es sollten nicht alle auf einmal zur Patientin gehen, da auf unserer Station noch weitere Patienten intensiv betreut werden. Bitte seien Sie leise, auch wenn Ihnen das verständlicherweise schwerfällt.“

Die Ärztin betrachtete die Eltern und entschied sich für die Rothermunds. „Kommen Sie. Denken Sie daran, was ich Ihnen gesagt habe. Die Patientin ist noch ohne Bewusstsein und wird beatmet.“

„Und wir?“, fragte Mira Hauser zaghaft, während ihr Mann sie anstieß und „Sei doch still“ zischte.

„Meine Tochter braucht mich.“

Mit wildem, erschrockenem Blick warf Frau Rothermund ihren Kopf herum. „Meine auch.“

In den Augen der Frauen war deutlich die bange, furchtbare Frage zu lesen, wessen Tochter war es?

Und die Männer blickten zu Boden mit einer solchen Verzweiflung, als müsse die Erde sich auftun und ihre Kinder heil und gesund wie aus einem lächerlichen Versteck hervorkommen.

„Kommen Sie." Dr. Schönhut schob Louise und Michael Rothermund sanft, aber nachdrücklich in den Raum, der mit viel Glas von dem großen halbrunden Tresen aus einsehbar war. Pflegekräfte und Ärzte saßen vor PCs, brachten Unterlagen, nahmen Gespräche an, sahen auf Geräte und Monitore, die mit den Patienten verbunden waren.

„So weit sind wir also gekommen", wandte sich Henning Hauser an Carla Bernstiel. „Stehen hier und rätseln verzweifelt." Dann stöhnte er auf und schlug die Hände vor das Gesicht. „Ich kann diese Spannung nicht mehr aushalten. Wer liegt denn da drüben? Und welches Kind ist tot? Die Gedanken daran machen mich verrückt und so hilflos. Und was bedeuteten die SMS gestern? Wieso eigentlich SMS? Haben die Kinder ihre Apps gelöscht? Verstehe ich alles nicht."

Mira schluckte und strich ihrem Mann über den Arm. „Wir werden es gleich wissen."

Sie zitterte. Heftig schlang Henning seine Arme um sie und die gemeinsame Sorge rumorte in beiden wie ein ungebärdiges wildes Tier. Dann ließen sie einander los, sahen Carla mit einem Blick an, der ihr sagte, dass sich jeder trotz aller Nähe unendlich allein fühlte.

Carla dachte auch an die SMS und würde danach fragen. Später. Jetzt gehörte die Zeit den Eltern.

Sie drehte sich um und lauschte. Blickte zu den Scheiben, hinter denen das Mädchen lag. Von

Rothermunds war nichts zu hören. Die Anspannung wurde von Sekunde zu Sekunde intensiver. Mira schluchzte leise. Da bemerkte Carla, dass die Ärztin ihr zuwinkte, dass sie kommen sollte.

Sie betrachtete Louise und Michael Rothermund. Beide sahen sie mit einer Mischung aus verschämter Erleichterung und fassungsloser Furcht an. Die Ärztin nickte ihr zu. Carla ging zu dem Bett und blickte auf ein vielfach verkabeltes Mädchen herunter. Nur das Zischen des Sauerstoffs war zu hören.

Sie war doch noch so jung.

Dann drehte sie sich um. Frau Rothermund begann nervös zu lachen, während sie sagte: „Das ist Jördis! Nicht unsere Ilka." Sie wischte sich die Tränen langsam und behutsam aus dem Gesicht. Es sah aus, als müsse sie jemanden streicheln. Herr Rothermund hatte die Lippen zu einem Strich zusammengepresst. Seine Schultern hingen nach vorne, er hatte seine Haltung verloren.

Sie verließen das Zimmer. Davor warteten Hausers.

Beide Mütter sahen sich an. „Da drinnen liegt Jördis", flüsterte Frau Rothermund. Sie wandte sich an Carla und sagte: „Jetzt holen wir meine Ilka ab. Wo wartet sie auf uns?"

Mira und Henning Hauser rannten in das Zimmer. Und es dauerte lange, ehe sie wieder herauskamen.

„Wann wacht sie auf, Frau Doktor? Heute? Morgen? Wer hat ihr das angetan? Warum?"

„Und unsere Ilka? Wo?“, fragte Michael Rothermund. Es entstand eine schlimme Stille, eine Lähmung, die alle zu befallen schien.

Carla sah, dass Louises Augen sehr dunkel geworden waren. Wachsam, mitfühlend und mit professioneller Distanz beobachtete sie.

„Wir holen jetzt Ilka. Wollen Sie mitkommen?“

Louise blickte Jördis' Eltern an. Sie schwankte. Carla fing sie auf. Dabei sah sie zwei auffallende Ringe an ihrer Hand. Sie fühlte für einen Moment ihre schmale Taille, ein unbestimmter Duft umwehte sie.

Louise Rothermund drehte sich um und blickte wie aus weiten Fernen. Es war, als nähme sie ihre Umgebung nicht wahr. Ihre Lippen bewegten sich, sie schien inwendig zu flüstern und sie faltete ihre Hände und längst ahnende Verzweiflung zerriss ihr das Gesicht. Ihr Mann stand blass und grau da, hob die Arme und ließ sie wieder sinken. Carla sah Louises große, tiefbraunen Augen und dachte dabei an den Film ‚Frühstück bei Tiffany', an die legendäre junge Audrey Hepburn – daran erinnerte sie in diesem Augenblick.

Louise ging zu ihrem Mann und fasste ihn an der Hand, umklammerte sie so sehr, dass die Haut ihrer Hand sich weiß über die Knöchel spannte.

Die Ärztin führte Louise und Michael in die Pathologie. Carla ging hinterher. Ein Sektionsgehilfe empfing sie mit sanfter Freundlichkeit. Er hatte die Leiche schon aus der Kühlung geholt, schlug das Laken bis zum Hals zurück und bat Rothermunds, näher zu kommen.

Louise sah in das fahle, leblose Gesicht. „Wer ist das?“ Fragend blickte sie Michael an, der neben ihr stand.

„Das ist Ilka."

„Aufwachen, Kind! Immer musst du so lange schlafen ... ich habe deinen Lieblingskuchen gebacken. Komm jetzt. Wir müssen nach Hause fahren."

„Bitte hör damit auf", weinte ihr Mann, der sich neben sie gestellt hatte. „Sie wird nie mehr aufwachen. Sie wird nie älter werden, nie lieben, nie wissen, wie das sein kann. Sie wird nie mehr ungezogen sein, nie mehr die Schultasche in den Flur pfeffern, sie wird nie mehr Papa und Mama, ich hab euch lieb, sagen ... nie mehr."

Da beugte sich Louise erneut über ihr totes Kind und begann ihm etwas zu erzählen. Eine Geschichte, die man Kindern vor dem Einschlafen erzählt.

Keiner rührte sich.

Und Louises Worte hallten noch lange in dem kühlen nüchternen, chromglänzenden Raum nach.

In der frischen Luft atmete die Gruppe tief durch, um den Geruch nach Desinfektionsmitteln und Tod loszuwerden, der sich in der Nase und im Mund festgesetzt hatte. Für sie war es ein fremder Geruch. Die, die dort arbeiteten, bemerkten ihn kaum noch.

Sie standen da und hatten für den Moment jedes Gefühl verloren. Für die Zeit, für Tränen, für das Begreifen.

Carla durchbrach diesen Moment. Sie musste es tun.

Mit klarem Blick sah sie die vier Menschen an.

„Es tut mir unendlich leid. Aber was Ihren Töchtern geschehen ist, will ich mit meinen Kollegen, so schnell wie es uns möglich ist, aufklären. Ich kann Ihnen nicht versprechen, ob es schon heute oder morgen sein wird. Aber wir werden den Täter fassen! Um solch schreckliche Ereignisse aufzuklären, dafür bin ich unter anderem auch Polizistin geworden. Ich muss Ihnen Fragen stellen. Es geht nicht anders. Zuerst möchte ich von Ihnen, den Müttern“ – sie sah beide dabei an –„die Handys mit den letzten Nachrichten der Mädchen sehen. Das bitte zuerst.“

Sie las und sah, dass die Sendezeit definitiv nach der Tat war. „Es tut mir leid, aber ich muss Sie bitten, mir diese zu überlassen. Wir müssen überprüfen, woher die Kurznachrichten wirklich kamen.“

„Ohne Handy kann ich aber nicht.“ Louise schluchzte. Mira blickte starr.

„Wir versuchen, gleich eine Lösung für Sie zu finden“, besänftigte Carla und überlegte, wie das zu bewerkstelligen war.

„Hatte Ilka sich in der letzten Zeit verändert, hat sie Kummer gehabt, vielleicht Liebeskummer? Gab es Streit zwischen Ihnen oder mit ihren Freunden?“

Carla fragte alles, was notwendig erschien.

„Und ich muss Sie auch bitten, wenn nicht heute, aber morgen nach Langeoog auf die Polizeiwache zu kommen. Dort ist es passiert, diese böse Geschichte fällt in unsere Zuständigkeit. Natürlich ginge es auch in Aurich, in meiner dortigen Dienststelle. Aber es ist besser, Sie sind am Ort des Geschehens. Wir müssen Protokolle aufnehmen. Und was Ihnen jetzt nicht zu meinen Fragen einfällt, fällt Ihnen dann vielleicht ein. Und sei es in Frau Brachts Haus.“ Den letzten Satz betonte sie, damit sie selbst nicht in die Trauer und in den Kummer der Eltern hineingezogen wurde.

Carla fühlte Unruhe aufsteigen, die Unruhe und Gespanntheit der Jägerin.

Louise Rothermunds Blick war nach innen gekehrt. Ihr Mann sagte nachdenklich: „Nein. Da gab es nichts. Ilka war wie immer – fröhlich und ausgeglichen. In der Schule beliebt. Liebeskummer?“ Er wandte sich an seine Frau. „Liebeskummer hat sie doch nicht gehabt, oder? Mein Gott, das müsstest du doch wissen. Irgendein Junge aus ihrer Schule? Ein Muskelwunder durch den Sport?“

„Ilka hatte Freunde, aber keinen Freund. Wenn sich eine verändert hat, dann ist es Jördis. Und dazu können sicher ihre Eltern etwas sagen.“

Michael Rothermund schüttelte seinen Kopf, wie ein Schwimmer, der aus dem Wasser steigen wollte, wie jemand, der Nässe abschüttelte, wie jemand, der endlich begriff. „Frau Bernstiel, Ilka ist also nicht durch einen Unglücksfall, einen Sturz gestorben, sondern nachdem ihr ein mieses Schwein K.-o.-Tropfen in ihr Bier geschüttet hat. Ilka, unsere einzige Tochter – sie wurde ermordet?“

Carla nickte.

Sie überlegte.

„Wenn Sie gleich nach Aurich fahren würden und den dortigen Kollegen die Handys geben und abwarten, ist die Fahrt kürzer als nach Langeoog. Nach Aurich sind es so gute fünfundvierzig Minuten.“

13

Carla informierte Gerrit, dass sie erst am späten Nachmittag zurück sein würde.

„Ist dir an den Eltern etwas Besonderes aufgefallen?", fragte er. „Worüber habt ihr sprechen können?"

„Worüber kann man schon sprechen, wenn Eltern ein schwer verletztes und ein totes Kind vorfinden? Worüber wohl? Aber ich komme nachher mit Herrn Hauser, Jördis' Vater. So haben wir es vereinbart. Er möchte das Haus sehen und seine Schwiegermutter in Empfang nehmen. Frau Hauser bleibt im Krankenhaus bei ihrer Tochter. Auch Frau Rothermund bekommt ärztliche Betreuung. Die rannte, nachdem wir die Pathologie verlassen hatten, einfach auf die Straße, fast wäre noch ein Unfall passiert. In ihr hat sich der Gedanke festgesetzt, sie müsse ihrer Tochter nur einen selbstgebackenen Kuchen bringen und dann wäre alles wieder gut. Jedenfalls ist es gut, wenn sie die nächsten Tage stationär überwacht wird. Ihre Schwester aus Leer ist auf dem Weg zu ihr. Dann folgt die Beerdigung. Ich denke, morgen wird der Staatsanwalt die Leiche freigeben. Ja, die Protokolle ... die kriegen wir schon – die Eltern laufen uns nicht weg. Interessant ist die Wesensveränderung bei Jördis vor dem Unfall. Sie muss verliebt gewesen sein, so etwas in der Richtung. Möglich sind auch Schulden bei Hausers. Die könnten dem Mädchen Sorge gemacht haben. Aber Letzteres ist eine eher weit hergeholte Theorie. Ich gehe einfach alle Möglichkeiten durch, was eine Siebzehnjährige verändern kann. Schule? Mobbing? Missbrauch? Alles ist möglich. Fangen wir erst einmal mit einer Liebesgeschichte an."

Gerrit unterbrach sie und berichtete von Eleonores Hypothek.

„Warte, bis ich zu zurück bin", erwiderte Carla. „Dann sprechen wir mit ihr und Herrn Hauser. Außerdem sollten wir beide noch einmal das Haus durchsuchen. Jördis hatte einen auffallenden Armreif, erklärte die Mutter. Sie will ihn von Ilka geliehen haben – sagte sie am Tag vor ihrer Abreise. Nur Ilkas Eltern kennen keinen auffälligen Armreif mit feingeschnitzten, nackten Figuren ihrer Tochter. Eigentlich hatte ich vor, Storm noch alles persönlich zu berichten, aber das nimmt zu viel Zeit in Anspruch. Tschüss, bis nachher. Ich will die nächste Fähre kriegen."

***

„Der Mord an der siebzehnjährigen Ilka, die schweren Verletzungen der um ein Jahr jüngeren Jördis schockieren uns alle. Am Fundort, der nun auch offiziell der Tatort ist, stehen inzwischen Grablichter und Blumen."

Bürgermeister Piel holte tief Luft. Aber er fand es am besten, eine öffentliche, offizielle Erklärung vor dem Rathaus abzugeben. Als Statement der Verwaltung, der Insel – zusätzlich zur Polizei. „Spätestens seit heute Morgen ist das Verbrechen das alles beherrschende Thema. Auf unserer beliebten Insel gab es in der Vergangenheit nur ganz selten einen Mordfall. Die Wilrath-Dreesen-Straße wird von vielen Urlaubern per Rad befahren, das Haus liegt nicht einsam. Sie können sich aber alle unbesorgt auf der Insel bewegen. Die

‚SoKo Mädchen' ist bemüht, diesen Fall so schnell wie möglich aufzuklären. Aktuelle Fotos der Mädchen werden heute noch zur Verfügung gestellt, die hier draußen in unseren Infokästen ausgehängt werden. Wer sie gesehen hat, soll sich bitte sofort auf der Polizeistation melden. Liebe Gäste“, wandte er sich mit betont zuversichtlicher Stimme an die vielen Zuhörer, „trotz allem können Sie Ihre Ferientage ohne Furcht bei uns verbringen. Auch an diesem Wochenende bietet die Insel viel Abwechslung. Sei es das beliebte Dünensingen oder eine Wattführung unter erfahrener Leitung, die Tagung der ‚Auserwählten', die sich mit der Heilung aller Krankheiten befassen, Sie können auch eine Ausflugsfahrt nach Spiekeroog unternehmen – also, ich wünsche Ihnen ein entspanntes Wochenende!“

***

„Ich hätte erwartet, dass die Polizei mir ein Hotelzimmer reserviert und bezahlt“, schimpfte Frau Bracht. „Sie denken, ich kann im Haus meines Schwiegersohnes übernachten? Aber ich will nicht nach Bremen. Ich fahre doch jetzt nicht dauernd hin und her. Außerdem verstehen wir uns nicht allzu gut, wenn wir aufeinander hocken.“ Die Frau wirkte mit dem fröhlichen Schal im Haar keck. Sie sah ihrer Tochter, Mira Hauser, sehr ähnlich.

„Jördis, meine so geliebte Enkelin“, seufzte sie kummervoll, „es zerreißt mir das Herz. Es kann nicht angehen, dass die Jüngeren vor den Älteren sterben. Hat Mira ihr Handy zurück?“, wandte sie sich an Carla. „Mein Schwiegersohn hat erzählt, dass Sie ...“

„Hat sie. Dank neuer Sim- und Prepaidkarte. Sie können sie jederzeit erreichen. Die alte Sim-Karte wird von unseren Spezialisten ausgewertet. Sie können auch Frau Rothermund anrufen, wenn Sie können."

Herr Hauser saß auf dem Stuhl gegenüber von Carlas Schreibtisch. Er blickte seine Schwiegermutter, die sich nicht setzen wollte, an. Carla kam mit einem Korbstuhl aus dem Nebenzimmer. „Ich möchte, dass Sie sich jetzt setzen, Frau Bracht. Nachher können Sie den Schaden in Ihrem Haus begutachten und die Versicherung benachrichtigen." Auf ihren Hotelwunsch ging sie jetzt nicht ein. Sie fragte Henning noch einmal nach den Veränderungen seiner Tochter, fragte Frau Bracht nach der Hypothek, trennte dann beide, damit Gerrit Blau im Nebenzimmer Frau Bracht befragen konnte.

Es stellte sich heraus, dass Herr Hauser gar nicht so viel zu seiner Tochter erzählen konnte. Mädchen wechselten in dem Alter häufig ihre Stimmungen, fand er. Dennoch fügte er hinzu:

„Aber ... sie war dünn geworden und still. Ihre Unbefangenheit war verschwunden. Ich hatte den Eindruck, dass sie in den letzten Tagen traurig und dann wieder euphorisch war. Aber warum, das sagte sie uns nicht. Neu war, dass sie sich seit Wochen für Literatur interessierte. Eigentlich nichts Ungewöhnliches, aber bei Jördis? Wie oft haben wir ihr Bücher geschenkt. Sie hat sie alle nur angelesen und dann zur Seite gelegt. Wissen Sie, und dann kam sie plötzlich mit einem Packen Klassikern und Gedichtbänden. Mit Hesse, Trakl und so weiter. Das fiel schon auf. Bisher hatte sie für Lyrik nur Verachtung übrig. Ja, meiner Frau gefiel das. Warum auch nicht?"

Bei Hennings Hausers letzten Sätzen kam Gerrit herein. Als er ‚Lyrik' hörte, zuckte er zusammen und erinnerte sich. Griff in seine Hosentasche und zog ein mehrfach gefaltetes Papier heraus. Etwas verlegen las er vor:

„Die Häuser haben Augen aufgetan,
Stern unter Sternen ist die Erde wieder,
die Brücken tauchen in das Flussbett nieder
und schwimmen in der Tiefe Kahn an Kahn."

„Was soll das?", fragte Henning Hauser verblüfft. „Haben Sie Zeit für so etwas?"

Carla sah den Kollegen gespannt an.

„Kennen Sie das?", fragte Gerrit. „Ich brauche jemanden, der sich mit Literatur auskennt."

„Nein. Nie gehört. Das ist nicht von Ihnen? Ein Gedicht? Ich bin Informatiker, kein Germanist.", antwortete Herr Hauser

„Seitdem Jördis Literatur entdeckt hat, stehen Sie sich da besonders nahe?", fragte Carla. „Und lesen zusammen mit ihr?"

Henning Hauser schaute erstaunt. „Ich lese Sachbücher. Zeitschriften. Meine Frau steht, stand, wie auch immer, bei diesem Thema Jördis nah. Wenn Sie das wissen wollen."

Hennings Stimme war angespannt. „Mädchen in Jördis' Alter zeigen ihren Eltern nur noch selten, was sie wirklich interessiert. Die hätte mich aus dem Zimmer geworfen, wenn ich in ihren neuen Büchern geblättert hätte. Die lagen immer griffbereit auf ihrem Schreibtisch – und die Gedichte unter ihrem

Kopfkissen. Nun, wenn meine Frau ihr das Bettzeug neu bezieht, dann sieht sie so etwas. Aber sie hat es sich verkniffen, da hineinzuschauen. Sagte sie jedenfalls. Ich hätte geguckt. Nun wünscht sich unsere Tochter einen E-Reader. Aber damit muss sie warten. O Gott, sie bekommt ihn, sobald es ihr besser geht. Ach, Jördis." Er schlug die Hände vor das Gesicht. „Ich müsste sie so viel fragen. Meinen Sie, dass sie wieder gesund wird?"

Gerrit ging in das Besprechungszimmer und ließ hier Frau Bracht das ausgedruckte Protokoll unterschreiben.

Carla verabschiedete Henning Hauser. „Wenn Sie sich beeilen, erreichen Sie noch die Fähre."

„Danke. Ich bleibe über Nacht hier. Ich möchte alleine durchs Dorf, an den Strand, zum Haus, um zu ergründen, warum das alles geschehen ist. Außerdem helfe ich Eleonore, meiner Schwiegermutter, bei der Zimmersuche. Die Inselverwaltung kriegt das ja nicht hin."

„Schreiben Sie mir eben noch die Namen aller Freunde und Freundinnen von Jördis auf", bat Carla. „In der Zwischenzeit telefoniere ich auch nach einer Übernachtungsmöglichkeit für Sie. Die Insel ist fast ausgebucht, müssen Sie wissen."

Zwanzig Minuten später konnte sie zwei Zimmer im ‚Um Süd' anbieten. „Die Pension befindet sich in einem wunderschönen alten Haus, Sie werden sich dort wohlfühlen. Es wurde vor kurzem erst restauriert. Die Besitzerin, eine Frau Sandvogel, erwartet Sie schon. Und Sie, Frau Bracht, können so ab zwanzig Uhr in Ihr Haus. Ich regele die Freigabe. Eigentlich sollte es erst morgen – aber das kriege ich schon hin. Vorher durchsuchen wir noch einmal jedes Zimmer. Selbst beim hundertsten Mal kann man etwas übersehen haben."

Frau Bracht war vorgegangen und wartete draußen. Henning Hauser blieb in der Tür stehen. „Frau Bernstiel?"

Carla sah ihn fragend an.

„Wie machen wir das mit den Fotos? Ich habe einige von Jördis auf meinem Handy. Auch eins mit Ilka, da stehen sie zusammen vor der Schule. Sie wollten doch Ausdrucke haben?"

„Natürlich. Wir laden sie auf unseren PC und drucken sie dann aus. Rothermunds waren ja damit einverstanden."

***

Als sie alleine waren, fragte Carla: „Wo steckt eigentlich Madame Köppe?"

„Die besucht einen Vortrag. Es geht um Heilungen. Irgendetwas sucht sie da."

„Heilung von was?" Carla schaute belustigt. „Sie kann nicht einfach privaten Interessen nachgehen, während wir hier stochern und uns die Zeit wegrennt. Ich gehe jetzt dahin und hole sie."

„Red' keinen Unsinn. Kirsten kommt gleich wieder. Und sei nicht so giftig ihr gegenüber." Gerrit fiel wieder der Presseüberfall von heute früh ein, er sah die Kollegin nackt vor seinen Augen und begann, laut zu lachen.

„Darf ich mitlachen?"

Und während er zum zweiten Mal an diesem Tag diese Geschichte erzählte, ging die Tür auf und die Gesuchte kam herein.

„Geheilt?", fragte Carla und grinste.

„Wovon?"

„Wollten Sie nicht zu so einem Heilungsvortrag?"

„Ach ..." Kirsten machte eine wegwerfende Handbewegung. „Ich hab nur kurz in den Saal da im Haus der Insel reingeschaut. Nur schon fürs Reingucken wollte eine Frau in so einem leuchtenden, wallenden Kleid eine Spende haben. Die Person sah ziemlich nach 70er Jahren aus, wie übriggeblieben. Ich fragte sie, wofür die Spende denn sein solle, für ein neues Kleid? Da wurde sie etwas verlegen, sagte, auch sie, die ‚Auserwählten' müssten schließlich leben. Sie nähmen keinen Eintritt. Sie fänden, jeder solle so viel geben, wie er könne. Und sie glaubte, ich könne einiges geben. Dabei starrte sie auf meine neuen Schuhe. Die sind ja auch super." Kirsten hob einen Fuß, damit die Kollegen das Schuhmodell gebührend bewundern konnten. Aber die schauten gar nicht hin, sondern nickten ihr nur zu, damit sie zu Ende berichtete.

„Ein paar Frauen saßen in dem kleinen Saal brav auf ihren Stühlen und rührten sich nicht. Starrten einen Mann an, der sich mit den Flipcharts beschäftigte. Er hörte mich mit der Wallefrau sprechen, kam dazu, blickte mich intensiv an, meine Güte, hatte der einen Blick – und begann, mich zu drängen. Ich sagte dann, auf diese Weise könne man reich werden. Da reckte er sich und meinte: Er? Reich? Er habe kein Geld. Das habe alles seine Frau und deshalb hänge er so an ihr. Die Tante in dem wallenden Gewand schaute den Mann streng an und dann mich, ebenso streng. Ich sagte dann nur, dass ich nicht fürs Gucken in den Vortragssaal spenden würde.

Da wollte der Mann seine Hand auf meinen Kopf legen. Ich habe ihn weggezogen. So wird das nie etwas mit Ihnen, meine Dame, sagte er, und dann kam es: Augenblick, ich muss mich konzentrieren." Kirsten überlegte scharf. „Jetzt hab' ich es wieder! So ähnlich wie: Immer wieder stoße ich auf Menschen, die durch die Gnade Gottes das Unsichtbare sehen, Unglaubliches glauben und das Undenkbare denken – all diese Menschen kann ich heilen. Beginnen Sie aber zuerst, die Menschen zu lieben.

Da stieg dann seine Tussi ein und sagte: Auf dieser Insel liegt ein grausamer Fluch, auf allen Menschen, die sich auf ihr befinden. Reinigen Sie sich davon. Die Güte Gottes wird Ihnen durch diesen Mann hier zuteil. Alle müssen gereinigt werden vom Bösen – nur so kann man sicher sein, dass hier nie wieder so etwas geschieht, was geschehen ist."

Gerrit guckte verblüfft. „Und das hast du alles behalten oder was dazu gedichtet?"

„Da nutzen solche Irren Verbrechen für ihre Belange aus! Das ist doch eine Schweinerei", ereiferte sich Kirsten. „Solch' Hokuspokus ist suspekt. Und deshalb habe ich nicht gesagt, was ich beruflich mache. Aber wer für so etwas empfänglich ist, den kann dieser Mann in seinen Bann ziehen. Ausstrahlung hat er. Ich habe noch gefragt, ob sie beide Prediger sind. Er zeigte auf sich, dann schaute er die Frau an und sagte: Sie ist Buchhalterin, der Auserwählten Buchhalterin."

Kirsten machte eine Pause und holte Luft, weil sie die seltsame Geschichte nur so heraussprudelte. „Ich war dann noch kurz am Strand, um dieses klebrige Gelaber loszuwerden. War das schön am Wasser! Wenige Leute, tolle Wellen, Sonne zum Sattwerden. Am liebsten wäre ich noch schwimmen gegangen, aber nun bin ich doch zurückgekommen."

„Wir können uns keine Alleingänge leisten", murrte Carla.

„Wir müssen die Tatwaffe finden", erwiderte Kirsten.

„Eben. Gerrit, gib ihr mal das Gedicht."

Auch Kirsten Köppe kannte es nicht. „Ich gehe damit in die Buchhandlung. Die müssen das doch wissen!"

„Beeil dich, die machen gleich zu. Wir fahren schon mal zum Brachtschen Haus und sehen uns alles noch einmal an, auch wegen der Tatwaffe."

Kirsten wartete, bis die letzte Kundin den Laden verlassen hatte. Sie strich das Papier glatt, legte es Jenny Broders auf den mit Büchern zugepackten Tresen und fragte: „Kennen Sie das? Es scheint ein Gedicht zu sein. Es ist möglich, dass es in einem Zusammenhang mit dem Mordfall steht."

Jenny wandte den Kopf zur Seite, sprach kurz mit ihrer Chefin, die aus dem Büro gekommen war, zeigte ihr das Papier und beide Frauen lasen. „Schnitzeljagd, Frau Köppe?", fragte Frau Dewald.

„Bitterer Ernst."

„Hat das Zeit bis morgen? Es wäre eine Aufgabe für unsere Jenny. Nicht wahr?" Sie lächelte die junge Frau aufmunternd an.

„Augenblick“, überlegte Jenny, „Augenblick. Lassen Sie mich nachdenken. Da war doch was.“ Sie eilte in ein Hinterzimmer, ließ die Tür offen und griff in dem dort stehenden Papierkorb. Warf Zusammengeknülltes auf den Fußboden, strich es auseinander, schüttelte den Kopf und kippte dann den Korb aus.

„Was wird das?“, fragte Frau Dewald irritiert. „Es ist Ladenschluss. Ich möchte abschließen.“

„Ich mach' das schon“, erwiderte Jenny.

„Da war was. Ein Gedicht. Ein paar Zeilen. Ich fand es seltsam ... es hing draußen an der Tür. Und da es keinen Sinn ergab und der Laden ziemlich voll wurde, habe ich es in den Papierkorb geworfen. Der ist doch noch nicht geleert?“

„Stimmt das?“, fragte Kirsten.

„Sicher.“

Frau Dewald blickte mit zusammengezogenen Augenbrauen zu ihr herüber. „Warum ist ein Gedicht so wichtig?“ Wieder las Frau Dewald. „Moment. Komme gleich wieder“, sagte sie.

Kirsten griff in ihre Anoraktasche, zog ein Paar Latexhandschuhe heraus, streifte sie über und bot Jenny an, dass sie weitersuchen würde. Und wenn sie es fände, dann kämen keine weiteren Fingerabdrücke darauf. „Verstehen Sie?“

Gerade, als Kirsten enttäuscht das letzte zusammengeknüllte Papier auseinander falten wollte, rief Frau Dewald. „Kommen Sie bitte ins Büro!“

Mit dem Papier in der Hand ging Kirsten durch den Buchladen, sah nicht nach rechts und links, sonst hätte sie sich in den neuen Ausgaben vergraben. „Ja?“, fragte sie.

„Laut dieser Zeilen“, begann Frau Dewald, „lesen Sie selbst. Das ist die Strophe eines Gedichtes von Paul Zech.“ Mit nachdenklichem Blick sah sie Kirsten an. „Setzen Sie sich, lesen Sie ein Stück aus seiner Biografie. Vielleicht kommen Sie damit weiter. Manchmal sind die Wege zu einer Lösung sehr verschlungen.“

„Geboren 1881. Plagiatsvorwurf, Neigung zu Fälschungen in seiner Biografie ... interessant, interessant ...“ Kirsten druckte die biografischen Angaben aus. „Wer weiß, wozu das gut sein kann“, wandte sie sich an Frau Dewald. Kirsten faltete das Papier auseinander, das sie noch immer in der Hand hielt. Und da standen die ersten Zeilen, ausgedruckt auf einem normalen Standard-Drucker. „Erst eine Strophe an Ihrer Tür, dann die zweite an Frau Brachts Tür ... ein Verliebter? Geltungssucht? Ich wette darauf, dass es sich um Letzteres handelt. Und dass es sich um jemanden von auswärts handelt.“

„Glauben Sie, diese Papiere haben was mit der grausigen Tat zu tun?“, forschte Frau Dewald.

„Gedichte. Mord. Überfall. Passt so gar nicht. Ein Gedicht von jemandem, der schon fast siebzig Jahre tot ist. Und keiner kennt es. Also etwas Ausgefallenes – ich fürchte, die Person hat eine Macke.“

14

„Fahr du schon mal vor“, keuchte Carla. „Ich kann heute nicht so schnell, ich bin kaputt.“

„Das letzte Stück können wir auch nebeneinander radeln. Willst du lieber morgen einmal den Innendienst übernehmen? Außendienst kann ich mit Kirsten machen.“

Carla schwieg. In ihr grummelte es. So war ihr Eingeständnis nicht gedacht.

Gerrit hatte ja recht. Einen Tag ohne Gehetze würde ihr gut tun. Und vielleicht würden ihre Kopfschmerzen verschwinden. Aber das Grummeln entwickelte sich zu einem Zorn auf sich selbst. Sie schlenkerte mit dem Bein, stieß gegen das Vorderrad, kam in die Schräge und um nicht zu stürzen, sprang sie ab. Jetzt setzte der Schmerz vollends ein. Scharf, spitz, grell zog er in den unteren Rücken.

„Scheiße“, fluchte sie, ging vorsichtig in die Knie und setzte sich ächzend auf die Straße und winkte ab, als Blau anhielt.

„Lass mal, das geht schon gleich wieder. Ist Kirsten eigentlich im Büro?“

„Sie ist doch mit diesem Gedicht in der Buchhandlung.“

„Denkst du an einen Zusammenhang mit unserem Fall?“

„Habe ich das gesagt?“, fragte er. „Aber gerade du hast immer betont: Dinge, die unscheinbar wirken, die ...“

„Habe ich gesagt. Okay, wir lesen heute Abend zusammen das Gedicht und klopfen es auf jedes Wort und jeden möglichen Sinn ab."

Carla saß auf der Straße wie ein nasser Sack. Ein Wadenkrampf näherte sich. Sie hielt die Luft an und stemmte die Ferse gegen den Boden. Abwarten. Sitzen bleiben. An etwas anderes denken.

Sie dachte an die Mädchen. Die Schläge müssen sehr schnell ausgeführt worden sein. Nur auf den Kopf. Hämatome am Körper hatte der Gerichtsmediziner nicht gefunden. Waren sie da schon schläfrig? K.-o.-Tropfen wirkten schnell. Carla schloss die Augen. „Ist dir jemand aufgefallen?", fragte sie Gerrit, der immer noch dastand und darauf wartete, dass sie wieder aufs Rad stieg.

„Eigentlich nicht."

„Deine Kräutertante fällt aus dem Rahmen", begann Carla, „gestern in der Kneipe habe ich mit einem gesprochen, der mein Bier umgekippt hat, Kirsten ist Wunderheilern begegnet, komisch, dass die Gemeinde solchen Leuten ..."

„Die Insel ist auch auf alle Mieteinnahmen angewiesen", warf er ein.

„Ob unser Täter noch einmal zuschlägt? Weil es so gut geklappt hat?", sinnierte Carla. „Voller Laden, dröhnende Musik, hübsche Mädchen, ein Glas mit was weiß ich und eine flinke Hand, die was reintropft. Geht schnell. Alles easy. Und wenn's ihn dann überkommt ... Ferienappartements sind meist anonym, da merkt keiner etwas."

„Aber warum? Bislang sind doch K.-o.-Tropfen im Einsatz zwecks sexueller Übergriffe, Vergewaltigungen – und genau das haben wir hier nicht."

„Haben wir das wirklich nicht, Gerrit? Es gibt doch auch genügend Schweine, die sich trotzdem sexuell betätigen – ohne Spuren zu hinterlassen. Wenn's so ist, wäre das ein Vorsichtiger, der so etwas nicht zum ersten Mal macht. Dann wären auch die Schläge überlegt gewesen."

„Eigentlich glaube ich das so nicht. Ein Mörder wird fliehen. Der ist nach der Tat auf die nächsten Fähre gegangen und dann verschwunden."

„Und wie geht so ein Mensch mit Schuld um? Ist sie ihm gleichgültig? Oder reagiert er durch einen für ihn speziellen Auslöser plötzlich atypisch? Sind ihm junge Mädchen dann nicht mehr jung genug, sucht er sich ab jetzt Kinder aus? Wird er anschließend zur Buße sein restliches Leben lang seine Frau lieben, falls er eine hat?"

„Um sie dann im Anfall von Verzweiflung, Hass oder Wut zu töten? Meinst du so etwas? Carla, wir müssen jetzt ganz schnell eine präzise Vorstellung von diesem Täter bekommen. Wie sieht er aus? Zeichne ihn, du kritzelst doch ständig in deinem Büchlein rum. Vielleicht steigt aus deinem Unterbewusstsein jemand hoch, den wir möglicherweise sogar kennen. Ich meine das, weil wir ja schon generell anders arbeiten als an Land."

„Willst du mich auf den Arm nehmen? Du bist doch derjenige, der von Verdrängung und Unterbewusstsein nicht allzu viel hält. – Warte, ich brauche jetzt unbedingt erst einmal Zucker. Mein Hände zittern schon."

Carla förderte einen Schokoriegel aus ihrer Tasche hervor, wickelte ihn aus und leckte die herbe Süße bedächtig und gleichzeitig gierig wie ein Kind ab. Sie leckte dabei ihre Fingerkuppen, schmeckte Erde, staubigen Stein, verteilte die Kakaomasse in der Mundhöhle, schloss die Augen und sah sich als Mädchen, wie ihr Vater sie bei besonderen Gelegenheiten mit Schokolade belohnt hatte. Sie leckte die Innenseite des Einwickelpapiers ab, ihre Zunge spürte Erinnerungen nach und die Mischung aus Kakao, Milchpulver und Zucker machte aus Carla wieder einen ausgeglichenen Menschen. Der Krampf ließ nach.

Sie blendete den Kollegen aus. Jetzt war nur der Himmel über ihr und sie hatte wieder die Gesichter der Mädchen vor sich. In sich. Um sich. Wovon hatten sie geträumt? Mit wem? Wenn Träume zerstört werden, schlägt man dann zu? Oder wenn sie zerstört werden sollen? Haben sie geschrien? War es ein, waren es mehrere Schläger gewesen, denen es einfach Spaß machte, zuzuschlagen? Dumpfe, hirnlose Typen? Nein, entschied sie, solche Mädchen nehmen derartige Typen nicht mit ins Haus. Und wenn die Täter einfach hinterher kamen? Die Tür nicht abgesperrt war? Oder war es einer, der wütend über eine Abfuhr gewesen war? Alles stand im Zusammenhang mit den K.-o.-Tropfen. Im Haus musste die Wirkung erst richtig eingesetzt haben. Oder hatte er vorher nur wenig ins Getränk getan, damit er sie ins Haus bekam und hat dann noch mal nachgetropft? Wurden sie euphorisch und liebessüchtig, Eigenschaften, die diesem Zeug nachgesagt wurden?

Jördis und Ilka waren vollständig angezogen gewesen, waren auch nicht übermäßig geschminkt. Die Wimperntusche war verlaufen. Das besagte allerdings nichts. Die Eltern sind wie viele Eltern. Ganz normal verrückt. Mira Hauser hat geweint. Ihr Mann hatte irgendeinen nicht definierbaren Punkt fixiert. Louise Rothermund schluckte die Nachricht mit einem seltsam entrückten, fernen Lächeln und das Gesicht ihres Mannes spie absolute Verzweiflung aus. Mira arbeitet mit Blumen. Wer Blumen liebt, liebte der auch Menschen? Henning Hauser – der besorgte Vater. Ist er der Typ, der seine Tochter zwang, Dinge zu tun, die ein Mädchen nicht tun sollte?

Nein. Der Mörder kam von außen, aber es muss eine Verbindung zwischen ihm und den Mädchen gegeben haben.

Louise und Michael Rothermund? Sie musste mit ihnen sprechen. Was war Ilkas Ein und Alles gewesen? Was Jördis'? Was hatte das eine und das andere Mädchen besonders geliebt, was man nicht den Eltern erzählte? Jördis hatte sich verändert. Warum? Oder ist alles nur eine ganz normale Entwicklung und die Eltern haben das anders gesehen? Hoffentlich erwachte sie bald aus dem Koma.

Carla klappte das Notizbuch auf. Nahm den Bleistift, zeichnete eine schemenhafte Figur mit breiten Schultern, überlangen feinen Händen und barfuß. Sie blickte intensiv darauf und konnte aber niemanden darin erkennen, der ihr bekannt vorkam.

„Geht's wieder?", fragte Gerrit besorgt, als Carla auf das Fahrrad stieg.

„Ja. Danke fürs Warten! Was hältst du eigentlich von Eleonore Bracht und Jördis' Vater?"

„Sagen wir es mal so: Eine Immobilie hat auf der Insel einen hohen Wert. Deshalb ist die Hypothek auch nicht utopisch. Nur hat die Frau noch keine Antwort darauf gegeben, warum sie das Geld braucht. Mit Terbassen habe ich heute auch noch gesprochen. Der meinte, dass das Haus vor dem Brand in einem guten Zustand war. Er habe jedenfalls keinerlei Hinweise darauf, dass Eleonore etwas mit dem Brand zu tun hat."

„Wie will er das beurteilen?"

„Er ist auch Versicherungsvertreter bei der See & Feuer-Versicherung. Deshalb hat er sich heute das Gebäude genauestens angeschaut. Eleonores Mann hatte es vor Jahren bei ihm versichert. Der hat viel fotografiert – was Eleonore verrückt gemacht hat. Das war wohl ein Streitpunkt zwischen den beiden gewesen, meinte Terbassen. Eleonore wollte fotografiert werden, aber ihr Mann machte ausschließlich seine Naturaufnahmen."

„Dann wäre der Punkt ja geklärt. Und die Telefonrückverfolgung?"

„Du wirst es nicht glauben: Es gibt heute noch Leute, die so gut wie überhaupt nicht telefonieren. Ein-, zweibis drei Mal im Monat ein Anruf bei ihrer Familie. Nur vor der Abreise der Mädchen waren es ein paar Gespräche mehr."

„Ich glaube, wir denken in die falsche Richtung", murmelte Carla.

„Wie meinst du das?"

„Bei dem Brand an Frau Bracht zu denken, sie zu verdächtigen ... ich weiß nicht."

„Von alleine hat sich aber nichts entzündet. Es war Benzin, behauptet Terbassen. Benzin klingt nach Rache, nach Auslöschen – Eleonore liebt ihr Haus. Und außerdem war sie ja gar nicht auf der Insel."

„Weiß man das zuverlässig?"

Vor dem Grundstück unterhielten sich etliche Leute, mutmaßten laut und hemmungslos.

Henning Hauser stand abseits, beobachtete und kam näher, als er die Kommissare erblickte, die gerade ankamen.

„Kann man dieses Volk nicht wegschicken? Sie müssten denen mal zuhören, was die sich zusammenreimen. Ich hatte meine Schwiegermutter mitgenommen. Aber die drehte mir fast durch. Meine Blumen, der Garten, die schöne alte Tür, jammerte sie. Und über Jördis und Ilka sagte sie überhaupt nichts! Sind alle Insulaner so? Oder alle alten Leute?"

„Augenblick, Herr Hauser!" Gerrit sprach mit den Neugierigen, die sich immer weiter aufregten, er erklärte in einem besänftigenden Ton und bat dann sehr entschieden, dass sie alle bitte weitergehen sollten. Was die meisten, erst murrend, dann zögernd, aber letztendlich taten. Auf diesem Eiland wirkte die polizeiliche Präsenz noch.

Carla kam und bat Henning Hauser, gemeinsam mit ihr durch das Haus zu gehen. „Sie kennen die Räume, möglich, dass Ihnen noch Ungewöhnliches auffällt."

Erst jetzt, vielleicht durch diese Umgebung, betrachtete sie Jördis' Vater genauer. Er hatte die Statur eines Hafenarbeiters, war aber Informatiker – ein Kraftpaket vor dem Rechner. Wenn der in Rage gerät, kann der auch zuschlagen, überlegte sie.

„Was muss in meiner Frau vorgegangen sein, als sie hier ankam, die Absperrung sah und ahnte, dass was Schlimmes passiert ist? Mira hatte so eine innere Unruhe gehabt und ich wollte sie ihr ausreden und wurde ungeduldig, dachte, meine Güte, Mütter ..."

Zusammen betraten sie das Haus. Carla schloss die Tür sofort hinter sich. Sie legte den Finger auf den Mund, weil sie fand, dass Stille viel sagen konnte. Während sie lauschte, klingelte das Handy – es klang viel zu laut, viel zu aggressiv und zerstörte die Wahrnehmungen, denen sie nachspüren wollte. Es war Clemens.

Sie mochte nicht gleich auflegen. Ehe sie ihn begrüßen konnte, legte er schon los: „Ich habe gestern in dieser Kita mit der Wochenendbetreuung gearbeitet, hatte ich dir ja von erzählt."

„Und?"

„Die Kinder hatten viel Spaß, die Leiterin unterhielt sich am Schluss mit mir und schlug vor, ich solle von meinem Honorar dem Verein Geld spenden. Ich fand's anmaßend, habe es nicht getan, ich kenne den Verein und dessen Ziele ja nicht. Aber ich habe mich noch etwas umgesehen. Alles wirkte ganz okay. Hast du mal überprüft, ob dieser Verein auf der Insel mit Vorträgen nun wirklich unterwegs ist? Die nennen sich „Die Auserwählten. Ich habe noch etwas genauer nachgefragt, die Frau sagte, dass sie sich durch Spenden finanzieren."

Carla bestätigte, dass dieser Verein tatsächlich auf Langeoog aktiv war.

***

Ich bin im Stand der besonderen Gnade, ich bin erleuchtet – ich. Nicht das Weib an meiner Seite, nicht sie. Ich diene der Freude und dem Mammon. Er saß im Gras, an einer schwer einsehbaren Stelle des Schloppteiches. Er war sich sicher, dass seine Frau alle ihre Vorhaben gut im Griff hatte. Der Mann zog seine weichen Stiefeletten aus Kalbsleder aus, dann die Hose, das Hemd. Er setzte sich wieder und blickte auf das Wasser und genoss im Schutz einer kleinen Mulde die Sonne. *Ich brauche ein neues Mädchen. Schöne Mädchen gibt's auf Langeoog allemal. Ich werde ein Neues entdecken. Alles geschieht, wie ich es will.* Er lachte leise und warm.

***

Gerrit kam hinterher. Während sich Henning Hauser alleine umsah, ging Carla mit dem Kollegen in jeden Raum und sie ließen die jeweilige Atmosphäre auf sich einwirken. Sie betrachteten Möbel, schauten in die Ecken, bückten sich, zogen Schubladen vor – aber sie fanden nichts, was sie mit der Tat in Verbindung bringen konnten.

„Hast du deine P2000 dabei?", erkundigte sich Carla.

„Du meinst ... falls der Täter sich hier versteckt? Und du? Hast du deine Dienstwaffe dabei? Ist doch Blödsinn, das Gebäude ist leer, außer uns natürlich und Jördis' Vater."

„Hab' meine vergessen. Deshalb", murmelte Carla.

„Ist schon gut. Ich habe eine."

„Dann geh' du in den Keller."

„War ich schon."

„Bitte. Noch einmal. Dann haben wir Storm wenigstens etwas zu berichten."

Carla beobachtete Jördis' Vater, der aus der Küche seiner Schwiegermutter kam.

„Löschwasser ist ja noch brutaler als Feuer. Das sieht ja heftig aus. Was bin ich froh, dass die Feuerwehr relativ früh gerufen wurde. Wenn ich mir vorstelle, wenn ich mir – nein, ich will mir das nicht vorstellen. Jördis, Ilka, ihr hättet verbrennen oder ersticken können. Was sagen Sie denn dazu, Sie müssen doch wissen, wodurch der Brand ausgelöst wurde?", fragte er Carla, die nach oben stieg.

Gerrit kam aus dem Keller. „Nichts Besonderes da unten", verkündete er. „Außer, dass hunderte Marmeladengläser und Eingemachtes geplatzt und ausgelaufen sind. Alles ist durch das Löschwasser durchtränkt. Und es gibt jede Menge Müll." Er hustete. „Wir kommen so nicht weiter. Ach ja, hatten wir den schon gesehen, diesen leeren Benzinkanister? So einen kleinen?"

„Bring' ihn hoch", rief Carla herunter.

„Ist der auf der Liste der Spurensicherer?"

„Ich kenne die Liste nicht auswendig."

Gerrit hielt den Kanister in der behandschuhten Hand. Er wollte sich keinen Fehler von oben vorwerfen lassen, stellte ihn ab und stieg der Kollegin hinterher.

Auch Henning Hauser wollte den Dachboden sehen. „Ilka hatte einen Kurs in Selbstverteidigung gemacht." Seine Stimme wurde leiser. „Trotzdem konnte sie sich nicht wehren." Er trat gegen die Tür und seine

Hilflosigkeit, seine Wut und sein Entsetzen dröhnten durchs Haus. „Sagen Sie mal, finden Sie es ungewöhnlich, wenn die Mädchen plötzlich wieder SMS schreiben?", fragte er Carla.

„Wie meinen Sie das?"

Henning Hauser sah die Kommissarin prüfend an. „Weil die inzwischen über Apps kommunizieren."

Carla kritzelte „App" in ihr Notizbuch, hielt es vor ihr Gesicht, damit niemand mitlesen konnte, setzte eine verständige Miene auf, aber die ganzen Apps samt WhatsApp waren noch nicht in ihrem Gehirn gespeichert. Carla schaute auch auf Hennings Hände. Breite, kräftige Handteller, normal lange Finger. Nein, dünn waren sie nicht. „Da haben sie eben Zeit gehabt zum Tippen", überging sie ihre Unsicherheit, überholte Henning Hauser und betrat den Dachboden.

Jede Ecke leuchtete sie mit einer Taschenlampe aus. Nichts war anders als gestern und vorgestern. Nirgends etwas, das als Tatwaffe in Frage kam. Sie bückte sich und hob die Matratze an.

„Hilf mal eben, Gerrit!" Sie drehten sie um. Als sie nichts entdeckten, nahmen sie das sperrige Teil hoch und legten es zur Seite. Doch sie fanden nichts und legten die Matratze wieder zurück an ihren Platz. Carla stellte sich davor, holte aus, als wolle sie jemanden schlagen.

„Also, ein Stein oder ein Metallgegenstand ist die Tatwaffe nicht. Dann wären die Kopfwunden tiefer gewesen." Sie ging zu der Truhe, leuchtete sie an, der Schein zitterte über den beiden Schlössern. Sie zog ein Tütchen aus der Jackentasche, beugte sich vor, griff behutsam nach etwas und bugsierte das Teil in die

Öffnung. Dann hielt die Tüte hoch und nahm es genauer in Augenschein: „Ein Stück Holz?"

***

Er setzte sich auf, griff nach seinen Sachen, schüttelte sie aus, Käfer und Ameisen waren nicht so sein Ding. Es wurde Zeit. Der Mann ging den Trampelpfad zurück, bis er zum Fahrradparkplatz am Strandübergang kam. Die Ruhe hatte seinen Nerven gut getan. Im Wetterhäuschen war niemand, auch nicht auf dem Parkplatz. Er bekam Lust, Rad zu fahren. Nach einigem Probieren fand er eins, das nicht verschlossen war.

Das ist ein Zeichen. Es soll für mich sein. Wäre es sonst unverschlossen?

Zufrieden setzte er sich auf, radelte langsam noch einmal zum Schloppsee, beobachtete die Wasservögel, das Glitzern der Sonne auf dem Wasser und träumte davon, in diesem See mit dem morastigen Untergrund eine schöne junge Frau, nein Jungfrau, korrigierte er sich, darin unterzutauchen. Warum ihm gerade diese Vorstellung gefiel, konnte er nicht sagen. Das fragte er sich auch nicht. Das Bild gefiel ihm einfach. Er sah es vor sich, Prusten, nach Atem schnappen, nasses langes Haar, hochheben und runterdrücken, wunderbar. Das war ein zeitloser Augenblick, bis er hinter sich eine Stimme hörte: „Was machen Sie denn da? Das ist ein Vogelschutzgebiet, können Sie nicht lesen?"

Er drehte sich langsam um, betrachtete die Frau ausführlich und sagte: „Ihr linkes Auge ist kleiner als das rechte. Haben Sie Kopfschmerzen?" Er hob beide Arme, wie es Priester tun, wenn sie eine Messe beenden.

Auf die Frau wirkte es anders. „Hilfe!“ Der Ruf hallte über den See, Vögel flogen auf, es entstand ein großes Flügelrauschen.

Dann lachte der Mann. Es klang tröstlich. Es klang beruhigend. Die Frau rannte. Noch ziemlich jung, aber nicht so jung, wie er es sich wünschte, entschied er. Er griff nach dem Rad, trug es, bis er auf dem Plattenweg war. Die Frau rannte in Richtung Ostende. Er rief: „Das Dorf – ist bitteschön, doch hier herum.“

Hysterisch. Nicht zu gebrauchen.

***

„Gut, dass ihr wieder da seid“, sagte Carla. „Heute, am Freitag, wird sicher nicht mehr viel passieren. Aber am Wochenende ist einiges los. Da könnte es sein, dass der Täter erneut zuschlägt.“

„Wir können nicht alle jungen Frauen bewachen“, brummelte Gerrit. „Erst einmal habe ich Hunger. Carla, du auch?“

Die nickte.

„Dann holt euch was aus dem Kühlschrank“, sagte Kirsten „Ich habe vorgesorgt, damit nicht so viel Zeit vertrödelt wird. Es gibt einiges zu besprechen. Essen könnt ihr allein?“

Gerrit guckte erstaunt, ging in die Küche und öffnete den Kühlschrank. „Dat is kein Speck na mien Beck“, rief er. „Butterbrote!“

„Du oll Dwarsbüngel“, rief Kirsten zurück.

Carla schmunzelte. „Du schast nie op anner Menschen rumtrampeln, as wenn dat Schiet weer! All hebbt se ehr leven vun mi, un keen ehr dat wegnehmen will, kriggt dat mit mi to doon. – De föffte Wiespahl!“

„Dunnerlittken“, schwatzte Kirsten, „nun kommt auch noch das fünfte Gebot dran. Na, wer dich hört, wird dich sowieso nicht verstehen. Wer kann denn heute noch Friesisches Platt sprechen? Esst lieber eure Brote!“ Sie goss Fassbrause in drei Gläser. „Also hört zu, du Gerrit und auch Frau Bernstiel: Ich war in der Buchhandlung. Lest bitte.“ Sie verteilte zwei Ausdrucke über Paul Zech, dem Verfasser jenes Gedichtes. „Damit ist es noch nicht zu Ende, es fehlen noch zwei Strophen.“

„Sie meinen, irgendwo hängt spätestens morgen ein weiterer Schrieb?“, fragte Carla.

„Könnte sein. Wer damit anfängt, will etwas sagen. Ich glaube nicht, dass die Person plötzlich aufhört. Dann wäre die Aktion sinnlos.“

„Ergibt das Bisherige einen Sinn?“, fragte Gerrit und las laut vor:

„Am Abend stehn die Dinge nicht mehr blind
Und mauerhart in dem Vorüberspülen
Gehetzter Stunden; Wind bringt von den Mühlen
Gekühlten Tau und geisterhaftes Blau.

Die Häuser haben Augen aufgetan,
Stern unter Sternen ist die Erde wieder,
die Brücken tauchen in das Flussbett nieder
und schwimmen in der Tiefe Kahn an Kahn.“

„Spontan würde ich sagen, dass die erste Strophe darauf hinweisen könnte, dass er aus diesen Zeilen seine Mission getätigt hat. Die weisen ja auf den Abend hin, vielleicht hat er seit Tagen die Mädchen beobachtet oder ist ihnen nachgegangen“, überlegte Carla.

„Gar nicht übel“, erwiderte Kirsten.

„Die zweite Strophe fand Gerrit ja am Brachtschen Haus – der Text bezieht sich auf ein Haus, egal ob sinnbildlich oder nicht, das Haus kann zusehen und die Tat schwimmt in den Tiefen des Unterbewussten oder so ähnlich.“ Etwas verlegen blickte Carla in die staunende Runde.

„Und wenn das alles nichts mit unserem Fall zu hat?“ Gerrit blieb skeptisch. „Es passt zu gut. Lasst das nicht Storm hören, der hält uns für bekloppt, kommt womöglich noch selber und nervt nur.“

„Trotzdem. Wir haben das jetzt durchgespielt und passen auf, ob noch weitere Gedichtstrophen gefunden werden.“

„Wenn man etwas zu auffällig sucht, findet man es nicht“, sagte Kirsten.

„Hast du den ganzen Text gelesen?“, fragte Gerrit.

„Nein. An dem Abend wollten Frau Dewald und Jenny Broders nach Hause.“

„Eine weitere Überlegung: Ist Jenny hübsch?“, fragte Carla. „Könnten die Ausdrucke für sie gewesen sein?“

„Dann hätte die zweite Strophe nicht an Eleonores Haus gehangen“, war Gerrit skeptisch.

„Aber wenn Jenny etwas mit dem Haus zu tun hat?“, überlegte Carla. „Ich finde sie hübsch. Hat Jenny einen Freund?“

15

Mira saß in dem Garten, der zum Nordwest-Krankenhaus gehörte. Sie musste den Kopf frei kriegen. Die Bilder, die seit Stunden auf sie einstürmten, wieder zur Seite drängen. Mit ihren Tränen half sie niemandem. Sie war froh, dass Henning sich im Haus ihrer Mutter genau umgesehen hatte. Sie hatten einige Male telefoniert, auch Eleonore meldete sich. Jetzt war sie müde und erschöpft vom Reden, von den Mutmaßungen, den Fragen, der Situation. Sie hatte das Gelände zwischendurch verlassen, war am Ems-Jade-Kanal entlang gelaufen, hatte ein Restaurant gefunden, Essen bestellt und doch nur wenig zu sich nehmen können. Später durchstreifte sie das Krankenhaus, aß in der Cafeteria Kuchen, um ihr Schwächegefühl mit einer gehörigen Portion Zucker und Fett zu vertreiben. An dem Hinweis ‚Seelsorge' an einer Tür war sie vorbeigegangen. Und jetzt saß sie auf einer Bank und machte sich Notizen. Mira schrieb alles auf, was ihr einfiel. Sie grub in ihrem Gedächtnis nach Namen von Jungen, die Jördis mehr als zwei Mal genannt hatte. Henning brauchte sie nicht zu fragen. Der war immer spät von seinem Job nach Hause gekommen. Daran waren sie gewöhnt. Deshalb hatte er nicht allzu viel von Jördis' Leben mitbekommen. Trotzdem hatten Vater und Tochter ein inniges Verhältnis, wenn man von pubertären Ausbrüchen absah. Und eigentlich war ja alles in Ordnung gewesen.

War es das wirklich?

Es fielen ihr Nils und Jakob ein. Beide Jungen waren einige Male bei ihnen gewesen. Nils war der Sportliche, spielte Handball, auch Fußball. Spielte Klavier. Jakob war der Nachdenkliche.

Mira lächelte. Sie erinnerte sich an einen Ausspruch von Henning: Was macht denn dein kleiner Philosoph? Hockt er wieder über seinen Büchern?“ Jördis hatte nur gesagt: Er ist jetzt im Schwimmverein. Und lass ihn zufrieden. Mit dem kann man reden ...

Sie überlegte weiter. Hatte nicht einer der Jungen gesagt, er werde auch auf der Insel sein, wenn Jördis da sei? Nur welcher? Sie meinte sich zu erinnern, dass es Jakob gewesen war – Jakob Murr.

Was war noch? Kommissarin Bernstiel hatte ja einiges gefragt. In ihrer Erschütterung war sie wie gelähmt gewesen, hatte nicht genügend nachdenken können. Und was war mit Ilka? Die fröhliche, selbstsichere Ilka! Sie musste Rothermunds anrufen. Einfach ein paar Sätze sagen. Trösten würde sie sie nicht können. Wer konnte das schon, wenn ein Kind ermordet wurde? War es wirklich so gewesen? Alle Worte, die die Kommissarin zu ihr gesagt hatte, waren im Nichts verschwunden und nicht greifbar. Gedanken kamen und gingen wie Wellen ans Ufer. Konnte sie Rothermunds fragen, ob Ilka einen Freund hatte? Ob bei ihr etwas anders war in der letzten Zeit? Konnten sie das in ihrem Schmerz beurteilen?

Jakob Murr. Nils Rethage. Sie würde darüber mit Frau Bernstiel sprechen. Wieder landeten ihre Überlegungen bei Jördis. In den Weihnachts- und den Osterferien hatte sie sich ihr Taschengeld durch Babysitten aufgebessert. Jördis war begeistert von der Familie Paulsen gewesen. Sie waren Möbelfabrikanten und hatten zwei Mädchen zwischen vier und sieben. Jördis hatte auch von Besuchen, die die Familie bekam, erzählt. Warum eigentlich? So etwas war doch nicht besonders interessant. Vielleicht doch. Hatte Jördis nicht gesagt, dass ein Mann einige Male alleine gekommen war, sie aus dem Wohnzimmer verbannt hatte, sagte, er müsse den Raum reinigen? Genau – das war es. Das war merkwürdig. Sie und Jördis hatten darüber gelacht. Weil Herr und Frau Paulsen zu ihr gesagt hatten, für einige Tage habe der Mann den Raum reinigen müssen. Die Kinder und auch die Erwachsenen hatten das Zimmer nicht betreten dürfen. Unter ‚Reinigen', so erinnerte Mira sich, hatte Jördis Putzen verstanden. Aber so war das nicht gewesen. Jördis hatte ein Murmeln gehört. Es habe anschließend ziemlich komisch im Haus gerochen und der Mann habe ihr erklärt, dass er über höhere Schwingungen verfüge.

Schwingungen? Hatte sie das so gesagt oder bildete sie sich das ein?

Jördis, wach auf, wir müssen dich so vieles fragen!

***

Der Anruf erreichte Carla, als sie die Tür zur Ferienwohnung aufschloss. Mira Hauser teilte der Kommissarin ihre Überlegungen mit. Nannte die Namen der Jungen und gab ihr auch die Adresse der Familie Paulsen. „Mir egal, ob das für die Leute unangenehm wird. Ich will wissen, wer den Kindern das angetan hat. Und im Nachhinein, etwas stimmt mit den SMS nicht. Jördis jedenfalls benutzte immer WhatsApp."

Als das Gespräch beendet war, ging Carla auf den Flur und klopfte an Kirstens Zimmertür. Horchte. Vielleicht schlief sie schon. Deshalb schrieb sie ihr auf, dass sie um 6:45 Uhr nach Bensersiel fahren würde, um Jonny Radke das Stück Holz mit Borke zur Untersuchung zu übergeben. Wenn wir schon in der gleichen Pension wohnen, ist ein wenig Nachbarschaft nicht von Nachteil, dachte sie.

Kirsten aber saß mit Jenny Broders im ‚Nassen Hans'. Sie hatte Frau Dewald angerufen und sie um Jennys Telefonnummer gebeten. An diesem Abend war nicht mehr viel los. Sie stellte ihr Handy auf Aufnahme ein.

Jenny kannte Eleonore Bracht und ihr Haus. „Ich bin ein paar Mal drin gewesen. Eigentlich hatte mich diese schöne Haustür interessiert, so kamen wir ins Gespräch."

„Sie umgeben sich ja nicht nur mit älteren Menschen? Sie haben sicher einen Freund?"

„Ist vorbei. Einen Eifersüchtigen kann ich nicht gebrauchen. Kann sein, dass er noch auf der Insel ist."

„Name, Adresse? Bitte!"

Kirsten notierte vorsichtshalber, falls es auf dem Recorder nicht deutlich genug zu verstehen war.

Als die Frauen sich nach einer Weile verabschiedeten, fragte Carla eher beiläufig: Kannte Ihr Exfreund auf der Insel auch andere junge Frauen?"

„Sie meinen, näher? Da kann ich nichts zu sagen. Ich habe ihn in den letzten Tagen nicht mehr gesehen. Will ich auch nicht. Sonst klebt er mir wieder an den Hacken."

„Haben Sie ein Foto von ihm?"

Jenny zögerte. „Das möchte ich jetzt aber nicht rausgeben."

„Frau Brodersen, das hier ist zwar eine noch inoffizielle Befragung, aber je mehr Sie mir sagen, umso mehr helfen Sie uns. Also? Sie haben es doch sicher auf Ihrem IPhone?"

Seufzend klickte Jenny auf eine Fotodatei. Abgespeichert war sie mit H.P.

16

Carla betrat die Frühfähre und kam sich vor wie ein Mädchen, das die Schule schwänzt. Eigentlich sollte Kirsten oder Gerrit diese Fahrt und die Übergabe machen, aber sie hatte immer Schwierigkeiten, Aufgaben zu delegieren. Sie wusste, wie sehr diese Art insbesondere den Kollegen ärgerte. Nur ihm recht geben, dazu konnte sie sich nicht überwinden, rief ihn auch nicht an und tröstete sich mit dem Gedanken, dass sie ja zumindest Kirsten Köppe eine Nachricht hinterlassen hatte.

Sie genoss die Überfahrt und fühlte sich wie immer unglaublich frei. Wenn sie dem Kollegen Radke übergeben hatte, musste sie aber mit der nächsten Fähre zurück und die Zeit der Überfahrt war dann keine Freiheit mehr. Sie dachte an Clemens, und nein, sie rief ihn jetzt nicht an. Dann würde er nur denken, es sei etwas vorgefallen.

Sie sandte ihm Liebesgrüße über die Nordsee.

Schon aber rief Herr Paulsen an. „Ich spreche mit Kommissarin Bernstiel? Sie hatten gestern bei mir eine Nachricht hinterlassen. Was ist so wichtig?“

Carla bestätigte, sah der Schiffsschraube zu, die das Wasser durcheinanderwirbelte. „Ich bin in wenigen Minuten in Bensersiel, können Sie losfahren, damit wir uns dort treffen? Es geht um Jördis Hauser, die ja in Ihrer Familie als Babysitterin tätig war.“

„Kommen? Wie? So früh am Morgen? Meine Frau bringt gerade unsere Kinder weg. Ja, die Jördis, das ist ein nettes Mädchen. Und was möchten Sie wissen?

Können wir das nicht so besprechen oder können Sie nach Bremen kommen? Nein? Dann müssen Sie aber warten, ich rase Ihretwegen nicht diese gut einhundertdreißig Kilometer runter."

„Da Jördis Hauser bei Ihnen gearbeitet hat, benötige ich Ihre Zeugenaussage. Wir treffen uns vor dem Fährhaus. Sind Sie groß oder klein, dick oder dünn?"

„Schlank und hochgewachsen. Wie Turniertänzer nun mal sind. Eben keine Speckbacken."

Carla legte auf und tastete unwillkürlich über ihren Bauch.

„Sie können froh sein, dass ich noch Geschäftliches in Esens erledigen muss. Dann war diese plötzliche Fahrt nicht umsonst", begann Herr Paulsen nach einer kurzen Begrüßung. „Ja, geht es um Frau Hauser? Was hat sie Ihnen denn alles erzählt, diese Frau mit den Blumen?"

Carla fasste ihr Anliegen knapp zusammen.

„Ich will versuchen, Ihre Fragen zu beantworten und zu erklären, warum Herr Vossmer häufiger bei uns war. Den Namen hatte sie Ihnen ja genannt. Dass seine Besuche bei uns einmal Fragen seitens der Polizei aufwerfen würden – wer hätte das gedacht. Die Frau Hauser", wiederholte er sich, kramte in seinen Jackentaschen, fand nach einem langen Moment das, was er suchte. Einen Schokoladenbonbon. Wickelte ihn langsam aus und steckte ihn in den Mund. Etwas undeutlich sprach er weiter.

„Vielleicht wäre ihrer Tochter nichts geschehen, wenn sie auch ihr Haus hätte grundlegend reinigen lassen – das würde meine Frau sagen. Ich meine, wir hätten mit Jördis darüber gesprochen. Meine Frau jedenfalls fühlt sich jetzt erst richtig wohl in unserem Haus. Das haben wir ja gebraucht gekauft. Sie glauben gar nicht, was gute Energien bewirken können."

Carla notierte und machte einen Kringel um den Namen ‚Vossmer'. „Erzählen Sie bitte weiter. Was habe ich mir unter diesen Reinigungen vorzustellen?"

Herbert Paulsen, ein schmaler Mann mit schmalem Gesicht, schmalem Mund und festem Handschlag, war erfolgreich in der Möbelbranche tätig. „Wir legen viel Wert auf ein gereinigtes Haus. Als wir einzogen, hatte meine Frau das Gefühl von lähmender Schwere, die in den Räumen hing. Wissen Sie, vor uns wohnte eine Familie darin, deren Sohn tödlich verunglückte. Meine Frau spürte nur noch negative Energien. Wir haben Herrn Vossmer, einen Heiler, der sich auch auserwählter Schamane nennt, gebeten, diese negativen Schwingungen zu vertreiben. Meine Frau hoffte da sehr drauf und ich war froh, dass sie sofort einen Draht zu Vossmer bekam. Die Kinder hatte sie schon mit ihren Befürchtungen angesteckt – sie war froh, dass Jördis so gut mit ihnen zurechtkam, wir kamen alle gut mit ihr zurecht, auch Herr Vossmer. Soviel ich weiß, hatte sie bei denen ein oder auch zwei Mal das Haus gehütet, als die verreist waren. Jördis wollte sich das Taschengeld für Langeoog zusammensparen."

„Aha. Und wie habe ich mir die Reinigung vorzustellen?"

„Der Herr Vossmer bittet Engel um Lichtkegel, die durch den jeweiligen Raum fließen sollen. Er sagte auch, er verfüge über sogenannte höhere

Schwingungen und könne allein durch seine Gegenwart jeden Raum reinigen. Soviel ich weiß, hält er auch Vorträge, glaubt daran, dass er heilen kann, ich bin da eher skeptisch. Meine Frau nicht. Zum Schluss beduftet er alle Zimmer mit Pfefferminzöl und reinigt in schweren Fällen auch durch die Kraft seiner Gedanken. Ansonsten weiß ich nicht, was er noch macht. Finanziell geht's ihm und seiner Frau gut. Die hat in der Ehe die Hosen an, da scheint es mit der Gedankenkraft nicht so weit her zu sein." Herr Paulsen lachte. „Die Frau sammelt die Aufträge, er führt sie aus. Eben auch diese Form der Heilung. In diesem Sommer reisen sie über die ostfriesischen Inseln."

„Und Sie? Sie glauben auch daran?", fragte Carla, dachte im Stillen, was für ein Hokuspokus.

Paulsen zuckte mit den Schultern. „Sagen wir mal, Vossmer ist ein pfiffiger Geschäftsmann. Meiner Frau hat das Ganze gut getan, sie hat ihn weiter empfohlen, inzwischen ist unsere halbe Straße ‚gereinigt' und alle sind zufrieden. Das alleine zählt doch. Wer hat schon dauernd zufriedene Kunden? Wenn ich mit Gedankenkraft meine Kunden so überzeugen könnte! Vossmer meint, er könne sogar mit erdgebundenen Seelen, wie er das nennt, sprechen, wenn jene sich in bestimmten Räumen aufhalten. Er glaubt, er könne diese erlösen. Nun ja, das geht mir allerdings zu weit."

„Also – zusammengefasst: ein Selbsternannter, der auf diese Weise den Leuten das Geld aus den Taschen zieht? Hat er Anhänger?"

„Ja, ich glaube schon. Seine Frau mietet oder baut auch private Kindertagesstätten."

„Ihre Kinder sind auch dort untergebracht?"

„Nein. Die sind im städtischen Kindergarten und einer städtischen Grundschule."

„Wie finanziert Frau Vossmer ihre Vorhaben?" Carla erinnerte sich an das, was Clemens erzählt hatte.

„Soviel ich weiß, hauptsächlich durch Spenden. Und die fließen. Meine Güte, wenn ich auch so regelmäßige Spenden bekäme. Frau Bernstiel", Paulsen beugte sich vertraulich vor, „da kommt was zusammen. Ich frage mich, ob der das alles versteuert ..."

Carla notierte.

„Ja, wo wir bei dem Thema ‚Vossmer' sind – der Mann verfügt über eine enorme Ausstrahlung. Seine Frau beklagte sich mal bei meiner darüber, dass er das weidlich ausnutze, besonders bei jungen Frauen, die für diese Themen sehr empfänglich sind. Es muss da etliche Szenen der Verzweiflung gegeben haben – Vossmers Liebesleben scheint immer sehr ausgefüllt. Mit seiner Frau hat er es wohl nicht mehr so. Wenn Sie verstehen, was ich meine."

„Sie meinen, er steigt häufig in die Liebhabervariante ein, samt Heilung, Reinigung und verlorener Seelen ... Damit kann man labile Personen packen", stellte Carla fest und bestellte bei der Kellnerin noch ein Kännchen Kaffee. „Sie auch?"

„Tee. Ich kann nur Tee trinken", sagte Herr Paulsen, griff nach seiner Tasse und spreizte den kleinen Finger dabei weit ab, was Carla an eine längst verstorbene Tante erinnerte, die ziemlich etepetete gewesen war.

„Wissen Sie, ob Vossmer sich näher mit Jördis oder mit ihrer Freundin Ilka oder mit beiden zusammen befasst hat?"

„Schwer zu sagen. Ilka hat Jördis ein paar Mal abgeholt. Aber ich meine, die hat mit Vossmer nicht gesprochen. Aber wie soll ich das genau wissen, ich war ja nicht immer anwesend. Meine Frau auch nicht. Warten Sie mal.“ Paulsen überlegte. „Einmal, doch, einmal hat Jördis Ilka in unser Haus geholt – obwohl wir das nicht gutgeheißen haben – so etwas wollten wir erst gar nicht anfangen – ja, also einmal haben die Mädchen, während unsere Kinder draußen im Garten tobten, ohne Aufsicht, das habe ich Jördis auch gesagt, dass das so nicht ginge – saßen die in unserem großen Windfang auf der Erde, Vossmer vor ihnen, blickte beide fast hypnotisch, auf jeden Fall starr wie eine Schlange an und erzählte ihnen von Seelen, die Schiss vor dem Fegefeuer hätten, über das kosmische Gesetz des freien Willens, über Wesenheiten sogenannter Lichtwelten, dass er ihnen den seelischen Schock nehmen könne, der das Wissen um den eigenen Tod auslösen würde. So in der Art. Das war schon ziemlich verschwurbelt und genau weiß ich natürlich den Wortlaut nicht mehr. Dabei strich er Jördis durchs Gesicht. Na ja, dann habe ich mich gemeldet und er stand auf, hat geguckt, als wäre er in Trance. Meine Güte, vielleicht steht der zwischendurch unter Drogen und glaubt wirklich, was er von sich gibt. Ist schon ein schräges Kerlchen – aber wie gesagt, ein guter Geschäftsmann. Und sonst habe ich nichts Auffälliges beobachtet und meine Frau auch nicht.“

„Aber die würde ich trotzdem gern dazu sprechen“, sagte Carla. „Haben Sie Skype?“

Paulsen nickte.

„Dann machen wir, wenn Ihre Frau Ruhe hat, heute Abend eine Skype-Sitzung. Ohne Geister."

Mit kreuz und quer geschriebenen Notizen, durch die nur sie durchfinden würde und mit neuen Fragen betrat sie die Fähre zurück nach Langeoog.

***

Im Café Leiß herrschte der übliche Morgenbetrieb. Drinnen hockten am ersten Tisch hinter dem Eingang Göntje, Eleonore Bracht, Violetta Consbruch und die Küsterin Bergengruen von St. Nikolaus. Es herrschte eine Art Zwielicht, als würde der Gastraum noch träumen, während auf der Terrasse der Wassermann mit seinem Fisch sprach und die Sonnenschirme schon aufgespannt waren.

Eleonore klagte über Übelkeit. Göntje kramte in ihrer grünen Umhängetasche. „Hier – eine Mischung aus Pfefferminzblättern, Kamillenblüten, Melissenblättern und zerstoßenen Anisfrüchten. Das hilft. Und Kaffee solltest du nun gar nicht trinken." Göntje sah missbilligend zu der halbvollen Tasse hin.

Frau Consbruch bot Eleonore ihr Gästezimmer an. „Das ist im Augenblick frei. Du kannst herzlich gerne so lange bleiben, bis deine Wohnung wieder begehbar ist. Das wird ja wohl ein paar Tage dauern."

„Jetzt habe ich erst einmal eine Unterkunft. Aber danke. Ich nehme dein Angebot gerne an, wenn es doch noch länger mit der Renovierung dauern sollte."

Sie sprachen natürlich wie alle anderen über den Mord, über den Überfall. Über den Täter. Und mutmaßten ziemlich wild.

„Seid vorsichtig“, mahnte die Küsterin, „nennt keine Namen laut, da kann man schnell einen Strick draus drehen. Ihr könnt doch so eine Tat nicht dem oder dem anhängen. Nicht einmal laut vermuten! Das ist üble Nachrede.“

„Ulrike Bergengruen! Werd nicht auf deine alten Tage noch ehrpusselig!“, wandte Frau Consbruch ein. „Man darf ja wohl noch nachdenken.“

„Aber hier öffentlich mit Namen zu hantieren ...“, überlegte Göntje, „besser nicht!“

„Ich will euch mal was sagen“, sagte Eleonore mit schneidender Stimme. „Es handelt sich um meine Enkelin und deren Freundin!“

„Wissen wir doch“, murmelte Göntje errötend.

„Im letzten Jahr hatten wir drei ungeklärte Brandfälle. So. Ich habe da den schiefen Frank vor Augen, der vor zwei Jahren hierherkam, praktisch überall arbeitete und jetzt wohl nicht mehr, der steht oft rum und starrt in die Fenster. Sprichst du ihn an, guckt er zu Boden und geht. Ein paar Stunden später kannst du sehen, wie er in fremde Fenster linst. Ich weiß gar nicht, wo der eigentlich wohnt. Geht mich auch nix an. Aber jetzt, in der hellen Jahreszeit, meine ich gehört zu haben, dass er in den Dünen übernachtet.“

„Was willst du damit sagen, Eleonore?“, fragte Frau Bergengruen. „Wenn du das Rundumgeschwafel einmal weglässt?“

„War doch wohl deutlich genug.“

„Du kannst doch dem Frank nicht den Brand anhängen. Womöglich noch den Überfall auf Jördis und Ilka? Nur, weil er in andere Fenster guckt? Wer weiß, wie viele das machen. Also wirklich, so geht das nicht.“

„Und nur, weil du Küsterin bei den Katholen bist, brauchst du uns keine Moralpredigt zu halten. Wenn dein Pfarrer wüsste, dass du gar nicht katholisch bist ...“, wandte Eleonore ein.

Die anderen grinsten.

Ulrike Bergengruen holte tief Luft, riss die Augen auf, wie sie das tat, wenn ihr etwas einfiel.

„Hört auf“, winkte sie ab, ich habe vor dem Altar was Merkwürdiges gefunden. Schaut mal! Hab gar nicht mehr dran gedacht – aber das kommt hoch, wenn wir hier so eifrig Vermutungen anstellen. Lest mal.“ Sie reichte den Zettel herum.

„Gestalten wachsen groß aus jedem Strauch,
die Wipfel wehen fort wie träger Rauch
und Täler werfen Berge ab, die lange drückten“,

las Göntje. „Gott, dass würde ja auf diesen Frank passen. Gestalten wachsen groß ... Ich kenne ihn nur vom Sehen. Aber ja, Vorsicht, meine Lieben. Ist seltsam. Warum so etwas in der Kirche? Hast du schon einmal ein Gedicht in deinen heiligen Hallen gefunden?“

Ulrike Bergengruen schüttelte den Kopf.

„Oder hast du mit jemanden darüber gesprochen, das Blatt gezeigt – deinem Pfarrer vielleicht?“

„Nein.“

„Sagen wir es einmal so – zurzeit ist auf der Insel alles anders geworden. Und solange die Polizei den Täter nicht hat, kann vieles, was wir simpel finden, von Bedeutung sein.“

„Göntje, nur weil du den Gerrit Blau besonders gerne magst, musst du nicht so schlau daher reden“, wandte Eleonore ein. „Der ist zu jung, jedenfalls für dich!“

„Ist der Mörder sich seiner Sache so sicher, dass er noch Zettel auslegen kann? Das glaube ich nicht“, überlegte Frau Consbruch. „Will er noch mehr Menschen umbringen? Ist das die Botschaft, die dahinter steckt? Oder soll das Gedicht ein Scherz sein, vielleicht hat der Pfarrer eine Verehrerin?“

„Meinst du wirklich?“, wandte Frau Bergengruen spitz ein und guckte verärgert, als die Blicke der anderen sich auf sie hefteten. „Bei euch piepts ja. Was für Phantastereien! Gebt das Gedicht wieder her.“

***

Kirsten forschte nach Holger Pöschel, dem Exfreund von Jenny Broders. Strafrechtlich war er noch nie in Erscheinung getreten. Googeln brachte auch keine Erkenntnisse hinsichtlich eines Eintrags über ihn. Nichts. „Gibt's das überhaupt? Ein Phantom? Hat Jenny mir einen Bären aufgebunden?“ Kirsten wurde ungeduldig. Alles musste zeitgleich erledigt werden.

„Dauernd geht das Telefon, dran sind sogenannte Zeugen, wie sollen wir das alles schaffen? Wie sollen wir aus den Anrufern die wichtigen rausfiltern? Immer noch finden wir nichts und haben niemanden, dem wir die Tat nachweisen können.“

„Was hast du?“ Gerrit schaute mit müden Augen hinter seinem Monitor hervor. „Wir arbeiten das ab. Einen nach dem anderen. Hab ich schon gen Aurich gemailt. Und wenn jetzt eine Woche vergeht, dann ist das eben so. Andere Sokos brauchen manchmal mehr als einen Monat. Viel mehr. Hab' du jetzt nicht den Ehrgeiz, dass wir auf Deubel komm raus auf den Punkt kommen müssen. Das verkrampft nur und macht

Falten. Allerdings, unsere Carla hätte längst zurück sein müssen. Was macht sie wieder? Bestimmt steckt sie ihre Nase in eine Spur. Hoffentlich ist es die Richtige. Zumindest könnte sie anrufen."

„Kennst du einen Holger Pöschel? Das soll der Exfreund von der Verkäuferin im Buchladen sein."

„Von Jenny Broders? Die ist einige Zeit mit ihm rumspaziert. Der stammt aus dem tiefsten Bayern, sieht aus wie der klassische Italiener, macht in ‚Vermögensberatung'. Lustig, bei Jenny ist ja noch nichts zu holen. Smarter Bursche um Mitte dreißig. Der hat hier einige beraten. Ich weiß ja nicht, was Jenny sich von der Beziehung versprochen hat – jedenfalls weiß ich, dass er ein bisschen Unterhaltung wollte. Der ist schon längst wieder weg. Hat Jenny das nicht gesagt? Der ist nach Hause, irgendwo gen Chiemsee, da ist er auch gut aufgehoben."

„Du meinst, den können wir abhaken?"

Der Wirt von der ‚Lüttjen Krabbe' kam in die Polizeistation. „Moin. Ihr habt doch Fotos von den Mädchen aushängen? Ich glaube, die waren bei mir. Aber nicht allein. Da klebte so ein Älterer an denen. Konnte man deutlich sehen, dass sie von dem genervt waren. Einer mit kurzem weißem Bart. Deswegen ist mir das aufgefallen. Gesehen hatte ich den vorher noch nie. Aber die Mädchen ja auch nicht."

Gerrit hörte zu, fragte nach, ließ sich den Mann, soweit es überhaupt ging, deutlicher beschreiben und druckte anschließend das Protokoll aus. Wenn noch mehr Zeugen einfach so hereinkamen, schrieben sie Tag und Nacht nur noch Protokolle. Schrecklich.

„Müssen wir jetzt die Insel nach weißen Bärten absuchen?", fragte Gerrit und grinste.

„Lass uns den Aufruf fertigstellen und verteilen", schlug Kirsten vor. „Im Rathaus, in den Geschäften, ganz schnell. Ich brauche ja nicht mehr nach Jennys Freund zu suchen."

Bald hingen die Aufrufe nach einem Mann um die fünfzig mit kurzem weißen Bart aus. Anderthalb Stunden später kamen die ersten, die sich freiwillig meldeten. Schnäuzer, Zauselbart, Backenbart, Dreitage- bis Siebetagebart. Auch Bartlose kamen.

Alle beteuerten, dass sie keine Mädchen bedrängt hätten, erzählten von anderen Beobachtungen, die nichts mit Gerrits Fragen zu tun hatten. Manche wollten augenzwinkernd Aufreißer-Geschichten erzählen und Gerrit musste dazwischengehen und energisch sagen, dass so etwas nicht gefragt war.

Währenddessen kam Carla zurück und legte eine Unbekümmertheit an den Tag, die die Kollegen in Erstaunen versetzte. Carla wartete, bis ihr Kollege den vorerst letzten Mann mit Bart angehört hatte. Sie teilte Kuchen aus, hatte Kaffee gekocht und bat Kirsten und Gerrit in die Küche. „Hier sieht und hört uns niemand."

„Besser ist, wir bleiben im Büro. Wenn du Neues zum Fall hast, kann ich das gleich ans Whiteboard schreiben, damit wir nichts vergessen und kein Durcheinander bekommen. Mal hier was und da was, dafür bin ich nicht. Ich möchte alles schön akribisch festhalten."

„Wir sind auf Langeoog, Gerrit!", mischte sich Carla ein. „Sag doch einfach ganz schlicht Metaplanwand, dann verstehe ich das auch."

Er rollte genervt die Augäpfel, bis nur noch Weißes zu sehen war. „Außerdem kommen ständig Leute, die müssen wir im Blick haben. Ich bin sauer, du hältst dich an keine unserer Abmachungen. Machst, verschwindest, kommst zurück mit geheimnisvoller Fröhlichkeit und ich kann alles mit Kirsten zusammenpuzzlen."

„Ihr möchtet doch die neuesten Nachrichten hören?", fragte Carla und lächelte vergnügt. Sie berichtete von Miras Anruf. Von dem Treffen mit Herbert Paulsen. Über den Mann mit den Schwingungen, den Raum-Reinigungen, dem Herrn Vossmer.

„Ich habe mich erkundigt, der gehört wirklich zu den ‚Auserwählten'. Haben wir hier vielleicht eine Spur? Die Frau Paulsen spreche ich noch heute über Skype. Bis dahin sollten wir sehen, was wir zu diesem Vossmer herausfinden." Sie erzählte auch, dass Mira Hauser ihr die Namen von zwei Schulkameraden von Jördis gegeben hatte. Sie holte ihre Notizen hervor, murmelte und sagte dann laut: „Einer von beiden heißt Jakob Murr. Es scheint, als ob er sich auf der Insel befindet. Ja, dann schauen wir doch mal nach diesem Knaben."

Gerrit nickte Carla anerkennend zu. „Wäre wirklich zu schön, wenn wir alle Verdächtigen an einem Ort hätten. Carla, recherchiere du bitte nach diesem Schwingungs-Sammler und was der sonst noch so tut, außer, dass er im HDI Vorträge hält", ordnete er an. „Such' unter Lebenshilfe oder Psychologie. Vielleicht ist er auch als Heilpraktiker eingetragen. Und Kirsten bittet die Bremer um Amtshilfe bei dem jungen Murr und – wie heißt der andere?"

„Nils Rethage", ergänzte Kirsten.

Mit einem Ruck stand Gerrit auf und ging zur Metaplanwand und las zum x-ten Mal die Angaben, die dort standen. „„Haus Bracht – Eingangstür mit Benzin übergossen – nach dem Überfall. Die Mädchen sollten verbrennen. Wer hat ein so großes Interesse daran? Jakob Murr? Nils Rethage? Das macht Kirsten.“ Er malte Kreise, Kreuze, Pfeile und besah sich die Fotos von Eleonores Haus, dem Dachboden, der Matratze, von Ilka und Jördis. Hinter sich hörte er einen Stuhl hart über den Fußboden ratschen. Er drehte sich um und platzte los:

„Carla! Bleib auf deinem hibbeligen Hintern sitzen! Hör einfach nur zu oder lies selbst, was hier steht. Kirsten wird sich um diese Jungs kümmern. Nicht du. Schon vergessen? Fang’ nicht wieder mit allem von vorne an. Dann kommen wir nie weiter. Brauchst jetzt auch nicht an Nägeln zu knibbeln. Also: Bis halb vier nehme ich mir die Zeugen im Nebenzimmer vor. Und dass mich dort keiner stört. Auch du nicht, Kirsten!“

Diese stand auf. „Na na. Wer wird denn gleich so prollig? Wenn ich auf eine heiße Spur stoße, die dir den Hintern ansengt, rufe ich dich. Egal, welchen Bartheini du bei dir sitzen hast. Hast du das verstanden?“ Ihr Gesicht leuchtete vor Entrüstung und die runden schwarzen Augen sprühten heiligen Zorn. Kirsten stemmte die Hände in die Hüften, stand imposant da und sah aus wie eine Priesterin ihrer Vorfahren. Sie dachte gar nicht daran, Gerrits Aufforderung nachzukommen. Carla mischte sich ein. „Wenn du noch einmal im Befehlston mit mir sprichst ...“

„Blöde Weiber!“, meckerte Gerrit.

„Pffft“, machte Kirsten, setzte sich vor den PC und hackte auf die Tastatur ein. „Aha. Kein Vossmer eingetragen, aber: Die Auserwählten GmbH, Achim/Baden, Im Musikwinkel 3. Heilige und eine GmbH, das ist ja lustig.“ Sie tippte die angegebene Nummer ein.

„Polizeistation Langeoog, Kommissarin Köppe. Verbinden Sie mich mit Herrn Vossmer.“

„Guten Tag. Sekretariat Die Auserwählten!, Sie wünschen?“

„Herrn Jörg Vossmer bitte und das sofort.“

Sie hörte, nickte, und legte nach kurzer Zeit auf. „Die sagen, einen Vossmer gebe es nicht. Nur die Auserwählten. Das allerdings glaube ich nicht.“

Am Ende dieses Tages konnte Gerrit keinen sogenannten Zeugen mehr ertragen. Er schlug die Hände vor den Kopf, presste die Fingerspitzen gegen die Schläfen, stand auf, ging in die Küche und suchte nach Essbarem. Er blickte ins Büro – Carla telefonierte und Kirsten saß weiterhin vor ihrem Computer.

Ärgerlich knallte Gerrit die Kühlschranktür wieder zu, nachdem er sie hastig aufgerissen hatte. „Können die Damen nicht auch mal einkaufen? Nix ist drin, immer dann, wenn ich dringend was zum Essen brauche.“

Es klingelte. „Noch ein Zeuge mit Bart? Ich ertrage keinen einzigen mehr. Das bringt doch alles nichts.“

Ein in Barbour gewandeter Mann und eine rundliche alte Frau mit einem auffallenden Doppelkinn standen vor der Tür. Gerrit dämmerte es und doch – seine Gesichtszüge hatte er so schnell nicht unter Kontrolle. Auch das noch verriet seine Mimik – sein

Zurückweichen des Oberkörpers, Gerrit bestand eine lange Sekunde aus Abwehr, ehe er sich wieder fing.

„Herr Doktor Storm, was für eine Überraschung, ich bin gerade auf dem Sprung – und tatsächlich, das ist doch die Frau Brockmüller, oder irre ich mich?"

Die Angesprochene nickte geschmeichelt.

„Was macht eine ehemalige Bewohnerin der Kukident-Lounge bei uns und kommt mit dem Staatsanwalt? Ist das lange her, seitdem wir uns das letzte Mal gesehen haben. Das Haus ist ja heute eine Pension." Gerrit drehte sich um und bat die beiden, ihm zu folgen, während er überlegte, was sie wohl wollten. Ich muss hier raus, dachte er, Storm, der alleine hätte ihm schon genügt.

„Kaum betrete ich wieder Inselboden, lerne ich die interessantesten Menschen kennen."

Elise Brockmüller strich mit mädchenhafter Geste ihr graues Haar aus der Stirn. Am kleinen Finger prangte wie einst ein Brilli, groß wie eine Kehrschaufel. Sie strahlte Storm an, der ihr mit einem knappen Zucken um die Mundwinkel zu verstehen gab, dass sie den Mund halten solle.

Storm begrüßte Kirsten, griff gleich nach den herumliegenden Papieren, stellte sich vor das Whiteboard, versuchte, mit „Ähm" und „Aha" die Kringel und Abkürzungen zu verstehen.

„Frau Bernstiel ist wo?"

„Sie kommt sofort", sprang Kirsten ein. Eifrig wippten ihre Zöpfchen, auf die Storm irritiert schaute.

„Gut. Gut – Herr Blau, gehen wir doch nebenan Ihre neuesten Erkenntnisse durch", schlug er vor.

„Ich bin die Frau Brockmüller", stellte sich Elise bei Kirsten vor. „Damit Se dat aufschreiben können." Ihre Stimme war laut und kräftig.

„Möchten Sie eine Zeugenaussage machen? Die nimmt Kollege Blau an, nur ist er gerade im Gespräch. Können Sie morgen früh wiederkommen?" Kirsten bemühte sich um ihr herzlichstes Lächeln.

„Zeugenaussage? Hömma? Wie dat gezz? Ne, dat nun mal nich. Wissens, ich kenne ja die Insel und die nun auf dem Inselfriedhof liegenden Herren Töwer. Gott hab' sie selig. Dat waren ganz besondere Menschen. Wie die Zeit vergeht, nich zu fassen, nä. Mit dem jungen Töwer, dem Nathan, mit dem wären Se auch ausgekommen. Ich glaube, der mochte auch Neger, Entschuldigung, man sacht ja heutzutage Farbige, also Se wissen schon, wie ich dat meine. Gedenfallz sachte man früher Neger. Und dat war nix Schlimmes, wieso ist dat heute wat Schlimmes?"

„Nun sprechen Sie doch bitte Hochdeutsch. Dieses Ruhrgebietsdeutsch ist ja grauenvoll!", ging Storm dazwischen.

„Hömma! Ich tu die Leute doch wat lernen."

Storm seufzte sehr genervt.

„Bitteschön, der Herr Doktor. Ich kann natürlich auch ganz anders", wechselte sie ins Hochdeutsche und sah den Staatsanwalt zutiefst gekränkt an. „Ich bin dieses Wochenende auf der Insel, wegen der Arthritis, ich lasse mich heilen. Dat wär nun auch was für den Kommissar mit seinem schlimmen Bein gewesen."

„Seien Sie nicht böse. Hier ist die Hölle los, Sie werden sicher von dem Mord gehört haben?", fragte Kirsten.

„Nä, um solche Angelegenheiten kümmere ich mich nie mehr, wissen Sie, damals..."

„Bitte, jetzt nicht, wir wissen vor Arbeit nicht wohin. Gehen Sie doch mal erst zum Arzt und morgen sprechen wir uns."

„Arzt? Hab ich was vom Arzt gesagt?" Elise Brockmüller schnaubte und ihr Doppelkinn bebte.

„Heilen haben Sie gesagt."

„Eben. Auf der Insel ist ein Heiler. Im HDI."

Ahnungsvoll fragte Kirsten: „Wie heißt der denn?"

„Weiß ich nicht. Ich habe mich telefonisch bei einer Frau Wagner angemeldet. Ich denke mal, es ist ihr Mann. Und der wird ja dann auch Wagner heißen, oder?" Elises kleiner Mund zog sich fröhlich auseinander.

„Ist der Mann Heilpraktiker?"

„Keine Ahnung. Vielleicht ist das auch eine Frau, die das macht. Frau Wagner sprach von so einem Team. Jedenfalls sind die nur am Wochenende hier. Ich glaube nicht, dass die Wagners auch auf der Insel wohnen. Die Frau sprach aber auch von Erleuchtung. Sowas in der Art. Da denke ich, sind sie vielleicht so spezielle Christen ..."

„Na, dann lassen Sie sich mal fein heilen." Kirsten stand auf und geleitete die noch zögernde und neugierig guckende Elise zur Tür.

Und davor stand Frau Bergengruen, die Kirsten erstaunt ansah, Elise übersah, sich als die Küsterin von St. Nikolaus vorstellte und hastig sagte: „Ich habe etwas Wichtiges für Sie, Frau Kommissarin. Wollte es schon heute Vormittag vorbeibringen, aber dann kam eine Taufe dazwischen, Sie wissen ja, wie die Zeit rast."

Elises Augen verengten sich, sie schob den Kopf nach vorn, um ja alles zu verstehen, was die Küsterin sagte. „Was passiert?"

„Auf Wiedersehen Frau Brockmüller, ich habe zu tun, Sie sehen es ja ..." Und schon schloss sich die Tür hinter Kirsten Köppe und Frau Bergengruen. Draußen schnaubte Elise und dachte, früher, ja früher, war alles besser und freundlicher, heute hat niemand mehr Zeit für eine Omma aussem Pott. Geh ich ein Eis essen, der Heilungsvortrag fängt ja erst um acht an ... Schade, wenn der nette Kommissar Töwer noch leben täte, dann könnten wir über die alten Zeiten reden. Ich hätte ihm so gern gesacht, wo die anderen abgeblieben sind, seitdem wir alle die Kukident-Lounge verlassen haben. Wat war dat für eine schlimme Geschichte. Und ich hatte mir mein Leben hier auf der Insel ganz anders vorgestellt. Aber dat, dat is Schicksal.

***

Storm fuchtelte mit dem Zeigefinger in der Luft, bis er ihn senkte und vor Blaus Gesicht weitermachte, während dieser alles zusammenfasste, was sich seit heute früh ergeben hatte. Insgeheim war er Kirsten über ihren Alleingang sehr dankbar und berichtete von Paulsen, von Vossmer, von Nils Rethage und Jakob Murr. „Wir sind ununterbrochen dran."

„Davon gehe ich aus. Den Tagesbericht legen Sie mir gleich noch vor, gelle. Sie haben den ja verbal gut zusammengefasst, da dürfte die Niederschrift Ihnen nicht schwerfallen. Mit Frau Köppe alles bestens? Sag ich doch, tüchtige Frau, man muss sie nur fordern. Sonst wird sie unleidlich."

Eigentlich hätte Storm schon vor zwei Jahren in den Ruhestand gehen können, aber es gab personelle Engpässe und die Polizei Niedersachsen war stolz auf ihre Entscheidung, auch ältere Beamte über das allgemeine Rausschmeißalter hinaus zu beschäftigen. Storm war fit, Storm arbeitete gern, Storm hasste zu Hause den Garten und ein ganz klein bisschen seine Frau.

Er ging hinüber zu Kirsten und zuckte schlagartig zurück. Nahe am Fenster lehnte ein Skelett. Bisher hatte er das noch nicht wahrgenommen. An den Fingern hingen bunte Tassen. Kirsten sah Storms Erstaunen. „Die roten Tassen sind für Besucher. Bitte. Bedienen Sie sich. In der Thermoskanne ist noch Kaffee. Habe ich eingeführt. Alles andere wirkt immer so spießig."

Frau Bergengruen hatte ihr das Gedicht auf den Schreibtisch gelegt. Sie öffnete eine Schublade, zog die zwei Blätter mit den anderen Gedichtzeilen hervor. „Eindeutig, Zech", murmelte sie.

„Zech?", fragte Storm und strich über seine olivgrüne Wachsjacke.

„Zech?", fragte die Küsterin.

„Paul Zech. Ein Dichter. 1881 in Westpreußen geboren, 1946 in Buenos Aires gestorben, war alles Mögliche wie zum Beispiel Hilfsbibliothekar, er floh aus Berlin nach Buenos Aires wegen eines Bücherdiebstahls, schrieb Gedichte und Novellen, wurde aus dem Schriftstellerverband wegen seiner Plagiate ausgeschlossen, veränderte seine Biografie, wie es ihm beliebte. Ich will damit sagen: Die Person, die dieses

Gedicht ausdruckte, muss sich etwas dabei gedacht haben. Ein Täuscher. Aufschneider. Ein Literatur-Preisträger. Der die Facetten seines Charakters auslebt. Und deswegen müssen wir jene Person finden, die sich mit Täuschungen beschäftigt. Sie ausübt. Jemand, der sich tarnt. Verstehen Sie, was ich meine?" Sie blickte ihren Vorgesetzten und auch Frau Bergengruen an.

„Sie beschäftigen sich mit so etwas?", fragte Storm. „Doch wohl in Ihrer Freizeit? Woher wissen Sie das alles? Auswendig gelernt, gelle?" Er wollte nach den Ausdrucken greifen und zog die Hand wieder zurück.

Im Flur näherten sich Schritte, die innehielten und weiter in Richtung Küche zu hören waren.

„Frau Bernstiel", sagte Kirsten.

„Aha. Und Sie sollten jetzt nicht die Vernunft und Logik zur Seite, sozusagen in den Sand legen. Was haben Sie denn für eine Eintopf-Psychologie bei dieser Lyrik?"

Sie überhörte alles. „Das Ganze steht in einem bestimmten Zusammenhang, ich weiß nur noch nicht in welchem. Eine Strophe fehlt noch. Buchhandlung, Brandhaus, Kirche. Was soll mit diesen Orten gesagt werden?"

„Nichts." Storm warf Kirsten einen abwägenden Blick zu, griff dann nach den Blättern, las und sein Gesicht zeigte weiterhin Unverständnis.

Sie bemerkte dies sehr wohl, stand auf und sagte: „Bitte, Herr Staatsanwalt, setzen Sie sich. Ich bin gleich wieder für Sie da. Wenn Sie in der Zwischenzeit die Bremer Kollegen bitten würden, die beiden Schüler vom Bremer Weser-Gymnasium zu befragen? Laut Frau Hauser scheinen die zwei eng mit Jördis befreundet zu sein. Aber sie waren es wohl ebenso mit Ilka. Außerdem müssen wir mit Rothermunds sprechen. Nur – ich hab's ja versucht – zurzeit sind sie nicht ansprechbar." Kirsten holte Luft und sprach schnell weiter, ehe ihre Frechheit bei Storm landete. Aber sie fand, anders ginge das jetzt nicht, er solle keine guten Ratschläge geben, womöglich in Oberlehrermanier, er solle, wenn er schon da war, mithelfen und keine schlauen Sätze absondern.

„Sie können die Kollegen viel besser als ich um Hilfe bitten, Ihnen sagt keiner ab, ich gehe jetzt mit Frau Bergengruen in die Küche und dort schreibe ich das Protokoll. Ich habe mein privates Tablet dabei." Kirsten blickte Storm streng an. Verblüfft setzte er sich. Kirsten griff nach den Papieren und ihrem Tablet, nickte der Küsterin zu, damit sie mitkam. Die Frauen verschwanden in der Küche, entdeckten dort Carla, die den aktuellen Veranstaltungskalender studierte, kurz aufblickte, etwas aufschrieb, aufstand, und nach draußen ging.

Kirsten schloss die Tür.

Ihr Gehen hörte Storm. Er legte den Telefonhörer zur Seite, sagte: „Bitte, bleiben Sie dran" und raste durch den Flur nach draußen. „Frau Bernstiel? Wollen Sie mir gleich den Täter präsentieren?"

„Schön wär es. Bin bald wieder zurück. Ich habe noch etwas zu erledigen."

„Die Pressestelle wird mit Anfragen überhäuft, ich brauche Konkretes. Ich kann Sie hier noch etwas unterstützen, aber heute Abend esse ich mit Bürgermeister Piel."

„Ist doch fein. Dann hören Sie, wie die Stimmung auf der Insel ist. Heute hat sich einiges getan, die Kollegen werden Sie sicher gut informiert haben. Bis später."

Der Staatsanwalt eilte zurück, griff nach dem Hörer, fragte: Sind Sie noch da? Haben Sie inzwischen recherchiert? Ja? Wo? Jugendherberge? Wunderbar. Er legte auf und ging in die Küche, in der Kirsten gerade Frau Bergengruen verabschiedete.

„Ich muss zur Jugendherberge. Die ist wo?"

„Da war ich noch nicht", sagte Kirsten.

Frau Bergengruen begann zu erklären.

„Haben Sie ein Rad dabei?"

„Nein."

„Gut. Dann nehmen wir die Polizeiräder, ich erlaube Ihnen das und Sie zeigen mir, wo sich die Jugendherberge befindet. Dies ist eine polizeiliche Anordnung, der dürfen Sie sich nicht widersetzen."

Die Küsterin zögerte. „Das geht nicht. Ich muss die Kirche aufschließen, weil gleich die Abendandacht beginnt. Und ein Staatsanwalt findet schon dahin, wo er hin will. Ich muss jetzt zur Kirche und zum Pfarrer."

Storm blickte der Küsterin hinterher. Er ließ sich nicht anmerken, ob ihre Abfuhr ihn gekränkt hatte.

„Ich hab gleich ins Schwarze getroffen. Der Schüler Murr befindet sich tatsächlich auf der Insel. In der Jugendherberge. Sehen Sie, das wird eine Eifersuchtstat gewesen sein. Möglich, dass dieser Jakob so ein Stiller ist, den die Mädchen lächerlich gemacht haben ... Frau Köppe, Sie machen hier weiter. Ich komme später mit diesem Bengel zurück, entweder ist er Zeuge oder Verdächtiger. Hoffentlich ergibt sich aus dem Gespräch ein hinreichender Anfangsverdacht. Dann können Sie

Ihre Gedichte mit nach Hause nehmen und sich privat daran erfreuen. Aber Gedichte als Beweismittel – tsts, wovon träumen Sie, meine Beste?“

17

Er stellte das Rad vor der Jugendherberge ab, griff nach dem Rucksack, den er auf den Gepäckträger geklemmt hatte. Er lächelte versonnen, als er ihn betrachtete und strich behutsam über den mit Blumen bedruckten Stoff.

Während er auf das Gebäude zuging, sah er den Hausvater van Veegsta mit jemandem zusammen stehen. Jakob grüßte höflich. Er wollte zum Abendbüffet, erst dann zum Zeltplatz zu seinem Zelt und den Rucksack dort hinbringen.

„Jakob? Kommst du mal bitte?", hörte er van Veegsta mit seinem charmanten niederländischen Akzent sagen.

„Ja?" Er spähte an ihm vorbei ins Haus. Den ganzen Nachmittag war er über die Insel geradelt. Er hatte jetzt Hunger.

„Staatsanwalt Doktor Storm möchte dich sprechen." Dabei blickte der Herbergsvater Jakob nachdenklich an.

Sie saßen in einem kleinen Raum, den van Veegsta ihnen aufgeschlossen hatte. Es roch stickig, als sei länger nicht gelüftet worden. Jakob musste Storm seinen Personalausweis zeigen.

Dieser fragte ihn sofort, ohne große Umschweife nach Jördis und nach Ilka. Jakob war nicht klar, warum er gefragt wurde. Auch als Storm deutlicher wurde, verstand er nicht. Dass er Jördis lieber mochte als Ilka ging den Staatsanwalt nichts an. „Wir sind befreundet. Ja, die beiden sind ja auch hier."

„Und – du hast sie schon besucht?" Storm hatte sich spontan für das vertrauliche Du entschieden. Er fand, dass Jakob mit seinen sechzehn Jahren jünger aussah. Schmal, dunkle, sehr ausdrucksvolle Augen, dunkelbraunes Haar, das ihm ständig ins Gesicht fiel. Musikerhände, stellte er fest.

Am Ende des Gesprächs zeigte Storm sein breitestes Wolfslächeln. „Wir fahren jetzt zur Polizeistation. Dort erweitern wir unser Gespräch zu einer Aussage und es gibt – wie stets – das berühmt-berüchtigte Protokoll, damit deine Aussage ihre Richtigkeit bekommt."

„Warum?" Unwillig erhob sich Jakob. „Ich will zum Abendessen, gleich gibt's nichts mehr. Was wollen Sie eigentlich von mir? Wollen Sie wissen, ob ich mit beiden in der Kiste war, haben die so etwas rumerzählt? Das kann nicht sein, solche Art Mädchen sind das nicht. Oder doch? Schönen Mädchen kann man einiges zutrauen." Er kniff die Augen zusammen. „Haben die etwa bearbeitete Fotos auf Facebook eingestellt oder über die Handys verschickt?"

„Hast du ihnen einen Grund dafür geliefert? Sagen wir mal, Sex im Ausnahmezustand?"

„Reden Sie keinen Stuss. Wir sind nicht so die Handy-Foto-Freaks. Darüber haben die anderen zwar gelästert, aber damit kann ich jedenfalls umgehen."

„Das heißt?"

„Ich hänge nicht den ganzen Tag im Netz. Und Jördis auch nicht. Ilka erst recht nicht. Das gibt es auch, Herr Staatsanwalt."

„Wäre zu schön, wenn das wahr ist. Hol' dir ein paar Brote", entschied Storm, „und keine Fisimatenten. Wir spielen hier nicht Räuber und Gendarm. Wenn du meinst, du müsstest abhauen – lass es lieber sein."

Jakob zögerte. Nahm den Rucksack.

„Ist der von deiner Schwester?", fragte Storm und lächelte wissend.

„Ich habe keine Schwester." Jakobs Gesicht überzog sich mit Verlegenheit.

***

Carla schlug ihre Notizen auf. Dass der Staatsanwalt nun auch auf der Insel war, machte sie nervös. Sie war unschlüssig, wie sie sich ihm gegenüber weiter verhalten sollte. Es bleibt mir aber nichts anderes übrig, die Fragen, die ich habe, selbst zu lösen. Wenn ich nachher wieder zurück bin, kann ich Kirsten ablösen und sie mal an die frische Luft gehen. Storm wird dann sicher weg sein. Der diniert ja mit dem Bürgermeister. Wahrscheinlich muss ich mit Gerrit Nachtdienst machen. Sonst schaffen wir allein schon den Papierkram nicht. Einer kann zwischendurch auf der Liege in der Küche schlafen."

In ihr war ein Kribbeln, steckte Unruhe und Nervosität, auch ausgelöst durch Storm und trotzdem hatten sie keine Person, die als Täter in Frage kam. Carla verließ das Büro, stieg aufs Rad und war in wenigen Minuten am HDI, dem ‚Haus der Insel'.

Sie betrat die große Halle, sah Plakate, Anschläge, Gäste, die sich umsahen und einige von ihnen in den Saal 2 gehen, dessen Tür weit offenstand.

Carla sah sich diese Gäste an. Der Vortrag über das Heilen interessierte hauptsächlich Frauen. Neben der offenen Tür begrüßte eine majestätisch wirkende Frau in einem langen weißen Gewand Ankommende mit Handschlag und drückte ihnen einen Flyer in die Hand. Geldbörsen wurden geöffnet, Münzen und Scheine in den Schlitz einer Figur mit Schlangenköpfen gesteckt.

Carla las die Ankündigungen auf den Plakaten. *Tagung der freien Gemeinschaft DIE AUSERWÄHLTEN im Haus der Insel, Saal 2. Krankheiten heilen ist möglich. Beginn: 19 Uhr.*

Durch die Stuhlreihen schoben sich junge, auffallend hübsche Frauen in bodenlangen gelben Gewändern. Sie sprachen jeden Gast an und hielten ihm Schälchen mit Blättchen unter die Nase. „Zur Einstimmung helfen Ihnen unsere Kräuter. Einfach nur deren Odem erschnuppern."

„Was ist denn das?", fragte eine und stieß ihre Nachbarin an.

„Pssst! Die meint Atem, wahrscheinlich atmen deren Pflänzchen."

Es wurde getuschelt, sich umgeschaut und manche blickten gebannt zur Bühne, obwohl dort nicht viel zu sehen war.

Carla konnte vom Eingang aus alles gut überblicken. Jetzt wollte sie hineingehen, aber die Frau in dem langen Gewand hielt sie auf, bat um ihre Adresse, flocht neben Bemerkungen über das Heilen auch eine zum Thema ‚Spenden' ein, stellte sich als Heide Wagner vor, sagte, ihr Mann werde auch ihr Behandlungen anbieten müssen. Sie sei blockiert, in ihr lebe eine alte Seele und ihre Blockade äußere sich – wie man sehen könne – in körperlichen Symptomen und dabei schaute sie auf ihren Kopf.

„Ich möchte nur kurz reinhören. Eine Adresse brauchen Sie wirklich nicht von mir." Um sich keiner weiteren Diskussion auszusetzen, steckt sie eine Zwei-Euro-Münze in das Schlangending.

In der ersten Reihe entdeckte sie Elise Brockmüller. Sie ging nach hinten und setzte sich in die Nähe des Seitenausgangs.

Die Saaltüren wurden geschlossen. Ein kräftiger, gutaussehender Mann im dunklen Anzug betrat die Bühne und stellte sich als Führer der Auserwählten vor, sprach von den Wünschen aller Menschen nach Macht. Sprach von Kraft und falschen Propheten. Sprach von Heilungen jedweden Übels und aller Krankheiten. Durch ihn.

Er kam ihr sofort bekannt vor. Carla erinnerte sich: Der hatte ihr doch im *Dwarslooper* ihr Bier umgekippt. Der musste ja nicht Wagner heißen. Ob das der Vossmer war, von dem Herr Paulsen erzählte? Ein Mann mit großer Ausstrahlung. Auf solche Typen stehen Frauen. Der lebte nicht nur vom Brot allein. Der nicht.

„Der Herr hat mir zu verstehen gegeben, ihr alle hier in diesem Saal auf dieser wunderschönen Insel, ihr werdet wieder gesund. Stehet auf, senkt eure Köpfe und empfangt voller Demut ..."

Gleich würde das Drängen nach Spenden kommen, überlegte Carla. Eine Frau seufzte laut und kippte um. Niemand kümmerte sich, alle starrten nach vorne. Carla erhob sich und rief: „Wollen Sie diesen Saal und diese Menschen hier reinigen, so wie Sie das in Bremen tun?"

Der Mann reagierte nicht. Die Leute zischelten: „Ruhe!" Elise Brockmüller drehte sich auch um, hob die Hand und winkte Carla zu. Jetzt kamen wieder die jungen Frauen in den gelben Gewändern und kümmerten sich um die Ohnmächtige.

„Auch sie wird genesen", ertönte es sonor.

Carla rief Blau an und hielt, mit einer Hand verdeckt, das Handy so, dass der Kollege verstehen konnte, was sie sagte. „Ruf Silla und den Krankenwagen, hier ist eine Frau zusammengebrochen, ich muss mich verdeckt halten."

„Wenn Sie glauben wollen und wir Sie nach eingehender Prüfung für unsere Gemeinschaft aussuchen, wird Ihnen durch die Kraft der Auserwählten das Beste geschehen: Sie werden sehen, laufen und rennen können, all dass, was Sie heute nicht können, wir werden Ihre Häuser und Wohnungen reinigen vom Einfluss der Sünde und alter, nie erlöster Seelen ..."

Was für ein Gesülze. Carla schüttelte sich.

Gerrit wandte sich an seinen Kollegen: „Es wird spannend. Wir kommen weiter. Ich brauche gerade einen Krankenwagen, bis gleich."

Ehe Storm oder Kirsten darauf antworten konnten, war er schon weg.

„Soll ich hinterher?", fragte der Staatsanwalt.

„Sie wissen ja nicht, wo er hin will."

Storm sah wieder die Blätter mit dem Gedicht auf Carlas Schreibtisch. Und Notizen. Er blickte darauf und las.

Beide Opfer gehören zur Mittelschicht. Der Täter ist ein hohes Risiko eingegangen. Warum? Emotionaler

Konflikt? Sexualmord- und Straftat mit symbolischen Handlungen? Wo hat der Täter mit den Mädchen Kontakt aufgenommen? Mann mit Bart in der Lüttjen Krabbe? Oder im Dwarslooper? K.-o.- Tropfen – also einer, der schnell zu seinem Ziel kommen will. Der feige ist. Sind sie zu dritt, zu viert gelaufen oder geradelt? Bis zu Eleonores Haus sind es mit dem Rad von Dorfmitte aus circa zehn Minuten. Was hat der Täter getan oder hinterlassen, womit wir ihn identifizieren könnten?

zwei Handys verschwunden

zwei Rucksäcke verschwunden. (lt. Hausers waren beide bunt gemustert, mit stilisierten Blumen)

Turnschuhe weg, ebenso alle Schmink-Utensilien. Seife, Kämme etc.

„Haben Sie das erarbeitet?“, fragte Storm.

„Nein. Frau Bernstiel.“

Darüber hatte Storm vergessen, dass er Jakob mitgebracht, ihn aber noch nicht befragt hatte. Bis jetzt saß der Junge auf einem Stuhl am Fenster, hatte zugehört und sich weiterhin gewundert, warum er hier sein musste. Die allseitigen Bemerkungen zum Fall interessierten ihn nicht. Jetzt wurde ihm die Zeit zu lang. Er stand auf, wollte mitlesen und wurde sofort von Storm streng angewiesen sich wieder hinzusetzen und zu warten. Jakob guckte, als wollte er sagen, halt doch die Fresse, aber er sagte nichts, setzte sich und hatte neben Langeweile auch Hunger. Das Brot, das er auf die Schnelle runtergeschlungen hatte, reichte nicht.

***

Während der Auserwählte weiter dozierte, wurde die Tür aufgerissen, Dr. Silla und zwei Rettungssanitäter kamen mit einer fahrbaren Trage. Sie kümmerten sich nicht um die Unruhe, auch nicht um die Empörung, die jetzt ausbrach. Sie sprachen mit der Frau, die wieder zu sich gekommen war, aber völlig neben sich stehend, auf einem Stuhl hockte. Sie wurde aus dem Saal gebracht. In dem Moment kam Gerrit herein, und betrat die Bühne. „Sie sind doch Jörg Vossmer? Kriminalpolizei Langeoog. Beenden Sie bitte die Veranstaltung, ich benötige Sie als Zeugen."

„Ich bin der Auserwählte."

„Schon gut", besänftigte Gerrit. Carla kam hinzu. „Dürfen wir Ihren Ausweis sehen?"

Mit Verachtung im Blick, während unterhalb der Bühne die Gelbgewandeten ihn abschirmten und zu singen begannen, reichte er Blau das Dokument und blitzte Carla sehr, sehr böse an.

***

Jakob hatte zu warten. Storm dehnte die Minuten, bis er sich plötzlich umdrehte und zu dem Jungen sagte: „So, das Ganze noch einmal von vorn. Frau Köppe protokolliert."

Die ersten Fragen waren fast dieselben wie in der Jugendherberge.

„Ich habe Jördis noch nicht gesehen. Ilka auch nicht."

„Du weißt nicht, was passiert ist?", fragte Storm. „Ja – wo warst du denn in den letzten Tagen? Auf dem Mond?"

Jakob sackte in sich zusammen und wurde immer kleiner, als Kirsten übernahm und erklärte, was geschehen war.

Es schien, als hätte Jakob das nicht verstanden, er rieb immer und immer wieder über einen Flecken auf seiner Jeans.

Er blieb dabei, die Mädchen weder gesehen noch angerufen zu haben und nein, an dem Haus sei er nicht gewesen, er sei überall auf der Insel gewesen, nur eben da nicht.

Storm ging auf und ab. Kirsten musterte Jakob eingehend, sah dann den Staatsanwalt an, nickte ihm zu und hackte wie ein Adler den Satz hervor: „Und der Rucksack? Das ist nicht deiner. Kein Junge in deinem Alter hat so einen. Viel zu bunt. Mit Blumen! Das ist was für Mädchen."

„Also?", legte Storm nach.

Jakob schob sein Kinn vor. Es wirkte eher rührend als angriffsfreudig.

„Also?"

„Ich finde den aber schön. Kann ich jetzt gehen? Und das mit Ilka und Jördis, das stimmt doch nicht, Sie wollen mich bloß erschrecken, oder?"

„Warum sollten wir das tun?", fragte Kirsten sanft.

Storm griff nach dem Rucksack. Sofort legte Jakob seine Hand darauf.

„Lass los. Sag mir lieber, wo du am Dienstag, Mittwoch und am Donnerstag warst."

„Am Strand. Im Vogelschutzgebiet. Ich habe fotografiert."

„Mit welcher Kamera? Die wirst du ja dann bei dir haben. Zeig mal", bat Kirsten.

„Davon haben Sie doch keine Ahnung. Nicht anfassen!“ Jakob öffnete den Rucksack, steckte fast den Kopf hinein, kramte und zog einen weiteren, kleineren Rucksack hervor, daraus nahm er die Kamera. „Glauben Sie mir nun? Das ist eine brandneue Olympus SP 100 EE – Digital. Klasse Teil, nicht?“ Jakobs Blicke leuchteten, er hantierte kurz und zeigte Kirsten auf dem Display einige Aufnahmen. Vögel, Vögel, nichts als Vögel und Strand.

„Die ist für Tierfotografie super. Unschlagbar.“

„Und du kannst die dir leisten? Die ist doch nicht ganz billig“, hakte Storm nach und äugte neugierig.

„Deshalb haben meine Eltern sie mir geschenkt.“

„Darf ich sie ...“, fragte Kirsten.

„Nein.“ Vor Aufregung wurde Jakobs Stimme schrill und dünn.

Im Flur waren die Geräusche und Schritte von mehreren Personen zu hören. Carla kam herein.

„Was? Die neue Olympus? Darf ich mal?“

„Wir halten hier keine Hobbyknipsstunde ab“, murrte Storm, kam näher und Carla wandte den Kopf zur Seite, weil sie des Staatsanwalts Duftnote betäubend fand.

„Hauptkommissarin Bernstiel“, wandte sie sich an Jakob.

„Jakob knipst Vögel“, sagte Storm.

„Ich fotografiere, ich knipse nicht“, wandte Jakob ein.

„Dieser junge Mann ist mit Jördis und war mit Ilka befreundet“, erklärte der Staatsanwalt.

„Sind von ihnen Bilder drauf?“, fragte Carla.

Jakob schüttelte den Kopf.

„Dann darf ich mal sehen? Ich mach' dir nichts kaputt. Du kannst dich daneben stellen."

„Nein." Jakob blieb stur.

„Und wir machen jetzt ein hübsches Bild von diesem Rucksack", ordnete Storm an. Carla hielt ihr Handy auf das Objekt. „Ist nicht kunstvoll, hat kein Punktvisier wie deine Olympus, aber das reicht." Von Kirstens PC aus schickte sie eine Mail mit Anfrage samt Bild an Familie Hauser.

„Punktvisier?", fragte Jakob. „Kennen Sie sich aus?"

„Theoretisch. Ich habe nur ein Digital-Schätzchen. Nun lass mich deine Aufnahmen eben durchscrollen." Carla nahm ihm die Kamera aus der Hand. Sah unzählige Fotos von Vögeln. Dann kamen Bilder vom Dorf, von Eleonores Haus, rundum. Ein Mädchen lachte in die Kamera.

„Jördis?"

„Ist das verboten? Ich gehe jetzt." Jakob erhob sich.

„Setze dich!", hielt Carla ihn zurück. „Die erste große romantische Liebe? Mein Gott, nun zappel doch nicht so rum. Und dann wollte Jördis nicht? Und Ilka hat womöglich gelacht, Witze darüber gemacht? So etwas passiert." Carla stellte sich dicht vor den Jungen. „Du hast die Wut gekriegt, so richtig grausame rotglühende Wut?"

„Was labern Sie fürn Scheiß? Wo haben Sie denn so was aufgeschnappt?" Jakob verdrehte die Augen, verstaute die Kamera, drehte den Kopf zur Seite, blickte durch den unteren Abschnitt des Fensters auf die Straße. Dann sprang er hoch, eine Hand fest um den Trageriemen geschlungen. Carla drückte ihn auf den Stuhl. Jakob trat nach ihr.

„Das unterlasse besser. Warum regst du dich auf? Du bist verliebt, na und, das ist schon anderen passiert."

Carla holte aus der Küche ein Glas Saft und reichte es ihm. „Bisschen Zucker stärkt die Nerven. Du hast doch keinen Grund, diese zu verlieren? In welche von beiden warst du verliebt?"

„Verliebt, verliebt, verliebt. Davon haben Sie doch keine Ahnung, Sie Scheintote!"

„Dann erklären es mir, damit ich Ahnung bekomme."

„Jördis", flüsterte Jakob.

Von draußen tönte Gelächter herein.

„Was ist mit meinem Rucksack? Warum haben Sie den fotografiert? Dürfen Sie das überhaupt?"

„Gegenfrage: Liest du gern?", fragte Carla.

Jakob nickte.

„Was?", fragte Storm hochinteressiert.

Romane. Manchmal schreibe ich auch Gedichte."

Auf Kirstens Desktop machte es pling. Ein neuer Maileingang. Sofort war Carla bei ihr, bedeutete der Kollegin, die Mail zu checken. Sie kam postwendend von Henning Hauser. Carla winkte den Staatsanwalt herbei. Die drei lasen Hausers Antwort. „Gut, sehr gut", bedeutete ihr Storm und zog endlich seine Wachsjacke aus.

„Die riecht so." Carla verzog das Gesicht.

„Ist was Besonderes", sagte er mit Stolz in der Stimme.

Kirsten unterdrückte ein feixen. So etwas hatte sie schon vor zwanzig Jahren getragen, er tat, als sei das Teil eine neue Erfindung.

Jakob blickte ins Leere. „Ilka ist nicht tot", flüsterte er, „und Jördis ist bei ihrer Oma."

„Woher hast du den Rucksack?"

„Ist meiner."

„So. Hier unterschreibst du das Protokoll. Dann behalten wir dich bis morgen früh hier. In der Zwischenzeit kannst du dir überlegen, woher du den Rucksack hast. Es ist nicht deiner", sagte Storm. „Du musst ihn jetzt abgeben, er wird gleich eingeschlossen."

„Eingeschlossen? Sie dürfen mich nicht hier behalten. Ich habe nichts gemacht. Ich wusste doch bis eben nichts von dem Unglück. Jördis!" Seine Augen wurden feucht.

„Du schreibst also Gedichte. Dann hast Du auch Jördis welche geschrieben?" Carla wippte mit den Füßen.

„Nie im Leben. Die hätte sich schlappgelacht, hätte mit der arroganten Ilka so einen Zirkus gemacht, das wäre durch die ganze Schule gegangen, die hätten das auf Facebook eingestellt, Mann – Sie haben doch von nix eine Ahnung, wie das ist, wenn man kaum eine Chance hat. Der Nils, der hatte alle am Finger."

Storm fragte: „Pizza?"

Jakob nickte erleichtert.

Kirsten stand auf, ging raus und kaum mit einem Packen Wäsche zurück. „Handtuch. Seife. Schlafanzug. Du bleibst über Nacht in unserer Arrestzelle. Morgen früh weißt du mehr und wir auch. Gib mir deinen Gürtel und die Schnürsenkel aus deinen Turnschuhen. Ist Vorschrift. Den Rucksack gibst du mir auch. Wenn du stur bleibst, denk' daran, wir haben auch Handschellen!"

„Und ja, wir dürfen das alles. Es besteht sozusagen ein Anfangsverdacht." Und dann belehrte Staatsanwalt Dr. Storm den Jungen weiter.

***

„Ich muss dringend ins Vernehmungszimmer“, sagte Carla und ging hinaus. In diesem Augenblick hatte sie keine Lust mehr auf diesen Auserwählten, der hinter der Tür bei Gerrit Blau saß. Sie dachte nach. Dieser Jakob – passte das nicht alles zu gut? Oder hatten sie ihn? Er stand ziemlich alleine da. Sie mussten seine Eltern benachrichtigen.

„Verrückt, hat der tatsächlich Jördis’ Rucksack! Hauser hat ein Foto mit Jördis’ Rucksack geschickt. Ist Jakob unser Mann?“, fragte sie.

„Ich weiß nicht. So ein Jüngelchen ... Bringen Sie ihm die Pizza runter? In der Arrestzelle wird er wohl zur Vernunft kommen. So eine Nacht macht schnell kirre. Tut mir leid, aber jetzt muss ich dringend los, bin spät dran, Sie wissen, das Essen mit Piel.“ Storm zwirbelte an seinem karierten Schal, der für das Wetter und für die Temperatur im Büro viel zu warm war.

18

„Jakob hat Jördis' Rucksack? Verstehe ich nicht", sagte Mira Hauser, die im Krankenhaus geblieben war. „Was ist mit den Jungs?"

„Ich weiß es doch auch nicht", seufzte Henning. Er war dabei, nach Bremen zurückzufahren.

„Vielleicht wissen wir heute Abend mehr. Rufst du auf Langeoog an?"

„Die melden sich, wenn sie mehr wissen."

„Ich will nicht die nächsten Stunden mit Warten verbringen. Das ist doch nicht zum Aushalten. Die erzählen uns doch auch nicht alles. Ich rufe da jetzt an."

Ehe sich Henning versah, hatte Mira schon die Nummer getippt. Sie erfuhr von Kirsten, dass Jakob in einer Arrestzelle übernachte und sie ihn am kommenden Morgen freilassen müssten. Aber dann würden sie wissen, wie er an den Rucksack Ihrer Tochter gekommen war. Sie würden sich dann melden.

„Was haben Sie bei Paulsen und Vossmer erreicht? Was ist mit Nils?", fragte sie noch. Aber da hatte Kirsten schon aufgelegt.

***

„Guten Abend Frau Rothermund, hier ist Mira ..."

„Ich kenne Ihre Stimme doch inzwischen."

Mira fiel nichts anderes ein, als zu fragen, wie es ihr gehe. Dabei hatte sie so viel tröstende Worte in sich und doch blieb es bei dieser Floskel.

Danach trat Stille ein und die konnte sie nicht ertragen. Sie erzählte von Jördis, dass sie noch nicht aus dem Koma erwacht sei, berichtete das, was sie von

Kommissarin Köppe wusste und eigentlich hätte sie das nicht tun sollen, das spürte sie sofort.

„Wäre unsere Ilka nicht mitgefahren, würde sie noch leben, würde sie hier sitzen, bei mir, bei ihrem Vater … Jetzt ist sie nur noch ein lebloser Körper im Bestattungsinstitut. Wussten Sie, dass nach einer Obduktion die Organe in Tüten verpackt und dem Toten beigelegt werden? Dann zugenäht und ab zum Bestatter? Alles raus und letztendlich war es Herzversagen? Herzversagen durch Schock? Denn unsere Ilka hatte keinen Ruß in der Lunge gehabt. Mein Mann und ich haben uns noch mal mit dem Rechtsmediziner und der Kommissarin Bernstiel unterhalten. Es befand sich kein Kohlenmonoxyd in ihrem Blut – also war sie schon tot, bevor das Feuer ausbrach. Vielleicht übersteht es Jördis ja, sie hat ja Kohlenmonoxyd in der Lunge."

„Wieso, woher wissen Sie das?"

„Mein Gott Frau Hauser, wir haben versucht, unseren Schmerz zurückzudrängen und haben uns informiert. Hat man Ihnen davon nichts gesagt – wo Sie doch die ganze Zeit im Krankenhaus sind? Oder Ihrem Mann? Vielleicht haben Sie das in der Aufregung auch überhört. Ich habe so viel vergessen, was man uns alles gesagt hat. Wahrscheinlich war es gar nicht viel, aber mir kommt es so vor, als stecke mein Kopf voll mit Andeutungen, die ich nicht kapiere oder kapieren will. Und deshalb: Was interessieren mich die Schulfreunde, nur weil einer Jördis' Rucksack hat, was heißt das schon? Wurde auch Ilkas Rucksack gefunden? Ihr Handy? Ihre Turnschuhe? Wo sind Ilkas Sachen? Egal, wer der Täter ist – Ilka ist tot. Sie hat niemanden etwas getan. War einfach nur ein fröhliches, selbstbewusstes

Mädchen und nicht so gaga wie manche anderen in ihrem Alter. Ich habe die Schulleitung noch nicht informiert. Sie?"

„Daran haben wir noch gar nicht gedacht."

„In der Klasse ist doch vor den Ferien nichts Besonderes vorgefallen, oder?", fragte Frau Rothermund.

„Glauben Sie, das wird uns Müttern erzählt?"

„Ilka hat immer alles erzählt. Immer."

Glauben Sie das?, wollte Mira fragen und ließ es dann aber doch sein. Ihr fiel auf einmal jener Mann ein, der vor der Abreise so auffällig an ihrem Haus gestanden hatte. Zufall? Oder jemand, der ausspionieren wollte? Aber was? Jördis ist doch nur ein harmloser Teenager.

„War Ilka nicht mit dem Nils Rethage zusammen?"

„Meine Tochter hatte viele Freunde, aber sie war mit niemandem zusammen. Nils wechselte doch die Mädchen jede Woche. Und das hat Ilka nicht mitgemacht. Sie hat mit mir darüber gesprochen. Ilka hatte ihren Sport, ihre Freundinnen, eben auch Freunde – aber Sie, Frau Hauser, Sie haben mein Mädchen noch ermuntert, mit nach Langeoog zu fahren, haben von der Kabache Ihrer Mutter geschwärmt, von der Insel – als ob Sie Provision dafür bekämen."

Mira begann zu weinen.

„Es ist so unwirklich, alles, ich stehe vor einer Wand und kann nicht weiter. Ich kann noch nicht einmal Ilkas Zimmer betreten. Und dann die Polizei. Die werden wohl auch wieder anrufen. Die Beerdigung. Beerdigung, wissen Sie, wie das für Eltern klingt? Nie wieder, heißt das, nie wieder. Nie wieder ein Wort von Ilka." Frau Rothermund schluchzte laut.

Die Mütter hielten fest die Hörer ihrer Telefone in den Händen und konnten sich nur über ihre Tränen Trost geben. Wenn es denn überhaupt welchen gab.

***

Vossmer sah sich zunächst im Vernehmungszimmer um, beschwerte sich dann über die Unterbrechung seines Vortrags und beruhigte sich erst, als ihm Kommissar Blau sehr sachlich den Grund dafür erklärte. Er sollte seine Aussage zu Jördis machen, wie er sie innerhalb der Familie Paulsen wahrgenommen hatte und zu Ilka, die auch bei Paulsens aufgetaucht war. Gerrit klärte ihn über seine Zeugnis- und Auskunftsverweigerungsrechte auf und belehrte ihn über die Folgen einer wahrheitswidrigen Aussage. Wobei er hier über das Ziel hinausschoss, denn das wurde üblicherweise nur bei einer richterlichen Vernehmung angewandt, aber er dachte, sie hatten hier keinen Richter, also bekam Vossmer das ganze Paket von ihm um die Ohren gehauen. Er nahm die Personalien auf und zuckte noch nicht einmal bei der Frage nach dem Beruf zusammen, als Vossmer, mit Vornamen Jörg, ‚Auserwählter' angab.

Inzwischen wirkte Vossmer gelassen, hatte ein mildes, vergebendes Lächeln aufgesetzt, begann plötzlich mit einer Beurteilung von Jördis, von Herbert Paulsen, von Frau Paulsen – und Gerrit wies ihn darauf hin, dass dies nicht zu den Aufgaben eines Zeugen gehörte.

Erleichtert nahm Gerrit Carlas Hereinkommen wahr, die zuhörte, mitschrieb, obwohl das Diktaphon lief. Der das offizielle Procedere im Augenblick egal war, die

Vossmer ebenfalls befragte, und sich nach möglichen amourösen Ausbrechern erkundigte.

Vossmer antwortete mit selbstgerechter Miene: „Ich bin ein verheirateter Mann!"

„Eben", konstatierte Carla. „Verheiratete sind verführbar. Sie sind ein gut aussehender Mann, haben eine große Ausstrahlung – wie viele Anhängerinnen hat denn Ihre Gemeinschaft? Ist es da nicht vielleicht schwer, nein zu sagen, wenn Ihnen Frauen näherkommen wollen? Oder wenn Sie ihnen nah sein wollen? Natürlich alles im Sinne ihrer Heilung."

Vossmer machte mit der Hand eine weiträumige Bewegung. „Ja, manchmal ist es schwer, all dem zu entsagen."

Carla unterdrückte ein Lachen, sie wagte nicht, jetzt ihren Kollegen anzuschauen, denn der würde auch in sich hineinlachen. Das wusste sie.

Schon sprach Vossmer weiter. „Sie blicken zu sehr auf das Äußere, das ist töricht, wie können Sie mit so einer Denkart einen Fall lösen? Darum geht es doch? Meine Frau und ich haben von dem schrecklichen Unglück gehört. Sicher ist jenes Haus nie von der Last verstorbener Bewohner gereinigt worden, sicher ist es ein Gebäude mit negativer Energie – sie sehen ja, was dann passiert!" Vossmer wurde heftig und sprang auf. „Ich bin der Führer der Auserwählten und es wundert mich sehr, dass die Familie Paulsen Kritik an mir geübt hat. Wo ich doch in vielen Sitzungen ... ach, lassen wir das. So ungläubige Polizisten wie Sie beide es sind, die verstehen nichts. Sie haben nur Ihre Gesetze ... Und Sie, Frau Bernstiel, gerade Sie, sind besetzt von dunkler

Energie. Was wollen Sie eigentlich von mir?", beendete er seinen Monolog.

„Wir möchten, dass Sie uns zur Verfügung stehen und Sie dürfen die Insel in den nächsten Tagen nicht verlassen", klärte ihn Carla auf. „Morgen um zehn kommen Sie bitte her, um das Protokoll zu unterschreiben. Möglich, dass sich bis dahin noch einige Fragen ergeben haben. Für heute können Sie gehen. Schönen Abend noch."

***

Das Gespräch mit Frau Paulsen über Skype wurde kurz. Sie bestätigte die Aussage ihres Mannes, fand Carla reichlich dreist, diesen nach Bensersiel kommen zu lassen und meinte zum Schluss: „Mein Mann scharwenzelte um diese Ilka herum, naja, bei jungen, hübschen Mädchen kriegen Männer ja leicht einen Drall."

Inzwischen erkundigte sich Gerrit bei den Bremer Kollegen nach dem Schüler Nils Rethage. Der diensthabende Polizist hatte wohl keine gute Laune, er schimpfte: „Mann, ich gehöre zur Abendschicht, rufen Sie Montag wieder an. Wir haben hier grad eine Schlägerei."

19

Sie sah sich in einem kreisenden Strudel, der wie zähes Wasser wirkte, dann entstand ein Schaukeln und Schweben, das sie durch dichte Wolken schubste. Sie sah die Sonne, wie sie sie nie zuvor gesehen hatte, sah das Meer, das eine Linie vom Himmel trennte. Und als die Sonne mit ihr eintauchte, schien es Nacht zu werden. Der Mond weinte und die Gesänge der Vögel erstarben. Sie wollte rufen, flehen, sie sah das Weiterziehen des Morgens und Abends und wusste, dass niemand sie hören konnte. Etwas tief in ihr sagte das. Dieses Etwas sagte auch, schrei nicht, es nützt dir wenig. Streng dich an, selbst herauszukommen.

Soll ich schwimmen?

Alles ist möglich.

Nein.

Das Etwas drängte.

Sie nahm all ihre Kraft, all ihren Mut zusammen und stürzte sich in die Wellen. Sie waren zäh, dickflüssig und so dicht wie Watte. Schwimmen. Durch Wattenebel.

Sie ließ sich treiben.

Da kam er. Sah aus wie ein Abrakadabra-Mond, sprühte Sterne und Worte und als sie rief, „komm“, wurde er eine flimmernde Sonne und lachte.

Sie lachte auch und ihr Lachen glitt wie Myriaden Wassertropfen durch sie.

Er hielt ein Buch in der Hand und zeigte auf etwas. Sie strengte sich an die Stelle zu lesen, aber er klappte das Buch zu und stieg in ein Boot.

„Komm her, steig ein." Er sagte auch: „Von mir wirst du geliebt, Mädchen der ... Was? Sie wollte für ihn auf dem Ozean tanzen und dann spuckte sie Watte. Er rief etwas.

Erdbeermund? Wattemund?

Und als sie noch glaubte, auf dem Wasser zu tanzen, während die Wellen den Atem anhielten, stürzte sie ins Unendliche.

Jemand machte Licht an.

***

Die Hirnstromwellen auf dem Enzephalogramm veränderten sich, ebenso wie die Kurven auf dem Dauer-EKG. Schwester Bettina sah dies auf den Monitoren in der Zentrale der Intensivstation. Als sie ans Bett der Patientin trat, blickte diese sie an.

Schwester Bettina hörte ein heiseres Flüstern. „Nehmt die Watte weg. Ilka, was stinkt das hier, wir müssen raus ..."

„Sie kommt zu sich", sagte die Schwester zu dem Arzt, den sie herbeigerufen hatte. Der schwieg und sah die Patientin nur an, für die das ein argwöhnischer Blick zu sein schien. „Ich kann nicht so lange schwimmen", sagte sie. „Hier riecht es nach Lakritz."

Sie wurde nach ihrem Namen gefragt, nach allem Möglichen, was ein Patient gefragt wird, wenn er nach mehrtägigem Koma wieder erwacht.

Ihr wurde der Schweiß abgewischt. „Willkommen zurück, Jördis Hauser. Ihre Mutter wartet auf Sie."

***

In der Nacht war Carla entgegen der Planung, auf der Wache zu übernachten, doch nach Hause gefahren. Sie kam am frühen Morgen, um Gerrit ins eigene Bett zu schicken, der verknittert von dem Küchensofa aufstand.

„Kirsten kommt um zehn. Wo Storm abgeblieben ist, weiß ich nicht. Unseren Arrestgast versorge ich, ich habe auch seine Eltern informiert. Die kommen gegen Mittag. Aber er soll sich genauso wie dieser Heilige zu unserer Verfügung halten. Eigentlich sollten wir eine vorläufige Festnahme veranlassen, aber besser ist es, erst mit Storm zu sprechen, dann den Richter zu benachrichtigen und so weiter."

Gerrit bemerkte bevor er ging, noch: „Wahrscheinlich brauchen wir zwei Haftbefehle. Achtundvierzig Stunden festsetzen, dann rüber nach Aurich. So ungefähr. Wir könnten sie auch ins Wasser werfen. Dann reden die auch."

„Meinetwegen. Dann haben wir nicht so viel Papierkram."

Es war 6.45 Uhr. Carla hatte den PC schon laufen. Der Bildschirmschoner schaltete sich ein und rote Pistolen schwammen wie Fische hin und her. Sie entschied sich, zuerst dem Arrestanten Jakob das Frühstück zu machen. Eigentlich hätte sie schon früher nach dem Jungen schauen müssen, denn normalerweise begann die Lebendkontrolle um 6.15 Uhr. Erleichtert beobachtete sie, wie Jakob das Tablett mit Brot, Käse und Marmelade samt Kaffee entgegennahm.

„Ich trinke keinen Kaffee", murrte er. Carla überhörte das.

„Wenn du fertig bist, kommst du zu mir ins Büro. Wir müssen uns unterhalten."

Jetzt erst entdeckte sie eine Mitteilung vom Staatsanwalt, dass er inzwischen mit dem Richter gesprochen habe, der den Beschluss, Jakob für eine Nacht festzusetzen, gleich hinterhergeschickt hatte.

Feiner Regen stippte seit einer halben Stunde gegen die Fenster. Die Grautöne gefielen Carla, sie hatten so etwas Ruhiges an sich.

Sie blickte wieder auf den Monitor, bewegte die Maus, die Pistolen verschwanden, das Logo der Polizei Niedersachsen tanzte vor ihr und Carla las die Auswertung über das zuletzt eingereichte Fundstück. „Rinde, Birke. Abgelagertes Holz. Blutspuren von zwei Personen mit den Blutgruppen 0- und AB+.

Der Abgleich war schon erledigt, was Carla erfreut zur Kenntnis nahm. Keine oder keiner der Blutverursacher befand sich in der Datenbank von INPOL-neu.

Sie nahm sich erneut den Obduktionsbericht von Ilka vor. *Stumpfe Hiebe, Riss- und Quetschwunden, Schürfungssäume. Keine typischen Deckungsverletzungen wie Hiebe auf Armen und/oder Beinen.* Sie wusste durch die Ärzte in Sanderbusch, dass dies auch für Jördis galt.

Holz. Der Gedanke an Holz setzte sich fest. Mit Holz kann man verletzen, kann man auch töten. Ein Möbelstück? Ein Besen? Straßenbesen, jene, die noch auf dem Markt in Bensersiel angeboten werden? Solch einen hatte doch Clemens. Sie meinte sich zu erinnern, dass an diesen auch hie und da noch Rinde hing.

„Guten Morgen herzliebster Clemens, ich muss unbedingt etwas wissen."

„Waas? Es ist noch Nacht und Sonntag!"

„Ich brauche deine Hilfe, komm schon."

„Was denn?", gähnte er knackend in den Hörer.

„Du hast doch so einen ollen Reisigbesen. Guck mal, ob du am Stiel ein Stückchen Baumrinde findest. Die sind ja eher etwas grob gearbeitet. Bitte!"

Nach einem längeren Moment gab er ihr Auskunft: „Astlöcher hat das Dingn, auch ein bisschen Rinde, könnte mit gutem Willen so etwas sein."

„Sei nicht böse, aber damit hast du mir sehr geholfen. Schlaf' weiter und träume außerordentlich nett von mir!"

So schien es passiert zu sein: Die Mädchen waren mit K.-o.-Tropfen zugedröhnt gewesen, sodass sie die Absicht des Täters nicht erahnen konnten.

Jakob kam mit dem Tablett.

„Setze dich." Carla nahm ihm das Tablett ab. Sie sah, dass Jakob Hunger gehabt hatte.

„Kommen wir zur noch ungeklärten Antwort: Woher hast du den Rucksack? Es ist besser, ich weiß es sofort. Sonst machst du dich verdächtig. Deshalb muss ich die Frage stellen." Carla streckte die Hand zu ihrer Tasse mit Kaffee aus.

Jakob wirkte kraftlos. „Woran ist Ilka gestorben?"

„Wie darf ich dein Interesse an Ilka deuten?"

Jakob überlegte. Nach einer Pause sagte er, dass sie doch seine Klassenkameradin gewesen sei.

„Hast du gut geschlafen?", fragte Carla und beobachtete ihr Gegenüber.

Jakob hatte die Schultern nach vorne gezogen, sein Blick glitt über die Schreibtischplatte, dann erst sah er kurz Carla an sagte aber nichts.

„Wir wissen und du weißt, dass der Rucksack dir nicht gehört, sondern Jördis Hauser. Hast du ihn mitgenommen, als du aus dem Haus von Frau Bracht gingst?“

„Äh.“ Jakobs Kopf flog hoch. „Da war ich doch noch nie drin.“

„Zerrt ganz schön an den Nerven, wenn man in zwei so hübsche Mädchen verknallt ist, nicht wahr? Man kann nicht mehr schlafen, stellt sich dieses und jenes vor – und dann wollen sie nichts von einem ...“

Jakob setzte sich gerade hin und straffte die Schultern.

„So eindeutige Tatspuren verraten einen immer. Auch die winzigste. Soll ich sie dir zeigen?“ Carla tat so, als wollte sie den Bildschirm umdrehen, um Jakob die Holzanalyse zu zeigen. Jetzt musste sie provozieren und Stress erzeugen. Anders würde sie nicht weiterkommen.

Jakob hustete, hielt die Hand vor den Mund und sagte dann: „Ich war nicht in beide verliebt. Ilka war eine Nummer zu groß für mich. Aber ich mochte sie, wir haben uns alle ja oft gesehen.“

„Und dann träumt man nur noch davon, sie zu berühren, sie ins Bett zu kriegen und dann will man das auch. Nicht wahr?“

Jakob stieg Röte ins Gesicht. „Ich ... ich hab noch nie ... äh, mit einem Mädchen ...“

„Kennst du Paul Zech?“, fragte Carla mit unbewegter Miene.

„Wer soll das sein?“
„Überleg’ mal.“
„Können Sie mir einen Hinweis geben?“
„Du schreibst doch Gedichte. Na?“
„Verstehe ich nicht.“
„Deutschstunde. Literaturkurs?“
Jakob guckte irritiert. Er rutschte auf dem Stuhl hin und her.
„Gedicht!“, schrie Carla.
„Wie – Gedicht ...? Meinen Sie, dass ich im Unterricht meine Verse vortrage, damit die ganze Schule grölt? Nee, so doof bin ich nun auch wieder nicht. Zech .... Wie, Sie meinen *den* Zech? Sie? Den Schriftsteller – der mit seinen Stadtgedichten und der Fabrikstraße? Nein – kommen Sie nicht damit, den haben wir wochenlang interpretieren müssen. Der kam noch mal in den Unterricht – und wollen Sie wissen warum? Weil Jördis, ausgerechnet Jördis, an dem einen romantischen Narren gefressen hatte. Überhaupt, plötzlich interessierte sie sich für Literaten, die längst tot sind, irgendwie passt das nicht zu ihr und dann kam sie mit dem Zech. Sagte, als wir sie damit aufzogen, jemand hätte ihr Gedichtbände geschenkt und da wären auch Zech-Texte drin gewesen. Und wir müssten zur Begeisterung unseres Blatter, Uralt-Deutschlehrer, die Dinger lesen ...“
„Danke, das ist sehr erhellend, Jakob. Geht doch. Plötzlich kannst du reden. Freut mich. Möchtest du etwas trinken?“
„Tee oder besser Saft, O-Saft.“
Carla kam mit einem Tetrapack Saft, einer Flasche Wasser und einem Glas und stellte Jakob alles hin.

„Bediene dich. Wir nehmen vom Rucksack deine Fingerabdrücke, es werden genügend vorhanden sein. Wo hast du ihn gefunden?"

„Im Wäldchen."

„Und was hast du noch gefunden?"

„Nichts."

„Wer einmal lügt ... keinen zweiten Rucksack, keine Handys? Wo hast du die versteckt?"

„Nein. Wirklich nicht." Jakobs Miene war ängstlich.

„Gut. Bevor wir jetzt zusammen ins Wäldchen radeln, hole ich unser hübsches Speichelproben-Set. Du worst ja sicher nichts dagegen haben, wir benötigen deine DNA."

„Nein." Jakob zuckte zurück. „Zeigen Sie mir erst den richterlichen Beschluss."

„Du bist ja niedlich. Richterlichen Beschluss? Das überlasse mir mal. Also, du willst nicht?"

„Nein." Jakob presste die Lippen zusammen.

„Gut, Augenblick. Es geht auch anders."

Carla griff ihr Handy und ging in den Flur, so konnte sie auch eine Flucht des Jungen verhindern. Sie erreichte Dr. Silla und bat ihn, bei Jakob eine Blutprobe zu entnehmen.

„Mit dessen Nein halten wir uns gar nicht lange auf, wir haben heute verdammt viel zu tun."

Der Inselarzt kam schnell und hier wehrte sich Jakob nicht, hielt ihm ergeben seinen Arm hin. Vielleicht dachte er, dass nur eine Speichelprobe seine DNA entschlüsseln würde.

„Übrigens, da hängt was an eurer Haustür", erwähnte Silla beim Hinausgehen.

„Das musste ja kommen“, sagte Carla, befreite das Blatt von Klebestreifen und las:

Die Menschen aber staunen mit entrückten
Gesichtern in der Sterne Silberschwall
und sind wie Früchte reif und süß zum Fall

„... reif und süß zum Fall“, murmelte sie. Die letzte Zeile – die ist es. Carla war sich sicher. Ein Lyrik-Täter? Verrückt.

***

Auf der Nachbarinsel Spiekeroog lag die Langeoog II von einer frühen Sondertour nach den Seehundsbänken im Hafen. Das Schiff wurde gereinigt und wie immer auch nachgeschaut, ob die Touristen ihre Sachen mitgenommen hatten. Olaf Hauke, der dafür zuständig war, säuberte, reinigte die Toiletten, sammelte Brotreste, Papiere, ein Gebiss ein, fand in einer Ecke einen Rucksack, öffnete ihn und fand darin zwei Paar Turnschuhe, Lippenstifte, Make up. Er sammelte weiter ein und schob die Sachen zusammen, um sie in Bensersiel im Fundbüro abzugeben.

***

Er stand im Wald, im Schatten, und wusste, dass man ihn nicht sehen konnte. Und wenn, würde er weitergehen. Alles war so einfach. Und die Leute so dumm. Vor ihm lagen umgefallene Bäume, Opfer des letzten Herbststurms. Er erinnerte sich, im November war es gewesen, die Bäume waren einfach umgefallen. Nur aufgespülter Muschelsand und eine dünne

Bitumenschicht gaben eben keinen Halt wie eine Liebe, die daher geweht kam. Die musste man fallen lassen. Er grinste. Ihm gefielen solche Gedanken.

Er beobachtete Kommissarin Bernstiel und einen Jungen, lehnte sich gegen einen Baumstamm, während er sah, dass die beiden unter den Wurzeln nach etwas suchten.

Ihr werdet nichts finden, lachte er in sich hinein, da ist nichts, nichts, nur Erde und Sand. Sand verweht Spuren und Dinge, sucht nur.

Als Carla mit Jakob zurück auf der Wache war, gab sie ihm ein paar Stunden frei. „Um halb drei bist du wieder hier, dann kommen deine Eltern."

Das Gespräch mit ihm hatte ihr wichtige Hinweise geliefert und sie wusste, worauf es gleich ankommen würde.

Kirsten Köppe war eher als verabredet eingetroffen. Nachdem Jakob das Gebäude verlassen hatte, lasen beide die letzte Strophe. „Will uns der Täter sagen, dass es vorbei ist? Lesen Sie die unterste Zeile, lassen Sie die auf sich wirken und sagen mir dann, was Sie dabei denken", bat Carla.

„... und sind wie Früchte reif und süß zum Fall ... Meiner Ansicht nach bezieht sie sich der Text auf die Mädchen. Da will uns jemand drauf hinweisen und die Person will unbedingt Aufmerksamkeit.", sagte Kirsten

„Meine ich auch. Das ist ja wohl ein perfider Hinweis", bestätigte Carla. „Inzwischen bin ich nicht mehr so richtig von einer Täterschaft dieses Jakob Murr überzeugt. Hören Sie sich bitte die Aufzeichnung der Vernehmung an." Carla ließ das Band laufen. Kirsten hörte mit geschlossenen Augen zu. „Sie haben ihn ganz schön in die Ecke gedrängt. Respekt."

„Nur mit Händchenhalten kommen wir nicht weiter. Und, was ist Ihre Meinung?"

„Hm. Könnte es trotzdem einer der Stillen sein, die ihre Emotionen so lange zurückhalten, bis der Deckel abfliegt und die Person explodiert?", erwiderte Kirsten nachdenklich.

„Das ist möglich. Hören wir uns gleich diesen Auserwählten an. Und seine Frau, die Heide Wagner."

Carla blickte überrascht hoch. „Wie haben Sie das denn in der kurzen Zeit hingekriegt?"

„Das ist eine gute Tat von Gerrit gewesen. Denen schieben wir auch unsere Wattestäbchen zwischen die Kiemen."

„Ganz schön aggressiv heute, Frau Kollegin. Haben wir schon ein richterliches Papierchen?", fragte Kirsten.

„Macht alles Storm. Rufen Sie ihn bitte an. Ganz nett wach machen, Sie können so etwas. Es ist Sonntag, deshalb hoffe ich, dass er entspannt in seinem Hotel oder wo auch immer und der in Frage kommende Richter greifbar ist." Carla grinste. „DNA von Vossmer, Wagner und Jakob. Diese mit den Blutspuren an diesem Stück Rinde abgleichen lassen."

„Werden wir aber nicht sofort haben. Gerrit soll kommen, wir brauchen jetzt jeden", entschied Kirsten. „Was ist mit Nils Rethage?"

„Der hat ein Alibi. Bekam ich mit den Frühnachrichten per Mail aus Bremen. Und der Vossmer ist ein Machtmensch ...", dachte Carla laut nach.

„Diese sektenähnlichen Gruppen sind gefährlich“, sagte Kirsten. „Und Vossmer ist der Obererwählte? Ob der wirklich daran glaubt, was er so von sich gibt?“

„Der macht auf Wunderheiler. Natürlich interessieren sich Menschen dafür, gerade solche, die gern die Verantwortung für ihr Leben in solch berufene Händchen abgeben wollen. Die Sektierer gehen in die Schulen, ja, die fangen noch früher an – Kindertagesstätten ... Solche Menschen wie Vossmer und Wagner rekrutieren früh. Und zu ihrem Vergnügen schnappen sie sich mit hehren Worten junge Mädchen, die derartige Typen noch nicht durchschauen.“

„Mit hehren Worten meinen Sie auch mit Gedichten?“, fragte Kirsten.

„Ja. Obwohl ich Ihnen jetzt kein konkretes Beispiel liefern kann. Aber alles ist immer ein erstes Mal.“

„Denen geht's aber auch sehr ums Geld ...“

Carla nickte.

Als Storm kam, wurde er sofort informiert und war bereit, auch heute die Kollegen zu unterstützen. „Ich bleibe bis morgen, ich sehe ja, dass Sie meine Hilfe brauchen.“ Er kümmerte sich um jenen notwendigen Beschluss.

„Ich mach' das auch ohne“, erklärte Carla.

„Und nachher gibt es Ärger. Auch in der Presse, wenn so was durchsickert. Übrigens, bis heute ist kein Artikel und kein Foto mit einer nackten Frau Köppe erschienen ...“ Er lachte leise. Inzwischen kannte er die Geschichte mit der duschenden, nackten Kirsten.

„Heute ist Sonntag“, erklärte Kirsten. „Da gibt's keine Zeitung.“

„Das Gedicht. Wer hatte einen Grund, es bis heute zu verteilen?“, überlegte Storm. „Ein ganz junger Mensch kann das nicht gewesen sein ...“

„Warum nicht?“, fragte Kirsten.

„Passt nicht. Zech starb sechsundvierzig, er ist nicht allgemein bekannt, wird vielleicht im Deutschunterricht behandelt, aber dann haben die Schüler auch die Nase voll davon und gehen nicht noch in den Ferien damit hausieren. Es könnte jemand sein, der schon älter ist. Auf jeden Fall über vierzig, besser über fünfzig ...“, erklärte Storm.

„Stopp“, wandte Carla ein. „Finde ich nicht überzeugend – nach meinem Gespräch mit Jakob. Ich hab’ mir ein paar Gedanken zu dem Gedicht gemacht.“ Sie zögerte. „Was ich finde: In dem Gedicht kann man Dinge sehen, die am Tag untergehen, kühlen Wind, Licht durch die Häuser scheint, Sterne leuchten und so weiter – hat meiner Meinung noch nichts mit dem Fall zu tun – aber dann: Schattengestalten hinter Sträuchern – reif und süß zum Fall – sind die Mädchen damit gemeint? Nächtliche Stimmung, Unterbewusstes, nächtliche Handlungen und Träume, die jemand fatal in die Realität umgesetzt hat.“

„Gott o Gott“, entfuhr es Storm. „Satteln Sie um. Als Dozentin bei der VHS.“

„Warten Sie mal, Herr Staatsanwalt“, wandte Kirsten ein. „Wenn wir uns ein paar Minuten darauf einlassen ... Was hat den Täter in der Tatnacht getrieben? K.-o.-Tropfen, um Jördis und Ilka gefügig zu machen. Nicht im herkömmlichen sexuellen Sinn, aber vielleicht in einem übertragbaren. Oder ganz schlicht, er musste sie loswerden, ins Haus bringen, den

Kümmerer spielen, vielleicht redete eins der Mädchen von Liebe, vielleicht erwähnten sie seine Frau und da ist er ausgerastet ..."

„Und zur Sicherheit legte er Feuer und wollte alles abfackeln. Nur das hat nicht geklappt", ergänzte Kirsten. „Das müsste ihn doch auf Weiteres bringen. Nicht, dass der vor Jördis' Krankenzimmer auf einen passenden Moment wartet."

Mitten in diese Überlegungen klingelte das Telefon. Storm nahm ab. „Aha. Aha. Wie schön, großartig. Sie schläft jetzt? Wir freuen uns alle riesig mit Ihnen, Herr Hauser. Nur wenn ich Sie um eins bitten dürfte: Behalten Sie die wunderbare gute Nachricht noch ein wenig für sich, dass die noch nicht an die Presse geht. Wir sind jetzt in der alles entscheidenden Phase und da würde die Bekanntgabe von Jördis' Erwachen kontraproduktiv sein."

„Sie ist wach? Und?", fragten Carla und Kirsten unisono.

„Ja! Sie scheint klar und ansprechbar zu sein. Sie ist sehr müde und schläft jetzt. Aber, wie der Vater sagt, geht es ihr den Umständen entsprechend richtig gut."

Ehe sie sich darüber freuen konnten, wurde an die Haustür geklopft.

„Guten Morgen, ich sollte mich hier einfinden", begann Vossmer mit einem milden Lächeln.

Neben ihm stand eine Frau. „Heide Wagner. Was wollen Sie von mir?" Sie wirkte aufgebracht.

„Mit Ihnen sprechen – Herr Staatsanwalt", wandte Carla sich betont förmlich an Storm, „würden Sie sich bitte mit Frau Wagner nebenan ausführlich unterhalten?"

Nach der Aufnahme der üblichen Formalitäten legte Carla Vossmer seine gestrige Aussage zum Unterschreiben vor.

„Kann ich jetzt gehen?"

„Nein. Wir fangen in aller Ruhe neu an. Tasse Kaffee?"

Gerrit Blau kam dazu. Erleichtert nahm Carla ihn zur Seite und dieser ging sofort in den Nebenraum.

„So viele Beamte am heiligen Sonntagmorgen?"

„Ja. Finden Sie, dass dieser Raum durch schlechte Energien verunreinigt ist?"

„Machen Sie sich lustig?"

„Haben Sie Jördis Hauser auch von schlechten Energien befreit?"

Carla stellte Fragen, die auf den ersten Blick banal wirkten. Sie bohrte. Sie wechselten sich ab. Dann übernahm Kirsten blitzschnell die verhaltensprovozierenden Fragen und Carla wurde die Nette. Nach zwei zähen, langen Stunden schrie Vossmer: „Ich bin der Auserwählte. Aber Jördis ist ein Mädchen der Sünde und Sündige können wir in unserer Gemeinschaft nicht dulden!"

„Aber ihr und Ilka konnten Sie K.-o.-Tropfen ins Getränk kippen? Sie waren das. Wir wissen es." Carla wusste es nicht, aber sie wollte ihn zum Reden bringen. „Ist das nicht eine Sünde?"

„Ich musste mich befreien. Sie verstehen das nicht."

„Dann erklären Sie es uns."

Vossmer begann mit dem Fuß zu wippen und blickte zur Tür, hinter der sich seine Frau befand.

„Die Beweislage ist erdrückend, Herr Vossmer", sagte Carla. „Frau Köppe, Sie haben doch sicher unseren Speichelprobentest schon vorbereitet?"

Kirsten stand hinter Carla. „Wir brauchen Ihre DNA-Probe."

„Geht das auch mit Zahnschmerzen?"

„Sicher. Machen Sie den Mund auf", sagte Kirsten und kam mit dem langen Wattestäbchen näher.

„Kann ich das selber machen? Sie strahlen eine unangenehme Energie aus und die möchte ich nicht an mich rankommen lassen." Vossmer zeigte ein leicht verzerrtes Lächeln.

„Bitte."

Er schob sich das Wattestäbchen in den Mund.

„Aufmachen", sagte Kirsten, „schön in den Wangen reiben ..." Sie sah etwas Weißes an Vossmers Lippen. „Mund weit öffnen, was haben Sie denn da?"

Vossmer begann zu husten, zu niesen und aus seinem Mund flogen weiße Stückchen.

„Sieh an. Kaugummi!" Kirsten packte die Bröckchen mit einem Papiertaschentuch. „Sie dachten an eine Lieferung von Kaugummizellen? Nur, es ist so, dass die auch mit Ihrer DNA in Berührung gekommen sind, da haben wir doch jetzt so oder so echte Vossmer-Zellen, unheilige, aber die reichen uns."

Kirsten fragte ihn, wie lange er sich auf der Insel befand. Und wie lange seine Frau. Ob zu seiner Religion auch das Verführen von jungen Mädchen gehöre. Ob er sich mit Jördis verabredet habe? Auch mit Ilka?

„Zwei so hübsche Mädchen sind die passende Portion für einen Mann wie Sie?", fragte Carla. „Sozusagen eine gute Mahlzeit? Und Sie haben ihnen Drogen gegeben?"

„Sie sind primitiv“, knurrte Vossmer.

„Mag sein. Wir sind die Primitiven und Sie gehören zu den Auserwählten. Es gibt immer mehrere Möglichkeiten ...“

Carla hatte eine Idee. „Moment, holen Sie Luft, ich bin gleich wieder für Sie da.“ Sie verschwand im Nebenraum und kam nach langen Minuten wieder. In der Zwischenzeit hatte Kirsten Vossmer nur stumm angesehen, der das aber gut ausgehalten hatte.

„Ach, Ihre Frau. Sie ist sehr offen und arbeitet uns zu“, begann Carla. „Sie hat erzählt, dass Sie Jördis zu sich eingeladen haben, was an sich ja nichts Böses bedeuten muss, auch wenn Sie sie des Öfteren eingeladen haben – auch nicht schlimm. Sie haben ihr Bücher gegeben. Mit ihr darüber gesprochen. Manchmal kam Ihre Frau dazu. Gedichte gab es auch, Sie haben sogar mal ‚Ich bin so wild nach deinem Erdbeermund‘ im Stil von dem Schauspieler Kinski zitiert. Ich habe schnell recherchiert. Interessant, denn ursprünglich ist ‚Der Erdbeermund‘ der Titel für das von Paul Zech verfasste Gedicht. Sie kennen es ja gut. Als Sie Ihre Frau kennenlernten, haben sie ihr die berühmte Sprechplatte von Kinski geschenkt und sie mit dem Gedicht von Ihrer Liebe überzeugen können. Na ja, jeder mit den Mitteln, die er zur Verfügung hat. Und wieder haben wir es mit Paul Zech zu tun. Und Jördis hat so etwas gut gefallen. Wenn man sehr jung ist ... Ilka war nie bei Ihnen. Sie haben Sie wohl nur wenige Male gesehen.“

Vossmer verschränkte seine Arme, lehnte sich zurück und wippte mit dem Stuhl. Dann rieb er die Hände gegeneinander, begann sich am Hals zu kratzen, fuhr über die Augen, dann wieder blickte er Carla aufmerksam an.

„Sie haben also zusammen mit Jördis Gedichte gelesen?"

„Was ist dabei? Was wollen Sie mir anhängen?"

„Anhängen nichts. Sie aber überführen", sagte Carla betont freundlich. Eines Mordes und eines versuchten Totschlags. Aber Totschlag ist eben auch Mord."

„Wie bitte? Mich überführen, weil ich einem Mädchen Literatur näher gebracht habe? Lächerlich." Er hielt die Hände vor sein Gesicht, als müsse er sich verstecken.

„Tut es Ihnen nicht leid, dass Ilka Rothermund getötet wurde?"

Vossmer schien auf seinem Kinn zu kauen, schob es vor, zur Seite, sah Carla flehentlich an und sagte: „Ja. Natürlich."

Der lügt, der lügt die ganze Zeit, stellte Carla fest. Sie wusste, dass zum Beispiel bei Gefühlen wie Trauer das Kinn so gut wie nie benutzt wurde.

Carlas Handy brummte. Die angezeigte Nummer war ihr nicht bekannt. Sie verließ das Haus und sprach erst vor der Tür, damit niemand mithören konnte. „Ja, Bernstiel."

„Krista Vogel hier. Ehe Sie jetzt groß fragen, kommen Sie bitte zu mir in die Friesenstraße, ich muss Ihnen etwas zeigen. Ich fürchte, es eilt."

„Ich kann nicht weg. Können Sie kommen?" Und dann sprachen sie sehr leise miteinander.

Die Holzschnitzerin kam schnell. „Sehen Sie sich das bitte an." Sie hielt Carla ein Holzstück hin. Fragend blickte sie drauf, griff aber fast schon automatisch nach den Latexhandschuhen, und streifte sie über.

„Hier." Krista Vogel wies auf eingetrocknete dunkle Stellen. „Davon soll ich ja einem Kunden eine Skulptur erstellen. Angezahlt hat er. Ich wollte heute dran – und nein …" Krista bog ein größeres Rindenstück herunter. „Da. Ist das nicht …?"

Carla rieb mit dem Daumen darüber. „Blut. Das ist Blut! Wie heißt der Kunde?"

„Ich weiß seinen Namen nicht."

„Beschreiben Sie ihn mir."

Krista erwähnte das, was ihr aufgefallen war.

„Warten Sie bitte auf der anderen Straßenseite, kann ich jetzt nicht erklären, ich hole gerade eine größere Plastiktüte …" Dass ihr einiges bei Kristas Beschreibung aufgefallen war, sagte sie nicht.

20

Storm lief zur Hochform auf. Nach einer Zusammenfassung der Ereignisse entschied er, das Holz selbst zur Untersuchung zu bringen. Mitsamt der Fingerabdrücke von Vossmer, Wagner und Jakob. „Ich werde Dampf machen, aber trotzdem ..."

Krista Vogel hatte ihren Kunden so genau beschrieben, dass es sich nur um Vossmer handeln konnte.

„Der wollte auf diese Weise die Tatwaffe verschwinden lassen ... Raffiniert.Wir brauchen einen Haftbefehl", begann Carla. „Bei Vossmer besteht Fluchtgefahr."

„Bei Murr nicht?"

„Wir sprechen erst mit Jakobs Eltern."

Sie bemerkte Storms Zögern, sowie Gerrits und Kirstens aufmerksame Blicke.

„Ich setz' den fest. Erstellen Sie einen Haftbefehlsantrag, lassen Sie das Gericht darüber entscheiden, dann sind wir noch bei einer vorläufigen Festnahme und in der Zwischenzeit kriegen wir die Untersuchungsergebnisse. Und – wenn wir mit Jördis sprechen könnten ..."

„Wenn das Mädchen wirklich bei klarem Verstand ist", bemerkte Kirsten.

***

Es wurde Dienstagnachmittag, als Carla mit Jördis sprechen konnte. Sie hatte sich erstaunlich gut erholt. Noch hatte man ihr nichts von Ilkas Tod gesagt. „Das würde sie emotional zu sehr aufwühlen", sagte die Ärztin. „Und bitte, kein langes Gespräch."

Sie begann mit Jakob. Sprach dann von Nils.

„Was sollen die uns getan haben? Nils ist verreist, Jakob wollte nach Langeoog kommen. Wie ich ihn kenne, vergräbt er sich hinter seiner neuen Kamera und knipst alle Vögel, die ihm begegnen, damit ich ihm nicht begegne. Nee, für Ilka ist der zu nett. Die will keinen Freund. Nicht interessiert."

Vorsichtig leitete sie zu Jörg Vossmer über.

Da begannen Jördis' Tränen zu laufen. Carla wollte sie nicht aufregen. Es würde sowieso noch vieles auf sie einstürmen – schreckliche Dinge. Aus ihren bruchstückhaften Antworten entnahm sie, dass sie sich in den Mann verliebt hatte.

„Ich habe mich aufgedrängt", erklärte sie verlegen, „aber ich konnte an nichts anderes mehr denken, fand seine Frau fürchterlich, aber das ist sie eigentlich nicht, ja, wir haben Bücher ausgetauscht, ich hatte das Gefühl, Jörg nahm mich ernst, weil er mit mir über Romane und auch über Gedichte diskutierte. In den Texten suchte ich immer nach versteckten Hinweisen, dass er mich auch liebt. Jörg war auch in der Kneipe, ich glaubte, er sei extra meinetwegen gekommen, ich war so stolz und glücklich. Ilka freute sich mit mir und ab da – weiß ich nichts mehr."

Der Richter in Aurich hielt die Untersuchungshaft bei Jörg Vossmer für gerechtfertigt. Er wurde in Handschellen von der Insel gebracht. Ausführliche Gespräche mit Jakobs Eltern entkräfteten jeden Vorwurf und Jakob blieb auf der Insel. „Ich will doch nur fotografieren."

Als etwas Ruhe einkehrte, kam Besuch: Heide Wagner.

„Ich habe alle Konten gesperrt, zu denen mein Mann Zugriff hat", erklärte sie, „aber das wollen Sie sicher gar nicht wissen."

Gerrit schüttelte den Kopf. Kirsten und Carla warteten ab, was noch kommen würde. Heide Wagner erzählte ihre Sicht der Dinge. Sie hatte beobachtet, wie sich ihr Mann mit Jördis traf.

„Das hat er oft zu gerne gemacht. Unerfahrene Mädchen beeindrucken und die dachten an Liebe. Kann man ihnen ja nicht übelnehmen. Ich sah die Gedichtbände. Mehrere in fünffacher Ausfertigung. Wohl für die nächsten Liebesopfer. Damit kann ein Mann beeindrucken. Mich hat er ja auch einmal sehr beeindruckt. Dann hörten wir von dem Unglück. Ich beobachtete Jörg. Der war ruhig, bedauerte das alles, aber ich glaubte ihm nicht, ich hatte so eine Ahnung. Dieses Zech-Gedicht hatte er auch Jördis gegeben. Ich wollte ihm zeigen, dass ich wusste, was er getan hatte und ich war es, die die Strophen im Dorf verteilt hatte. Ich wollte sehen, wie er darauf reagieren würde. Ja, reif und süß zum Fall ..."

Heide Wagner blickte von einem zum anderen. „So war Jörgs Strategie. Das ist das eine, aber dass er zum Mörder wurde ... perfide – und mich wollte er aus der Tatwaffe schnitzen lassen. Ich habe schon mit meinem Anwalt gesprochen, die Scheidung wird vorbereitet. Auserwählt? Dass ich nicht lache! Nur glaubt er, er käme damit durch. Das sozusagen ein Heiliger nicht schuldig sein kann. Was sagte er noch: ‚Es musste so kommen. Es ging nicht anders.'"

„Der Staatsanwalt hatte recht – es konnte nur ein älterer Mann gewesen sein", bemerkte Kirsten. „Ein älterer Mann, der Angst vor Entdeckung hatte."

„Und Angst vor seiner Frau", sagte Heide Wagner. „Weil er von mir finanziell abhängig ist. Dazu kann ich Ihnen später etwas sagen. Jetzt möchte ich mich verabschieden. Meine Telefonnummer haben Sie ja. Die Insel – Sie verstehen ..."

Carla wollte jetzt allein sein.

21

Sie ging langsam durch das nächtliche Langeoog. Die letzten Tage kamen ihr wie lange Wochen vor.

Ein Mensch wollte Macht und wurde längst von einem anderen entmachtet und hatte es nicht bemerkt. Dafür musste ein Mädchen sterben, das noch nichts erlebt hatte. Dafür wurde ein Mädchen seiner Illusion beraubt zu lieben und geliebt zu werden.

Ihre Gedanken sprangen.

Die Zusammenarbeit mit Kirsten war anders gewesen als sie befürchtet hatte, Gerrit war, so fand sie, erwachsen geworden. Und Storm? Ein Staatsanwalt, der anpackte, mithalf, der einfach blieb, der sich nicht allzu wichtig nahm. Ein Junge, der verrückt auf Vogelaufnahmen war, der seine Schulkameradin anschmachtete, der nicht so war, wie sie geglaubt hatte.

Alles war anders. Eleonore Bracht würde ihr Haus renovieren und weiter darin wohnen können.

Carla blieb immer mal wieder stehen, hörte über sich die heiseren Rufe der Vögel, schmeckte die Luft, wie sie nur in der Nacht kühl, erfrischend, ein bisschen nach Jod und Salz schmecken konnte.

Sie hörte das Rauschen der Brandung, stieß gegen einen Stein, stolperte und stürzte.

Reif und süß zum Fall ...

Süß bin ich nicht, aber reif. Ich bin fertig.

Heide Wagner. Hat die doch ihren Mann sofort durchschaut. Schade, die Handys der Mädchen sind noch nicht wieder aufgetaucht. Zu unseren Fragen nach den Kurzmitteilungen sagt Vossmer nichts.

Sie stand auf und ging weiter durch die Nacht, an den Häusern vorbei, durch die stillen Straßen, setzte sich auf eine Bank und schlief ein.

Die Häuser haben Augen aufgetan ...
Am Abend stehn die Dinge nicht mehr blind
und mauerhart in dem Vorüberspülen
gehetzter Stunden; Wind bringt von den Mühlen
gekühlten Tau und geisterhaftes Blau.

Die Häuser haben Augen aufgetan,
Stern unter Sternen ist die Erde wieder,
die Brücken tauchen in das Flußbett nieder
und schwimmen in der Tiefe Kahn an Kahn.

Gestalten wachsen groß aus jedem Strauch,
die Wipfel wehen fort wie träger Rauch
und Täler werfen Berge ab, die lange drückten.

Die Menschen aber staunen mit entrückten
Gesichtern in der Sterne Silberschwall
und sind wie Früchte reif und süß zum Fall.

Paul Zech

Anmerkung zum Gedicht: Die Genehmigung zum Abdruck und Verwendung dieses Gedichts im vorliegenden Roman wurde freundlicherweise durch Bert Kasties erteilt.
Paul Zech war ein deutscher Schriftsteller. Geboren wurde er am 19. Februar 1881 in Briesen (Westpreußen)

und starb am 7. September 1946 in Buenos Aires. Er verfasste hauptsächlich Lyrik. Sein wohl erfolgreichstes Werk sind ‚*Die Balladen und lasterhaften Lieder des François Villon*'. In seinen argentinischen Jahren war er als Erzähler sehr produktiv.